Anuradha Roy
Ton für die Götter

Anuradha Roy

Ton für die Götter

Roman

Aus dem Englischen von
Werner Löcher-Lawrence

Luchterhand

Für Myriam

Ich bin Schüssel
Und ich bin Teller
Ich bin Mann
Und ich bin Frau

Ich bin Grapefruit
Und ich bin Limette
Ich bin Hindu
Und ich bin Muslim

Ich bin Fisch
Und ich bin Netz
Ich bin Fischer
Und ich bin Zeit

Ich bin nichts
Sagt Kabir
Ich weile nicht unter den Lebenden
Oder den Toten

Kabir, irgendwann im 15. Jahrhundert

EINS

Donnerstag, 11. Oktober

Es ist Herbst, und ich studiere in England. Ich habe noch nie einen Herbst erlebt. Da, wo ich aufgewachsen bin, kommt mit dem Monsun ein milder Winter, den die Bäume nicht für bedeutsam genug erachten, um seinetwegen die Farbe zu wechseln, und schon nach Tagen beginnen die Infernos des Sommers von Neuem. Hier ist das Licht grün und golden, und im von Bäumen erfüllten Rechteck meines Fenster treiben rost- und burgunderrote Blätter vom Himmel, lebende Wesen in der dahinwehenden Luft. Es ist leise genug, dass ich ihr sanftes Rascheln hören kann, wenn sie auf die Erde treffen. Die Feder meines Füllers kratzt dazu über blaues Luftpostpapier. *Mir geht es gut, im Flugzeug war alles okay. Alle Häuser sehen aus der Luft gleich aus, wie Spielzeug. Das Gras ist hier anders grün.*

»Du schaffst es immer, dich aus dem Staub zu machen, dir fällt alles leicht«, sagt die Stimme meiner Schwester wieder und wieder in meinem Kopf. Das waren ihre Abschiedsworte am Flughafen, auch wenn sie sie nicht laut aussprach.

Tia hat noch drei Jahre Schule vor sich und zieht in ihrem Gerangel mit den Büchern täglich den Kürzeren.

Sie kommt in keiner Prüfung auf mehr als fünfzig Prozent. »Was soll ich Bücher über Gauchos und Flamenco *lesen*, ich will *hin* nach Argentinien!« Sie hat auch noch andere Pläne, die sich allerdings ständig ändern, nur eine Sache bleibt konstant: Sie haben alle mit Glas zu tun, nicht mit Papier. Spiegel, Kameralinsen, auf Glas tanzen und Cocktails in Gläser schütten. Tia hat eine tiefe, volle Stimme, und sobald sie träge ihr *»Tall and thin and young and lovely«* zu summen beginnt, bleiben die Leute stehen und hören ihr zu. Ihre langen, schmalen Füße zeugen davon, dass sie noch viele Zentimeter wachsen wird. Sie will die Zeit ihrer Schuljahre überspringen und schauspielern, Filme machen, ihre Jugend ausleben – ohne die Plackerei eines College-Abschlusses.

»Wie meinst du das, was gibt's Neues? Gibt es in diesem Loch hier je was Neues?«, jammerte sie anderntags am Telefon, als ich sie anrief. »Jetzt, wo du weg bist, komm ich hier niemals raus. Ich sitze fest und muss mich mein ganzes verdammtes Leben um Amma kümmern.«

»So viel Drama, Tia«, sagte ich. »In welchem Buch lebst du im Moment? Ich wette, nicht in *Little Women*. Wo ist Amma überhaupt gerade?«

»Noch bei der Arbeit, und ich hab auch zu tun«, rief sie und knallte den Hörer auf die Gabel. Bestimmt hat sie finster dreingeblickt und Boxbewegungen in Richtung ihres Gesichts im Spiegel neben dem Telefon gemacht, so als ziele sie auf mich. Da bin ich mir sicher.

Den Rest des Tages war ich ganz krank vor Gewissensbissen wegen meines Sarkasmus, ich stellte mir Tia in ihrem

Zimmer vor, und wie die Musik durch die verschlossene Tür wummerte, hinter der sie sich bestimmt verschanzt hatte, und wie sie mich mit jedem wütenden Aufheulen der elektrischen Gitarren immer noch mehr hasste. Bis spät in die Nacht würde sie sich hinter ihrer Tür verbarrikadieren, während meine Mutter lauter und lauter dagegen klopfen würde. *»Komm heraus und iss etwas, Tia ... Was ist denn los, Tia ... Sag mir, was ist.«* Wäre ich zu Hause, würde ich aus dem Haus stürmen und joggen gehen, ganz gleich, wie unerträglich heiß es wäre.

Ich bin gut in Prüfungen, aber Tia hat unrecht, leicht war es nicht, und hier ist es auch nicht einfach. Ich bin pleite – mein Stipendium zielt darauf ab, Tugend durch Entsagung zu stärken. Das Stipendium kommt von der großartig benannten »Farhana-Abdulali-Stiftung für die Bildung von Mädchen«, sprich von muslimischen Mädchen. Was die scharfsinnige Begum Tasneem Khan, unsere Rektorin, nicht abgeschreckt hat. Sie muss mich nahezu das ganze letzte Jahr im Auge behalten haben, ohne dass ich etwas davon gemerkt hätte. Eines Nachmittags wurde ich also zu ihr gerufen, betrat ihr Büro voller Angst und verließ es mit einem Antragsformular.

»Warum bewirbst du dich nicht?«, fragte sie. »Schaden kann es nicht.«

Die Leute, die die Stipendien vergeben, sind durch ein Netzwerk feudaler Beziehungen mit ihr verbunden, und ich nehme an, ihre verschwenderische Großartigkeit hat dafür gesorgt, dass sie sich nicht getraut haben, die Frage der Religion anzusprechen. Oder sie dachten, meine Jahre in einer muslimischen Schule hätten mich zu ein bisschen von allem gemacht.

Eine der Befragungen sollte mit einem Abendessen mit den Granden der Stadt enden, die mich wie künftige Schwiegereltern begutachten würden, vermutete meine Mutter, um zu sehen, ob ich ein Messer von einer Gabel zu unterscheiden wisse, zu munterem Small Talk fähig sei und lachen könne, aber nicht zu laut. Sie riet mir, mich an Essen ohne Flügel und Beine zu halten, damit mir nichts vom Teller fliege. Als es so weit war, erblickte ich Begum Tasneem auf der anderen Seite des Tisches im Bankettsaal, zwischen uns ein weißes Schlachtfeld, auf dem Silber und Kristall funkelten. Sie saß inmitten vieler ehrwürdiger Leute und sah nicht zu mir herüber. Der freundliche alte Kellner flüsterte mir ins Ohr, dass ich nur von der linken, nie von der rechten Seite bedient werden würde, und bei seinem nächsten Vorstoß murmelte er: »Sitz gerade, Kind, nimm eine Serviette.« Ich begriff, dass die steif gefalteten Blumen, die in silbernen Haltern in Habachtstellung vor uns standen, zur Benutzung gedacht waren. Verstohlen warf ich Blicke um mich herum und versuchte, mich ladylike zu benehmen, tupfte hin und wieder vorsichtig die Lippen ab und vermied es, panisch unter den Tisch zu tauchen, als mir die Serviette von den Knien auf den Boden rutschte. Nach und nach dann verlor das Blendwerk aus Kronleuchtern, Seide und Silber seine Kraft, und mir fiel etwas weiter unten am Tisch ein Mädchen auf, das die Backen aufblies, die Augen zusammenkniff und mich angrinste, bevor es wieder ein ganz normales Gesicht aufsetzte. Wir wechselten kein Wort, doch danach wurde der Abend erträglicher.

Wochen später rief mich Begum Tasneem in ihr vielfenstriges Büro. Ich erinnere mich an eine blau glasierte Vase mit Spinnenlilien auf einem Beistelltisch, an etliche Reihen von Gruppenfotos an der Wand, und daran, wie wild mein Herz pochte. Durch eine hauchdünne Gardine, die vor dem Fenster in ihrem Rücken hing, fiel das Morgenlicht und verlieh ihr einen überirdischen Glanz. Es duftete nach den Lilien. Der Tag war gekommen. Es fühlte sich an, als wäre ich in eines dieser Märchen geraten, in denen ein Gott einem verblüfften Menschen erklärt: »Sprich, was wünschst du dir von Herzen? Es soll dein sein.«

Begum Tasneems Stimme schien aus Liliennähe zu kommen und trug deren Duft in sich. Man habe mir ein Stipendium an einer berühmten englischen Universität zugesprochen, Ende September müsse ich aufbrechen, und die Stiftung würde auch für den Flug aufkommen. Die Gardinen hielten einen Moment in ihrer schwingenden Bewegung inne, waren von Licht durchschimmert. Und fast im selben Atemzug sagte sie mit einem ironischen Lächeln: »Sie wird dafür sorgen, dass dir das Stipendium nicht zu Kopf steigt, die Stiftung. Sie hat das Geld so bemessen, dass sie sicher sein kann, du kommst gut ausgebildet zurück – aber auch bescheiden, tugendhaft und dankbar. Ein gutes Mädchen.«

Dann entließ sie mich mit einer müde eleganten Bewegung, einer zur Tür gerichteten, Abschied nehmenden Geste. »Wenn ich dich richtig einschätze, Sarayu«, sagte sie, »wirst du dir von ein wenig Armut die große Freude nicht verderben lassen.« Ihre blaugrünen Augen, für gewöhnlich so aufmerksam und distanziert, wirkten amüsiert, und vielleicht lächelte sie sogar ein wenig, als sie den Blick zurück auf die offen vor ihr liegende Mappe richtete.

Das Farhana-Abdulali-Stipendium ist exakt berechnet und eingeteilt: Die Studiengebühren gehen direkt an die Universität, die Wohnheimkosten werden ans College überwiesen. Der Rest muss für Essen und Bücher und einen der gelegentlichen Kinobesuche reichen. Das Geld wird mir von einem betagten Abdulali übersandt, der bei Brighton am Meer wohnt. Ich habe ihn noch nicht getroffen und weiß auch nicht, wie ich ihn erreichen kann. Immer, wenn ich auf dem Weg zur Uni an den japanischen Laternen eines entzückenden Restaurants vorbeiradele oder am Schwarzen Brett die Hinweise auf Konzerte und Theaterstücke studiere, möchte ich ihm sagen, dass zusätzliche hundert Pfund für sein Leben sicher nicht den winzigsten Unterschied bedeuten, meines aber völlig verwandeln würden.

Abdulali-Enthaltsamkeit bedeutet, dass es Zeiten gibt, zu denen ich nicht mal genug Geld für ein dreiminütiges Ferngespräch habe. Dann stecke ich eine Fünfzig-Pence-Münze in den Schlitz, warte, dass meine Mutter am anderen Ende abnimmt, und sage Hallo. Ich weiß, dass der Anruf kurz darauf abbrechen wird. Sie wird wissen, dass ich es war, und ich weiß genau, wo sie steht – in der Nähe der Tür, neben dem hohen Spiegel – und den Anruf entgegennimmt, nur um festzustellen, dass er gleich wieder vorbei ist. Einen Atemzug lang sind wir miteinander verbunden, mittels einer dünnen Leitung durch Ozeane und über Kontinente hinweg.

Wenn ich mich am Ende des Tages nicht überwinden kann, in mein leeres Zimmer zurückzukehren, gehe ich in die Bibliothek, oder ich benutze den Schlüssel zum Keller der Kirche nicht weit vom College, den ich bekommen habe. Da gibt es eine Töpferwerkstatt mit freiem Zutritt für Studenten, die Teil der Töpfer-Society sind. Wenn ich dort bin, fühle ich mich, als wäre ich durch ein Kaninchenloch in eine geheime Höhle gefallen, in der immer Licht brennt, in der Brennöfen, Werkzeuge und Töpferscheiben von Elfen instand gehalten werden, Materialien auf wunderbare Weise neu aufgefüllt werden und in die man zu jeder Tages- und Nachtzeit kommen kann. Ich habe noch nie so etwas Luxuriöses erlebt.

Während der Stunden, die ich an der Töpferscheibe verbringe, muss ich mich nicht mit neuen Leuten auseinandersetzen. Ich muss niemandem erklären, was ich studiere und woher ich komme, und erfreut und erstaunt lächeln, wenn sie sagen, dass sie immer schon mal nach Indien wollten. Im Übrigen ist es dort unten warm, es gibt einen Wasserkessel, Teebeutel und eine stets mit großen, weichen Ingwerkeksen gefüllte Dose. Die Scheibe dreht sich, ich lege einen Klumpen Ton darauf, umfasse ihn mit beiden Händen, und wenn ich die Augen schließe, dreht sich zum Summen des Motors ein ganzer Planet. Ich will die Werkstatt nicht verlassen, ich will ein Campingbett und Bücher herholen und Einsiedlerin werden.

Dienstag, 16. Oktober

Mein Alleinsein war nicht von Dauer. Heute Abend, nach nur einer Woche in meiner Höhle, habe ich gleich gemerkt, dass da jemand war, als ich die Tür aufschloss. Ich spürte es, musste niemanden sehen und empfand Empörung über dieses unbefugte Eindringen in mein Reich. Statt feuchter Erde roch ich Aftershave. Ich hörte das Radio trällern, Wasser aus dem Hahn strömen.

Die Atome um mich herum sammelten sich zu einem ungewohnten Muster. Ich wollte wieder gehen. Aber das Platschen des Wassers verstummte, und eine Stimme fragte, ob da jemand sei.

Auf den ersten Blick erschreckte mich die Person, die aus Richtung Waschbecken kam. Ich konnte sehen, dass es eine Frau war, groß und schlank, aber ihre aufgekrempelten Ärmel ließen die Schultern und den Bizeps eines jungen Mannes erkennen. Ihre Beine waren mit dem Boden verbunden, als wären sie daraus emporgewachsen, lang und muskulös. Dort im Keller mit der niedrigen Decke, in dem ich mich bereits daran gewöhnt hatte, allein zu sein, füllte sie den ganzen Raum aus. Dann lächelte sie, und ich spürte, wie meine Anspannung sich löste.

Sie schenkte mir ein Lächeln, ließ aber keine Worte folgen, und machte sich so selbstsicher wieder an die Arbeit, als töpfere sie schon ihr Leben lang. Sie nahm drei, vier Klumpen Ton aus dem Vorrat und knetete sie zu einem großen zusammen, legte all ihre Kraft hinein und schnitt ihn mit ihrem Drahtschneider in Scheiben. Dann ging sie zur Waage, die auf dem rechten Arbeitstisch stand, und teilte den Ton in 600-Gramm-Stücke auf. Das alles tat sie mit einer Konzentration, die ihre Umgebung ausblendete.

Als sie schließlich eine ordentliche Reihe identischer Kugeln bei ihrer Scheibe liegen hatte, setzte sie sich auf den Hocker und zog ein schwarz-weißes Tuch aus einer Tasche ihrer Jeans. Ich gab mir Mühe, mich auf meine Arbeit zu konzentrieren, es fiel mir jedoch immer schwerer, nicht zu ihr hinzusehen. Sie faltete das Tuch zu einem Dreieck, legte es sich über die Augen und knotete es hinter dem Kopf zusammen, sodass sie nichts mehr sehen konnte. Anschließend tastete sie nach einer ihrer Tonkugeln und zentrierte sie auf der Scheibe, die sie schneller gestellt hatte. In wenigen Augenblicken wuchs eine unglaublich perfekte Form zwischen ihren sehenden, fühlenden Händen empor.

Der Keller hatte angefangen, sich für mich wie ein sicherer Hafen anzufühlen. Mit dieser großen, muskulösen, mit ihrer Augenbinde dasitzenden Fremden wurde er von einer unbekannten, bedrohlich pulsierenden Energie erfüllt. Aus dem Radio, das sie angestellt hatte, erklang ein Lied, *always take the weather with you.* Nimm überallhin die eigenen Stimmungen mit, aber ich weiß nicht, wie das möglich sein soll, wenn eine einzige fremde Seele einen Ort so verändern kann.

Montag, 22. Oktober

Sie heißt Karin Wang. Bei ihrer Geburt im malaysischen Borneo hat sie jedoch einen anderen, chinesischen, Vornamen bekommen, aber den mochte sie nicht, und so hat sie ihn abgeschüttelt. Ich trage mein altes Leben wie einen stets präsenten Rucksack mit mir herum, der mich unter seiner Last ächzen lässt, während Karin aus dem Nichts entsprungen scheint, unbelastet von Eltern, Geschwistern, Familie, Vergangenheit. Sie hat all das hinter sich gelassen. »Ich bin Malaysias olympische Hoffnung, so nennen sie mich«, sagte sie, als wir die Hände an zwei nebeneinanderstehenden Scheiben im Ton versenkten. Diesmal arbeitete sie ohne Augenbinde, und ihr früheres Schweigen war von ununterbrochenem Geplapper abgelöst worden. »Jedes Mal, wenn ich was gewinne, setzen sie ein Foto von mir in die Zeitung. Das Golden Girl, das bin ich.«

Ihr Vater hat die Zeitungsausschnitte in einem Album gesammelt, das sie sich nie angesehen hat. Sie mochte Fotos von Flugzeugen lieber, an deren Umrissen sie mit dem Finger entlangfuhr, im Wissen, dass sie eines Tages mit einem davon weit wegfliegen würde. Weg von ihrem Vater, der sie selbst in den Ferien bei Tagesanbruch weckte und mit ihr zum Strand ging, wo sie barfuß durch den Sand rennen musste, so schnell und so weit sie konnte. Er hängte stählerne Ringe auf, baute ein Reck und einen Barren für ihr Training. Jeden Morgen musste sie zwei Eier und gepökelten Fisch essen, während ihr Bruder sich mühte, nicht von seiner kleinen Schüssel Reis aufzusehen. Ihr Vater achtete darauf, dass sie ihre Vitamine nahm, wog sie und dokumentierte ihr Wachstum mit Strichen an der Wand.

»Für ihn bin ich irgendetwas zwischen einem Versuchskaninchen und einem Schwein, das er mästet, in gewisser Weise, um es zu schlachten«, sagte sie. »Ich will unbedingt verlieren, aber meine Angst vor dem Dreckskerl ist so verdammt groß, dass ich mich nicht traue, etwas anderes zu tun, als zu gewinnen.«

Dass sie so von ihm sprach, entsetzte mich. Ich hab versucht, mich zu erinnern, ob ich vor meinem Vater je Angst gehabt habe. Fast konnte ich ihn neben Karin sehen, als säße er tatsächlich da und hörte ihr zu, die Stirn gefurcht vor Sorge wegen ihrer Ausdrucksweise. Genauso hat er mich und Tia während der letzten ein, zwei Jahre angesehen, als er sicher war, nicht mehr lange zu leben, und sich fragte, wie er es anstellen könnte, dass wir doppelt so schnell heranwuchsen.

Karin will keine Rennen und Wettkämpfe gewinnen, sie will Luftfahrttechnik studieren und Pilotin werden. Aber ihre Flucht hat einen Preis: Sie hat ihren Studienplatz mit einem Sportstipendium bekommen, das außerdem für ein Taschengeld, Mentoren, Trainer und sogar Essenszulagen aufkommt, solange sie für Medaillen trainiert und ein paar für die Universität gewinnt.

»Je weiter ich vorm Laufen weglaufe, desto mehr muss ich laufen. Tu ich es nicht, ist es mit dem Studium vorbei«, sagte sie und sah mich mit einem halbherzigen Grinsen an. Sie stellte ihre Scheibe so schnell, dass die Schüssel zwischen ihren Händen verschwamm und jede Form verlor, dann stoppte sie die Scheibe und rammte die Faust in den zusammengefallenen Ton.

Karin passt nicht gut in die Werkstatt. Sind auch noch andere Studenten da, was selten der Fall ist, versuchen alle, sie nicht anzustarren, wenn sie hereinkommt, die Muskeln straff unter den engen neonfarbenen Sportleggings, die sie mit wadenhohen Stiefeln kombiniert. Kaum durch die Tür, schlüpft sie aus ihrem dunkelgrünen Samtmantel, den sie, wie ich herausgefunden habe, secondhand bei Oxfam gekauft hat. Ihr Haar ist sehr kurz geschnitten, bis auf den Pony, der seitlich auf ihr kleines, kantiges Gesicht fällt. Ihre Fingernägel sind in einer Woche lila, in der nächsten tiefblau lackiert, und vor jeder Töpferrunde gibt es das Ritual, die Ringe von jedem einzelnen ihrer Finger zu ziehen, die Hände zu betrachten und die Nägel herunterzubeißen, damit sie nicht in den Ton schneiden. Ich habe ihr irgendwann nach unserem Kennenlernen einen Nagelknipser geschenkt, aber nie gesehen, dass sie ihn benutzt hat.

Wie sich herausgestellt hat, sind wir im selben College, und wenn wir zusammen in die Stadt fahren, rasen wir wie wild den Berg hinunter, trunken vom Hochgefühl der Gefahr. Freihändig. Fliegend. Allein hatte ich nie den Mut dazu. Eines Abends im Berufsverkehr habe ich die an meinem Gepäckträger befestigte Luftpumpe verloren, war aber zu schnell unterwegs, als dass ich es gemerkt hätte. Karin bremste jedoch mitten auf der viel befahrenen Straße ab und hob eine Hand in Richtung Verkehr. Die Autos kamen quietschend zum Stehen, sie lief zu meiner Pumpe, hob sie auf, winkte den wartenden Autos dankend zu und kam hinter mir her.

»Wenn du die Nummer so bei mir zu Hause abziehst«, sagte ich ihr, »kann ich deine Überbleibsel mit dem Teelöffel von der Straße kratzen.«

Sonntag, 28. Oktober

Wo ich herkomme. Ich dachte, ich wüsste, wo ich herkomme und was ein Zuhause ausmacht. Zuhause, das war mein Vater, der uns bat, leise zu sein, weil er die Cricketergebnisse hören wollte. Das waren die gewohnten Sonntagsgeräusche, die vornehme Stimme des Nachrichtensprechers, die dissonanten Trompeten einer Hochzeitsband, meine Mutter an der Schreibmaschine in ihrem Schlafzimmer, das Klappern wie ein Kieselschauer, so schnell waren ihre Finger. Die Zeit, als Tia und ich uns noch nahestanden und jeder Ort ein Zuhause war, solange wir einander hatten, mit den beruhigenden Stimmen unserer Eltern im Hintergrund, die aus alter Liebe stritten.

Jetzt sitze ich auf der anderen Seite des Ozeans, an diesem Tisch, an dem nichts in der Dunkelheit hinter der Lichtscheibe meiner Lampe zu erkennen ist. Ich sehe mein Spiegelbild im Fenster, und es ist, als wäre ich hier drinnen, aber mein Gesicht schwebt draußen und möchte hereingelassen werden. Ich kenne dieses Gesicht nicht. Ich muss herausfinden, wie ich mir ähneln kann.

Es sind jetzt vierzehn Monate und achtzehn Tage seit der Verbrennung meines Vaters. Als es vorbei war, fanden wir uns am Meer beim Gateway of India wieder, und ich sage »wiederfinden«, weil ich mich nicht erinnern kann, wie oder warum wir dort gelandet sind, nur dass es spät am Abend war, es dort viele düstere Ecken gab und ein älterer Verwandter uns einen Vortrag hielt, dass wir vorsichtig sein und auf Taschendiebe aufpassen sollten. Es war windig. Hohe Wellen krachten gegen die Mauern, und Liebespaare drängten sich aneinander, wenn die Gischt einer großen Woge wie eine Regenwolke auf sie niederging. Männer warfen mit Erdnussschalen nach uns, Junkies leuchteten kurz im Licht der Flamme unter blubbernden Folien auf und versanken erneut in Dunkelheit. Nach Osten über das schwarze Wasser hinweg lag die Insel Elephanta, wohin mein Vater nach seiner Herz-OP hatte fahren wollen – aus dem Krankenhaus entlassen, bereit für ein Cricketspiel, wie es ihm seine Ärzte versprochen hatten. Mein Vater hatte drei Leidenschaften: Geologie, Cricket und Frühgeschichte. Er selbst hatte mit dem Cricketspielen vor langer Zeit aufgehört, aber bis zum Tag vor seiner Operation den schrillen, rauschhaften Reportagen im Radio gelauscht. Ganz oben auf seiner Liste für die Zeit nach der Operation standen ein Testmatch im Wankhede-Stadion und ein Besuch auf Elephanta, weil er nicht sagen konnte, was schöner war, ein Square Drive von Sunil Gavaskar oder aus dem Basalt gehauene Hindu-Tempel aus dem sechsten Jahrhundert. Sein Herz stellte eine Verbindung beider Welten dar, und wenn er es in jene Höhlen geschafft hätte, bin ich sicher, hätte er steinerne Götter in der Position von Slips und Mid-Offs entdeckt.

Ein paar Stunden, nachdem er gestorben war, erblickte ich mein Gesicht in einem zerkratzten Spiegel über dem Waschbecken im Krankenhaus. Einige der Kratzer wurden Teil meines Spiegelbildes, aber ansonsten sah ich unverändert aus. Ich berührte meine Wangen, um zu sehen, ob dieses Gesicht auch tatsächlich mir gehörte – denn wären Geist, Herz und Körper eins, hätte mein Kopf der Krater eines Vulkans sein müssen, kochendes Blut wäre aus ihm herausgeschleudert worden. Und ich hätte keine Augen mehr gehabt, um mein Spiegelbild zu betrachten.

Während wir so dastanden und zur verschatteten Anhöhe über dem dunklen Meer hinübersahen, neu geformt durch Verlust, nahm meine Schwester meine Hand in ihre. Eine flüchtige Berührung, schon war sie vorbei, voller umgehender Unsicherheit. Die Nähe zwischen uns war schon vor langer Zeit verschwunden, und jeder Tag war ein stiller Krieg um Nichtigkeiten. Ihre Hand in meiner an dem Abend, und meine Unfähigkeit, sie fest in meine zu nehmen, sagte mir alles, wie nichts sonst es vermocht hätte.

Dienstag, 30. Oktober

Mein Postfach war heute voll mit blauen Luftpostbriefen – drei auf einmal, einschließlich eines bedeutsamen von Fauzia, in dem sie schreibt, sie habe ihren ersten nackten Mann gesehen. »Musste es ein Toter auf einem Seziertisch sein? Ein fetter, behaarter, der sich, ich sag nicht wo, schon schwarz-grün verfärbte? Das hat man von diesem Medizinstudium«, schreibt sie. »Schlau von dir, dich an Lyrik und so zu halten. Du wirst für Sachen bezahlt, die Spaß machen. Ich habe das Rauchen angefangen, weil ich den Gestank nicht aushalte.«

Zwei der Briefe sind von meiner Mutter. Das ist ungewöhnlich. Amma ist keine große Briefschreiberin. Ich stelle mir vor, wie sie sich vornimmt, mir *noch heute* zu schreiben, um sich dann erst vorm Einschlafen, wenn sie schon zu müde ist, um die Augen weiter offen zu halten, daran zu erinnern. Ich stelle mir vor, wie sie mir stattdessen früh am Morgen schreibt – resolut, das Haar zerwühlt, ans Kopfteil des Bettes gelehnt –, und auf der Suche nach Worten vergisst, ihren starken schwarzen Kaffee zu trinken. »Jetzt, wo du in England bist und Englische Literatur studierst, muss ich mir jeden Satz überlegen!«, schreibt sie. Dann die Suche nach einem Kleber für die drei Blätter, und wie sie den wertvollen Brief in die Tasche steckt, um ihn von der Arbeit aus aufzugeben. Wobei sie den Brief aus der letzten Woche entdeckt, den sie offenbar vergessen hat. Im Unterschied zum glänzenden, festen Luftpostpapier, das man hier bekommt, sehen die Briefe von zu Hause abgegriffen und wie zwischendurch feucht geworden aus, wenn sie bei mir ankommen, und ich muss vorsichtig sein, dass ich Ammas Worte beim Öffnen nicht zerreiße.

Ammas Briefe berichten mir, dass Tia jetzt später aus der Schule kommt, weil sie Gitarrenunterricht nimmt, und dass sie den Kaugummibaum, an dem unsere Kinderschaukel hing, haben fällen müssen, weil er von einem Pilz befallen war. Shirin Khambatta von nebenan hatte fürchterliche Magenkrämpfe und liegt im Krankenhaus. »Wer weiß, was sie hat«, schreibt Amma, »und ohne sie auf der anderen Seite des Gartens fühlt sich alles noch leerer an.«

Von den ehemals fünf bei uns im Haus sind nur noch drei da: Amma, Tia und Chinna. Ich frage mich, wie der Hund sich erklärt, wieder und wieder verlassen zu werden. Und ich stelle mir vor, wie meine Mutter mit den klaffenden Leerstellen umgeht und ihr Herz dagegen wappnet. Sie versucht, mir amüsante Briefe zu schreiben, mit kleinen

Klatschgeschichten über Leute, die sie beim Recherchieren getroffen hat, aber ihre Versuche, Heiterkeit auszustrahlen, haben nicht immer Erfolg. In ihrem letzten Brief schrieb sie, ihr sei nicht bewusst gewesen, dass sie mehr und mehr Fragen und Antworten zu Verlust, Tod und Krankheit für die wöchentliche Ratgeberkolumne ihrer Zeitung erfindet, die mit in ihren Aufgabenbereich fällt. Ihr Chefredakteur hatte sie deswegen zu sich bestellt. »Romantik funktioniert besser«, hatte er offenbar gesagt. »Liebe steht für Hoffnung und Freude. Der Tod ist langweilig. Er ereilt jeden, die Liebe nur ein paar wenige Glückliche. Oder? Fünfzig Zeilen weniger Herzattacken, fünfzig Zeilen mehr Liebeskummer, und in einem Jahr sehen wir, wie die Auflage aussieht.« Meine Mutter ist zurück an ihren Schreibtisch und hat die jüngeren Kollegen gebeten, sie mit Liebesgeschichten und Eheproblemen zu versorgen, um zu sehen, was sich daraus machen lässt. Sie kniet sich so tief in die Feinheiten von Liebesschmonzetten wie ich mich in meine Milton-Lektüre für die College-Tutorien.

Als sie nach dem Tod meines Vaters wieder anfing zu arbeiten, war ich noch zu Hause. Es war erst drei Wochen her. Ein Kollege, der mit ihr im Bus fuhr, missverstand ihren Stoizismus als innere Ruhe und meinte: »Es war ein Schock, aber es geht schon besser, oder?«

Wie lässt sich »besser« definieren, wenn man jemanden verloren hat, in den man mit zehn schon verliebt war, mit dem man in die Schule und dann aufs College gegangen ist, den man geheiratet und mit dem man sich ein Leben aufgebaut hat? Besser hieße vergessen, und vergessen hieße, ihn jeden Tag aufs Neue zu verlieren, was zu einem komplizierten, anstrengenden inneren Kampf zwischen dem Bedürfnis, ihn zu vergessen, und dem Bedürfnis, sich zu erinnern, führt. Sie hat versucht, mir das zu erklären, hielt dann aber, als sich unsere Blicke trafen, inne und wandte sich wieder ihrer Schreibmaschine zu.

Wenn mich Briefe mit Nachrichten von zu Hause erreichen, die mich nicht länger einschließen, fühle ich mich, als säße ich in einem fahrenden Zug und Tia und Amma sitzen in einem anderen, der parallel zu meinem fährt, sodass ich für einen Moment einen Blick auf die beiden erhasche, nichts bewegt sich, und wir sehen uns durch die uns trennenden Fenster an. Und schon ist der Rausch vorbei, und ich bin wieder allein und entferne mich weiter und weiter von ihnen.

Es gibt niemanden an der Uni, mit dem ich über all das reden kann, nicht einmal mit meiner neuen Freundin Karin. Wo sollte ich anfangen? Ich bin ein Meereswesen, das an Land gespült wurde, und ich müsste erst mal erklären, was Wasser ist. Meine Tutorin hat mich am letzten Wochenende zu sich nach Hause eingeladen, zu gegrilltem Lachs und Salat, und ich habe mit ihren kleinen Kindern und ihren Katzen gespielt, und als sie fragte, antwortete ich, es ginge mir sehr gut, danke. Mehr darüber zu sagen wäre so müßig gewesen wie das Erzählen eines Traums.

Sonntag, 4. November

Meine Tage beginnen einem Rhythmus zu folgen, der nichts mit dem College, mit Tutorien und Freundinnen zu tun hat. Es ist der Kalender des Tons, der ihn bestimmt. Ich denke an Formen und Farben, ob ich wach bin oder schlafe, und statt Bücher für meine Seminare zu lesen, informiere ich mich über Materialien für Glasuren und Tonmischungen für unterschiedliche Gefäße. Ich beschäftige mich mit Namen, die kleine Glöckchen in mir klingen lassen: Quarz, Feldspat, Sandstein, Dolomit. Kobalt, Chrom, Titan, Petalit.

Einige dieser Namen kannte ich schon. Sie sind wie Notizen aus einer glücklicheren Zeit. Ich weiß um die Bergkette der Dolomiten und schulde den *Piccole Dolomiti* – irgendwo zwischen dem Trentino und Verona – einen Besuch. Sie sind Gefährten meiner Kindheit, mein Vater hat uns davon erzählt, aus dem Wunsch heraus, uns an seiner Faszination für das Universum teilhaben zu lassen. Manchmal las er uns abends aus Geologiebüchern vor, ohne zu merken, dass Tia und ich schon nach den ersten fünf Minuten abgeschaltet hatten. Dennoch sickerte seine Stimme in uns hinein, und seine merkwürdig wohltuenden Vorträge über die Tektonik der Erdkruste, von denen wir vieles nicht verstanden, sammelten sich in Tia und mir und formten uns so, wie sich Sandstein in warmem, ruhigem Meerwasser unbemerkt aus Muschel- und Algensedimenten bildet, die als Fossilien in ihm verbleiben. Wir schliefen zum Geräusch auseinanderstrebender, zusammenprallender und aneinander vorbeireibender Erdplatten ein, die neue Berge auftürmen, Ozeane aufwühlen und Kontinente formen oder zerreißen würden. Mein Vater wurde nur siebenundfünfzig Jahre alt, doch der Zeitrahmen seines Denkens umfasste Milliarden von Jahren. In seinem persönlichen Atlas waren Pangaea, Gondwana und Laurentia Kontinente wie Asien und Afrika, und einen versteinerten Ammoniten, dessen Spirale sich über Millionen von Jahren entrollte, fand er nicht unbedingt alt. Ein Fossil – ein Fund im Himalaya – hatte die Form einer Muschel mit Wellen auf der gewölbten Seite. In einem anderen konnte man eine Art Schalentier erkennen. Ihn faszinierte die Vorstellung, dass der Himalaya einmal unter Wasser gestanden hatte, von Meereswesen bevölkert, und zwar vor nur etwa sechzig Millionen Jahren. Es fiel ihm leicht, sich vorzustellen, wie die afrikanische und die europäische Platte in Zeitlupe gegeneinanderstießen, wie unter dem Bersten und Krachen titanischer Wellen neue Berge in die Höhe wuchsen und keuchende Fische und Kalmare mit sich nahmen, die langsam versteinerten.

Wenn Meerestiere an Land als Fossilien weiterlebten, denke ich jetzt, ist auch mein Vater nur in ein anderes Element übergegangen, und ich werde ihn irgendwo in anderer Form wiederfinden. Aus warmem, lebendigem Fleisch wurde er zu Asche, die wir in den Fluss gestreut haben. Ich hatte gedacht, das sei die gründlichste Auslöschung jeder Spur körperlichen Seins, die überhaupt denkbar ist. Aber jetzt, da ich mich mit Glasuren beschäftige, frage ich mich, ob er es amüsant oder entsetzlich finden würde, wenn ich mir von Zeit zu Zeit wünsche, seine Asche zu einer Glasur zu verarbeiten. Wusste er, dass seine Steine und Fossilien, ja sogar seine eigenen Knochen, dazu benutzt werden können, Ton zu färben? Könnte ich nur in das Element hineinreichen, in dem er sich im Moment aufhält, was immer es sein mag, ich würde ihm in meiner gerade fertiggestellten kobaltblau glasierten Tasse einen Tee servieren. In der Einsamkeit der Werkstatt finde ich mich im Gespräch mit ihm wieder, stelle ihm Fragen zu meinen Materialien, suche Rat in Bezug auf Schmelzpunkte und Flussbewegungen. Antworten gibt es keine. Es ist sonst niemand im Keller, die anderen Scheiben stehen still. Ich höre nur gedämpfte Schritte aus der Kirche oben und das Stakkato-Geschnatter des Thermostats eines elektrischen Brennofens.

Dienstag, 6. November

Heute war ich allein in der Werkstatt. Unter der Woche, vor allem montags und dienstags, kommt kaum jemand her. Ich allerdings schon, wenn auch nur kurz, um die feuchte, geschmeidige Erde zu fühlen und zu riechen. Ich brauche das wie andere Leute Essen und Trinken. Ton fühlt sich überall gleich an, und diese Höhle mit ihren Werkzeugen und Brennöfen ist wie ein an einen fernen Ort transportierter Teil meiner Kindheit.

Ich habe kaum andere Töpferwerkstätten gesehen. Ich kenne nur Elangos Schuppen bei seinem Meerrettichbaum und seine hölzerne Scheibe. In diesem neuen, kalten Land bietet der Geruch des Tons eine Möglichkeit, ungeheure Zeitspannen und Entfernungen zu überwinden und zu seiner türkisblauen Behausung hinten in einem unbefestigten Hof zu reisen, zurück zu unseren Autorikschafahrten zur Schule, während derer er lange, fantastische Geschichten über die Häuser, Felsen und Flüsse erfand, an denen wir vorbeikamen.

Elango und seine Autorikscha, die als Schulbus für sechs Kinder aus der Nachbarschaft diente, standen bei uns vor der Tür, so lange ich denken kann. Eine der Geschichten, die er während der Fahrt gern erzählte, war die von dem Tag, an dem er beschloss, mir das Töpfern beizubringen. Da hatte er mich im kleinen Gärtchen vor unserem Haus aus Blumenerde eine Ente formen sehen. Und da sei ihm, erklärte er mit großer Geste, sofort klar gewesen, dass er sich meiner annehmen müsse, damit ich meine Begabung nicht verlieren und zu einem weiteren x-beliebigen Bücherwurm werden würde. Und dann grinste er in den Rückspiegel und sagte zu Fauzia: »Aus Büchern zu lernen, ist was für Mädchen wie dich! Ich, ich will nie wieder ein Buch sehen. Du denkst, ich kann nicht lesen? Ich sag dir, ich war im College und in der Schule. Ich weiß, dass Humayun nach Babur kam, und nach ihm Akbar. Ich kann englische Gedichte auswendig: *Twinkle, twinkle, little star, doesn't matter who you are*. Und das Einmaleins natürlich. Fünf mal neun … ah, ist was? Wisst ihr's? Sehen wir mal … Ist das dreiundsechzig?«

Worauf unser Chor folgte: »Fünfundvierzig, 'Langoanna, du weißt nichts! Das war schon wieder falsch!«

Über der Windschutzscheibe der Rikscha hing eine Reihe Glöckchen, die im Fahrtwind klingelten, und wenn wir eine richtige Antwort gaben, fuhr Elango mit Fingern daran entlang, damit sie lauter klingelten. Dazu stöhnte er theatralisch über seine Unwissenheit, schlug sich in gespielter Verzweiflung gegen die Stirn und erzählte eine weitere Geschichte, die ihn wie einen Narren aussehen ließ, um uns vor Entzücken jubilieren zu lassen. Der Pförtner sagte, wir seien die lauteste unter all den Autorikschas, die Rotznasen zur Schule brachten.

Meinem Vater war Elango aufgefallen, als er – noch ein Junge – mit seinem Großvater von Tür zu Tür zog, um Krüge und Schüsseln zu verkaufen. Er entstammte einer alten Töpferfamilie, lehmbeschmiert und verschwitzt, bis sein Vater das unerbittliche Handwerk für Bildung und einen Bürojob aufgab und seine Söhne bald schon mit Tischventilatoren, elektrischem Licht und Büchern bekannt machte. Manchmal sah mein Vater Elango hinterher, wenn er uns zu Hause abgesetzt hatte und mit seiner Autorikscha weitertuckerte, und schüttelte ungläubig den Kopf.

»Dieser Junge … Er ist zur Schule gegangen, sogar aufs College, aber er wusste von Anfang an, dass er Töpfer werden wollte wie sein Großvater.«

»Genau wie ich Sängerin werden will, Appa«, meldete sich Tia darauf gleich zu Wort. »Für Leute wie ihn und mich ist die Schule reine Zeitverschwendung.«

Elango war in anderen Teilen Indiens gewesen, wo er die gewaltigen Terrakotta-Urnen ausstellte, für die er bekannt war, und hatte sogar ein, zwei Workshops für Schüler der örtlichen Kunstakademie gegeben. Ein koreanischer Töpfer, den er bei einer Ausstellung in Delhi kennengelernt hatte, schickte ihm jedes Jahr eine Postkarte und einmal ein schön verpacktes Set Werkzeuge und Pinsel. Elango beklebte daraufhin im Gegenzug einen dicken Umschlag mit vielen Briefmarken, über dessen Inhalt er nichts sagen wollte. Seine Verbindungen in die Welt außerhalb seines verslumten Viertels gaben ihm die Aura eines Filmstars, aber statt daraus Kapital zu schlagen, fuhr er stur damit fort, allein zu arbeiten, wie wenig Geld das auch bedeutete. Er gab weder seine Autorikscha noch seinen Marktstand auf und liebte nach wie vor nichts mehr, als in seinem Teich nach Ton zu wühlen und dabei knietief im Schlamm zu stehen.

»Er ist ein verrücktes Genie«, sagte mein Vater.

»Ich auch. Du wirst sehen!« Tia mangelte es nicht an Selbstvertrauen, schon als Winzling nicht.

In den frühen Tagen meiner Lehre brachte Elango kleine Kugeln Ton mit und zeigte mir in einer Ecke der hinteren Veranda, wo er eine hölzerne Arbeitsplatte und ein Wasserbecken installierte, wie man Dinge formte. Mein Vater liebte es, ihm dabei zuzusehen. Ich bin nicht sicher, ob ich, während mich die beiden anstarrten und ständig korrigierten, irgendetwas Lohnendes zustande gebracht habe, aber als ich älter wurde, ging ich zu Elango in die Werkstatt. Er zeigte mir, wie man den Ton präparierte, bevor man etwas daraus formte, wie man ihn geduldig walkte und knetete, bis auch das letzte bisschen Luft herausgepresst war. Er zeigte mir, wie seine Scheibe funktionierte. Sie lag auf Bodenhöhe, ein schweres Ding aus Holz und Ton, das auf einem gerillten Stein balancierte. Er drehte sie sehr schnell, mit einem Stock, und dann war sie wie ein Kreisel, stellte sich auf und drehte und drehte sich. Wie das funktionierte, verstand ich nicht. Ich setzte mich, die Füße unter den Hintern gezogen, und versuchte mich an kleinen Dingen auf der riesigen Scheibe. In der Zeit, in der ich eine unebene Schüssel hinbekam, hatte Elango eine lange Reihe großer Gefäße geformt.

Ich lasse den Blick durch die Kellerwerkstatt schweifen und wünschte, er könnte sie sehen. Sie würde seine verrückt machende Obsession mit Systematik, Ordnung und Sauberkeit am Arbeitsplatz befriedigen, die ihn jedes Werkzeug, das ich benutzt hatte, waschen und weglegen ließ. Auch hier hat jedes einzelne Ding seinen Platz an einem Haken oder in einem Regal. Hier findet sich alles, was man vielleicht mal brauchen könnte. Es gibt gut in der Hand liegende hölzerne und metallene Werkzeuge für präzise Arbeiten. Elektrische Scheiben summen leise mit einer Kraft vor sich hin, die nie zusammenbricht. Im Nebenraum steht ein großer gasbetriebener Brennofen, wie ein Schrein, dem wir uns nicht nähern dürfen. Wir haben eimerweise Glasur, aber auch Mineralien und Oxide, an denen wir uns bedienen dürfen, wollen wir unsere eigene Glasur mischen. Das hier ist der Westen, es ist die Werkstatt einer bestens ausgestatteten westlichen Universität, alles ist umsonst, oder doch fast, und liegt für dich bereit. Gestern hat mich ein Polizist angelächelt und gesagt: »Was für ein schöner Morgen, nicht wahr?«, und er sah nicht aus, als wolle er mir zum Zeitvertreib mit seinem Knüppel den Kopf einschlagen. Ich bin immer noch argwöhnisch. Wie Elango bleibe ich wachsam. Wo ich herkomme, wissen wir immer schon, dass uns jeder neue Tag ohne Vorwarnung um die Ohren fliegen und alles zerstören kann, und dann sammeln wir die Scherben unseres Lebens ein und haben keine Ahnung, wie wir neu anfangen sollen.

Es gibt eine Art Tagebuch meiner Kindheit, die Hauswand der hinteren Veranda, auf der meine Mutter zu unserem Geburtstag mit einem Strich unsere Größe verzeichnete, Tias und meine, und die wir nach Herzenslust bekritzeln und bemalen durften. Die Wand wurde immer ausgelassen, wenn der Rest des Hauses einen neuen Anstrich bekam, und neben der Markierung zu meinem zehnten Geburtstag steht in Mutters Handschrift: »S – hat mit E angefangen«, und dann beim zwölften: »S – Töpferscheibe.« Sie muss gewusst haben, dass dieses Jahr für mich immer ein besonderes bleiben würde. Das war es, wie sich herausstellt, auch für Karin. Damals sind in Malaysia zwei Flugzeuge abgestürzt, hat sie mir erzählt, und in einem von ihnen saß ihre beste Freundin. Sie hat sie verfolgt, die Vorstellung, wie der Körper ihrer Freundin vom Himmel ins Meer gestürzt ist. Darauf entwickelte sie eine Angst vor Höhen, fühlte sich aber dennoch unwiderstehlich von ihnen angezogen. Am Rand einer steil abfallenden Klippe hoch über dem Meer entlangzulaufen verschaffte ihr ein so mulmiges wie prickelndes Gefühl, mit dem sie gegen den Gedanken ankämpfte und ihn gleichzeitig genoss, mit einem einzigen Schritt ins Vergessen treten zu können. Im Jahr jener Unglücke verbrachte sie viele Stunden am Ozean nicht weit von ihrem Haus, sah in Gezeitentümpel und dachte, sie könnte dahintreibende Teile der abgestürzten Maschinen darin finden.

In selben Jahr kauften meine Eltern unseren ersten Stereoplattenspieler und eine Sammlung Langspielplatten, die aus Tia über Nacht einen Möchtegern-Rockstar machten. Sie wusste gleich, wie man Luftgitarre spielte und in Mikros sang, die nichts als alte Blechtrichter waren. Als kurz darauf – als wären die Ereignisse miteinander verbunden – Elvis Presley blau, kalt und steif auf dem Bauch vor seinem Klo gefunden wurde, trauerte sie tagelang. Fünfzigtausend Menschen starben in einem Sturm nicht weit von uns, ebenfalls in jenem Jahr, und diejenigen, die es überlebten, sagten, sie hätten Flammen auf den Wellen des Ozeans gesehen. Zum ersten Mal überhaupt fiel Schnee im tropischen Miami, und in Frankreich wurde ein tunesischer Einwanderer guillotiniert, weil er seine Freundin umgebracht hatte. So wie Hühner verschreckt umherirren, nachdem man ihnen den Kopf abgeschlagen hat, sahen die Augen des toten Tunesiers noch eine halbe Minute die versammelten Zuschauer an und blinzelten langsam, als Kopf und Körper schon längst voneinander getrennt waren. Niemand wurde in Frankreich danach noch guillotiniert, und der Sohn des Scharfrichters, der gehofft hatte, in die Fußstapfen seines Vaters zu treten, musste sich eine andere Arbeit suchen, genau wie es Kalligrafen und Laternenanzünder getan haben.

Das war 1977. Im Land herrschte Jubel über Indira Gandhis Niederlage, wobei ich noch zu jung war, das zu verstehen. Während unsere Eltern über ein Ende der Brutalitäten durch den Ausnahmezustand redeten, interessierte mich und meine Schwester Mrs G.s Nachfolger, ein humorloser alter Mann, der seinen eigenen Urin als Elixier trank. Tia und ich sangen einen Reim auf ihn, der folgendermaßen lautete:

Lieber Mr Desai, möchten Sie einen Tea?
Oh, nein, kleine Mädchen, lieber ein Glas Pee.

Aber mehr noch als meine erste getöpferte Schale oder irgendetwas anderes auf der Welt, änderte in jenem Jahr voller unvorstellbarer Wunder und markerschütternder Schrecken der junge Hund, den Elango in einem Wald fand, die Konstellation von Erde, Himmel und Sonne. Der Hund war schwarz und braun, seine Ohren waren noch unentschieden, ob sie aufrecht stehen oder herunterhängen sollten, und er hatte einen Schwanz, gebogen wie ein Komma.

ZWEI

I

Morgengrauen. Die Fenster sind heruntergekurbelt, und ein Hund hängt halb aus dem Auto. Die Ohren im Wind, die Nase hoch in der Luft, verschlingt er die Welt mit jedem Atemzug. Die Frau hält den Blick auf die Straße gerichtet, die Hände auf dem Steuer. Der Mann sieht sich über die Schulter und murmelt ein paar Worte, die den Hund mit so wilder Liebe erfüllen, dass er alle Kraft zusammennimmt, um nach vorn auf den Beifahrersitz zu klettern. Er lässt sich auf dem Schoß des Mannes nieder und richtet seinen ernsten Blick auf die Straße. Sein Fell ist schwarz und braun, seine Brauen haben die Farbe von Kastanien.

Der Raum weitet sich. Der Horizont weicht zurück. Im langsam aufblühenden Licht sind Abenteurer in Lastwagen, Jeeps und Limousinen der Stadt entkommen. Sie lassen graublauen Himmel, Dieselgestank und in Nebel aufragende Masten hinter sich, Gruppen keuchender Radfahrer, hinter Büschen hockende Männer, zerrupfte purpurne Prunkwinden, in die Ferne starrende, gedankenverlorene Kühe. Die Frau tritt aufs Gas und stößt all das in die Vergangenheit. Sie unterhalten sich, mitunter finden sich ihre Hände zwischen den Sitzen, und vom Rhythmus des

Fahrens und ihrer Stimmen eingelullt, zieht sich der Hund wieder nach hinten zurück.

Riesige, auf Feldern gestrandete Felsen. Hütten, die nicht vom Morast zu unterscheiden sind. In Pfützen gefangene Himmelskreise. Bäume, Bäume, Bäume. Ochsenkarren voller Kokosnüsse, blau-weiße Schulmädchen mit Pferdeschwänzen. Die Sonne starrt, ohne zu blinzeln, ins Auto. Geblendet fahren sie durch den Tag, überqueren von baufälligen Brücken überspannte Flüsse, durchqueren Städte ohne jede Versuchung. Die Zahlen der Kilometeranzeige werden zwei-, werden dreistellig. Bei Einbruch der Dämmerung sind sie immer noch unterwegs.

Jetzt fährt der Mann, und der Hund fängt an, an ihm zu kratzen und zu winseln. Über ihnen ein grünes Kathedralendach, und was an Licht noch da ist, wird vom Blattwerk gedämpft. Obwohl die Stadt, auf die sie zueilen, nicht mehr weit ist, fühlt es sich nicht so an, auf dieser Straße, die sich zwischen verkohlten Eukalyptusbäumen hindurchschlängelt. Die Stämme sind von Ruß geschwärzt, die oberen Hälften bleich, jadegrüne Blätter leuchten. Der Hund kratzt erneut an der Schulter des Mannes, drängender jetzt. Der Mann hält am Straßenrand, legt den Kopf in den Nacken und schließt einen Moment lang die vom grellen Sonnenlicht blutunterlaufenen Augen. Die Frau springt mit dem Hund an der Leine aus dem Auto. »Geh nicht zu weit«, sagt der Mann. In der Ferne kann er die trüben Lichter eines Dörfchens sehen. Sein Blick folgt der Frau, die den Hund zur Eile drängt, doch der zieht sie auf der Suche nach einem Geruch tiefer in den Wald hinein.

Die Stimme der Frau verklingt, Vogelrufe füllen den leeren Raum.

Zwielicht vertieft die Schatten, als die Frau zurück in Richtung Straße geht, aber zwischen den Bäumen hindurch kann sie zwei Männer erkennen, die sich durchs Fahrerfenster in ihr Auto lehnen. Sie werden sich nach dem Weg erkundigen, doch ihr Herz wird zu einer Eisenkugel, die ihr gegen die Rippen schlägt. Sie sieht, dass die Beifahrertür offen steht. Sie kennt die Szene aus ihren Albträumen. Sie rennt, bewegungslos, kommt dem Auto keinen Schritt näher. Sie schreit, ohne dass ein Laut aus ihrer Kehle dringt. Die Autotür schlägt zu.

Der Hund versucht, die Frau in die andere Richtung zu ziehen, sie reißt an der Leine, lässt sie fallen und rennt, es ist ihr gleichgültig, auf das Auto zu. Als sie es erreicht, zerren die beiden Kerle ihren Mann heraus. Sein Körper hängt schlaff herunter. Er ist voller Blut, die Frau kann es sehen, sie hört sich schreien, spürt eine raue Hand auf ihrem Mund, wird hochgehoben und ins Auto geworfen. Sie versucht, die Tür aufzustoßen, doch die ist abgeschlossen. Das Auto schießt vor. Sie trommelt gegen das Fenster, gräbt die Finger ins Gesicht des Mannes neben sich, der ihr ein paar heftige Schläge versetzt und der Schlampe sagt, sie soll die verdammte Fresse halten, sonst … Wie da rauskommen, wie da rauskommen? Der dünne Mann, der sie geschlagen hat, sagt lüstern, dass er seit Tagen, vielleicht Wochen keine Frau mehr gefickt hat und so weit ist, ihn in irgendeine läufige Hündin oder Ziege zu stecken, so schlimm ist es schon. Er hört gar nicht mehr auf, beklagt sich mit der Hartnäckigkeit einer Mücke. Mit einer Hand zieht er der Frau an den Haaren, mit der anderen grapscht er ihr zwischen die Beine. Ein Bahnübergang kommt in den Blick, und der Kerl am Steuer tritt aufs Gas, um rüberzukommen, bevor die Schranke für einen Zug heruntergeht.

Die Straße ist eine Ansammlung von Kratern, die von kaputten Teerstücken zusammengehalten werden, und das Auto rumpelt darüber, dass es ihr den Magen umdreht und sie denkt, ihre Knochen könnten zerspringen. Die Frau kann sehen, wie sich die Schranke zu senken beginnt, sie sieht ein Stück voraus einen Traktor und einen Transporter, die langsamer werden. Wenn das Auto am Übergang hält, wird sie um Hilfe rufen, wird sie fliehen. Der Dünne sagt, er hat neulich eine Vergewaltigungsszene gesehen. Eine Gruppenvergewaltigung, fünf Männer und ein Mädchen, und bei Gott, sie konnte hinterher nicht mehr stehen, abgewechselt haben sie sich, einer von hinten, einer in den Mund und … Auf einmal bremst der Fahrer abrupt ab, springt aus dem Auto, läuft nach hinten, packt die Frau und schleudert sie an den Straßenrand. Sie fällt unglücklich, ihr Kopf schlägt auf etwas Hartes. Eine Tür knallt zu, und das Auto verschwindet in der zunehmenden Dunkelheit in Richtung Bahnübergang.

Was ist mit dem Hund? Ist er zum Dorf gelaufen? Oder hat er sich im Gesträuch verkrochen, gewartet, bis die Luft rein ist, und ist dann zum Mann hin und hat ihn mit der Pfote und der feuchten Nase angestoßen. Vielleicht. Vielleicht hat er dem Mann das Gesicht sauber geleckt, die Hände und die blutverschmierte Uhr, die neben ihm lag, hat die aufgeplatzte Stirn und die breiigen Augen beschnuppert. Als der Mann auf keine seiner Bemühungen, ihn zu wecken, reagiert, hat sich der Hund womöglich in den Kniekehlen seiner angewinkelten Beine eingerollt, wie er es jeden Abend im Bett tat. Hat sich noch hinter den Ohren gekratzt, einen Floh vom Ansatz seines Schwanzes weggefressen. Schließlich hat er die Nase zwischen die Vorderpfoten gesteckt und zufrieden, dem Mann so nahe zu sein, geseufzt. Und die kastanienbraunen Flecken auf seiner Stirn haben sich in wachsame Augen verwandelt, die zeigen, dass er niemals schläft.

Solche Dinge geschehen auf der ganzen Welt, jede Stunde, vielleicht sogar jede Minute, an manchen Orten öfter als an anderen. Die Variationen sind unendlich, und die jeweiligen Umstände nur für die wichtig, die sie betreffen.

2

Ich war damals noch ein Mädchen und wusste kaum etwas über den Vorfall an der Schnellstraße. Ich kannte nur die groben Fakten aus einem Zeitungsartikel, der mit dem in winzigen Kursivbuchstaben geschriebenen Namen Devika Nanaiya endete. Für andere Leute war sie Journalistin, für mich und meine Schwester unsere Mutter, deren Namen in der Zeitung zu sehen, so normal war, dass wir uns oft nicht die Zeit nahmen, ihre Artikel zu lesen. Verbrechen gehörten zu ihrem Aufgabenbereich, Leichenhallen, Krankenhäuser und Polizeiwachen zu ihren gewohnten Aufenthaltsorten. Sie schrieb über Vergewaltigungen, Selbstmorde, Messerstechereien und Einbrüche, berichtete in ruhig sachlichem Stil und ohne alle Mutmaßungen über das, was man wusste. Tia und ich zogen ihren Berichten die Kriminalgeschichten in unseren Büchern vor. Aber diese eine war anders. Weil es einen Hund in ihr gab.

Die Frau sei nicht schwer verletzt, berichtete der Artikel meiner Mutter, wobei die Ärzte nicht sicher seien, ob sie den Mann retten könnten. Die Verbrecher seien noch nicht gefasst worden und würden es wahrscheinlich nie. Der gestohlene Wagen habe mittlerweile fraglos falsche Kennzeichen und eine andere Farbe. Meine Mutter brachte Statistiken zu Gewaltverbrechen, erwähnte den vermissten Hund und zitierte die Teile der Verlautbarung des Commissioners, in der er die Binsenweisheiten wiederkäute, mit denen die Polizei bei solchen Gelegenheiten aufwartet. Ein kurzer Leitartikel lamentierte, die Polizei sei in Händen von Politik und Mafiabanden und solche Verbrechen würden so alltäglich werden, dass sich am Ende niemand mehr die Mühe machen werde, von ihnen zu berichten.

Mein Vater ließ die Zeitung mit einem Achselzucken sinken. »Dieses Dorf an dem Bahnübergang …«, sagte er. »Das ist ein Kindergarten voller Kleinkrimineller. Eine Lasterhöhle. Gut, dass du erwähnst, dass Narsimha der Starvertreter des Ganzen ist. Waffen, Schnaps, Menschen – womit hat er noch nicht gehandelt?«

Tias Vorstellung von Laster gründete auf einem Film, den wir kürzlich gesehen hatten, *Sholay*, mit flotten Sprüchen und Barfußtanzen auf Glasscherben, bis Blut floss. »Ich will auch ein Star sein«, verkündete sie.

»Dazu wird's nicht reichen«, sagte ich. »Dich kleistern sie höchstens auf ein Dartboard, zum Üben.«

Ich war erst elf, aber bereits eine Zynikerin, wenn es darum ging, was Mädchen tun konnten. Im Übrigen interessierten mich Lasterhöhlen nicht. Es gab sie überall, man konnte kaum aus dem Haus gehen, ohne in eine hineinzugeraten. Was ich wissen wollte, war: Wo war der Hund?

3

Ein Pferd stand in Flammen. Es streifte durch den Ozean und atmete Feuer, und wenn es die Mähne schüttelte, färbten die Flammen die Wellen feuerrot. Als es aus dem Wasser hervorbrach, war es groß wie ein Baum, und das Feuer knisterte wie Papier beim Zerknittern. Es wuchs hoch über dem niedrigen Dach von Elangos Haus auf. Die Flammen loderten an den Hufen, langen, massiven Kanonen, und als sie die Mündung erreichten, hatte Elango Angst, das Pferd könnte durch die Hitze bersten. Hatte er daran gedacht, eine Öffnung zu lassen? Angst drängte durch seinen unruhigen Schlaf, und plötzlich waren seine Augen offen.

Er lag still da, einen Ellbogen unter dem Kopf, ganz benommen von seinem Traum, und er brauchte keine Uhr, um zu wissen, dass es gerade mal drei Uhr morgens war – die Stunde der Schlaflosigkeit für Gelegenheitsdiebe und Menschen, die dazu geboren waren, sich Sorgen zu machen. Er schloss die Augen, um sein brennendes Pferd besser sehen und seine Bedeutung genauer erfassen zu können. Bei Tagesanbruch würden die Hühner das Glucken und Gackern anfangen und die Frau seines Bruders ihre tagfüllenden Monologe mit ihnen wiederaufnehmen, sie würde gurren, damit sie zu ihr kamen und die Körner fraßen, würde sie drängen, mehr Eier zu legen. Bis dahin war nicht mehr viel Zeit, und es war seine Zeit, er wollte in seinem Traum verweilen und klammerte sich an die verblassenden Fäden.

An ebendiesem Morgen machte er sich an die Arbeit an seinem Pferd. In Unterhemd und Shorts stapfte er durch Kummarapet ins Buschland nicht weit von seinem Haus, hinunter zum Teich, aus dem er den Ton für seine Gefäße und Figuren holte. Sollte das Ödland hier ebenfalls an einen Grundherrn fallen, waren der Teich und die ihn umgebende Erde und damit auch sein Ton verloren – und er wusste, dass es so kommen würde. Schon sein Großvater hatte mit dieser Erde gearbeitet und, dunkel erinnert, auch sein Urgroßvater. Der Großvater hatte ihm als Kind erklärt, warum das Viertel Kummarapet hieß: wegen ihrer Vorfahren, den Töpfern – den *Kummara* –, deren Dorf es war. Wenn du mich aufschneidest, findest du Ton in meinem Adern, pflegte sein Großvater zu sagen. Erde und Ton waren für ihn ein Erbe. Aber ihr blühendes Geschäft existierte schon lange nicht mehr, es gab nur noch Elango und den Teich, obwohl mittlerweile der Großteil seines Tons mit einem Lastwagen von einem Lieferanten kam.

Das kostete Geld, und er konnte ihn nicht für sein Pferd verwenden, weil er Angst hatte, sein älterer Bruder würde es merken.

Oft dachte Elango, wenn Gott, wie die Leute sagten, ein Töpfer war, dann musste er ihn und seinen Bruder auf unterschiedlichen Scheiben geformt haben, aus unterschiedlichem Ton. »Kein Problem, kein Problem«, war Vasus liebster Ausdruck. Nicht umsonst war er ein Schlepper beim Amt und half den Leuten, sich vor Bestandsaufnahmen zu drücken, Anträge zu frisieren, Dokumente zu fälschen und sich vorzudrängeln. Gab es eine Vorschrift, fand er einen Weg, sie zu umgehen. Dann glänzten seine Augen, er kratzte sich mit seinem Stift über die geölte Kopfhaut und sagte: »Ganz ruhig, Sir. Sie haben ein Problem, ich habe die Lösung.«

Während Vasu ein wandelnder Taschenrechner war, machte sich Elango kaum die Mühe, eins und zwei zusammenzuzählen, und seine Tonlampen, die Götter und Göttinnen, die Alltagsdinge, die er produzierte, Wasserkrüge, Quarkschalen, Blumentöpfe und Teetassen, die er stapelweise an Großhändler verkaufte, hätten ihn nicht weit gebracht. Seine Haupteinkommensquelle war Sudhakar, ein alter Freund vom College, der für die Innenausstattung einer Hotelkette verantwortlich war. Für deren Gärten und Eingangshallen bestellte er Terrakotta-Urnen bei Elango. Er war es auch, der ihm einen Platz im Nationalmuseum in Delhi verschafft hatte und seine Arbeiten voller Leidenschaft auf Ausstellungen in den Hotels anpries. Wenn die beiden zusammensaßen, Rum und Wasser tranken, sagte

Sudhakar, er wolle die Welt wissen lassen, dass hier große Künstler in Armut lebten, die jedoch außergewöhnliche Werke schufen. »Irgendwo im Dreck, da muss ein Lotos blühen«, sagten sie im Chor. Das hatte einer ihrer Lehrer am College, Mr Murthy, gern gesagt, wenn er den Blick über die Klasse voller Bummler und Bengel, wie er sie zu nennen pflegte, gleiten ließ. Aber sosehr ihre gemeinsamen Erinnerungen sie zum Grinsen brachten, war Elango doch manchmal überrascht über die spontane Zuneigung seines Freundes. Sein eigenes, eher verhaltenes Gefühl, dass Sudhakar der Bruder war, der Vasu nie sein würde, verursachte ihm ein leicht schlechtes Gewissen.

Elangos Urnen waren monumental genug, und zeitlos, das Terrakotta-Pferd reichte jedoch in eine weit frühere Zeit zurück, zu einem Ort tief in ihm, an dem Erinnerungen und Geschichten in einer reichen Tonschicht schlummerten. In seinem Traum war das Pferd wie ein irdener Quell aus dem Boden aufgestiegen. Es trug ein Perlenhalsband, und seine Ohren saßen ihm wie zwei Mangoblätter auf beiden Seiten des prachtvollen Kopfes. Auf der Stirn gab es eine Art Zeichnung, die er noch nicht genau ausmachen konnte. Auf dem Rücken lag ein mit Quasten verzierter Sattel, der zu einem flaggengleich wehenden Schweif führte. Die Mähne strich wie eine Welle über den Hals, und die Augen starrten nach vorn, hinein in die Ewigkeit. Elango wusste, dass er mit seinem Pferd nicht zufrieden sein würde, wenn es nicht war wie das in seinem Traum.

Mit Spaten und Stemmeisen beugte er sich über den Teichboden und begann zu graben. An einigen Stellen war der Matsch schleimig grün. Näher beim Haus gab es einen kleineren Teich, auf dem Müll dahintrieb, wie ein Flickenteppich. Wo er jetzt grub, das war der Töpferteich, aus dem immer schon der Ton für die Götter geholt worden war, und der Aberglaube baute eine Mauer um ihn, wie es Ziegel nicht konnten. Er war sauber und zog Vögel und Insekten an. Standen ein paar Wolken am Himmel, und bog eine sanfte Brise die Binsen am Ufer, war es, als gäbe es den Teich schon seit Erdbeginn und die knochenweißen Reiher hätten damals schon in ihm herumgepickt.

Heute hing nicht eine Wolke am mattblauen Himmel. Es war Oktober, doch man könnte meinen, es sei Sommer. Es war eine harte, schweißtreibende Arbeit, und das Unterhemd klebte ihm am Körper, aber er fühlte sich voller Energie und Hoffnung. Sein Traum hatte etwas bedeutet. Das Pferd war gleichzeitig Zeichen und Bote und sagte ihm, Zohra werde ihm gehören, aber er musste hart arbeiten, damit es so kam.

4

Wie lange schon lebte er mit den Gedanken an Zohra? Er konnte es nicht mehr sicher sagen, weil er das Gefühl hatte, dass es immer schon so war. Sie und ihr Großvater waren wahrscheinlich gegen Ende des letzten Winters, vor fast einem Jahr, ins Viertel gezogen. Elango war sie zunächst nicht aufgefallen, obwohl er sie um den Moti-Block herum, dem schäbigen grauen Wohnkasten mit den Läden, über denen sie und ihr Großvater wohnten, gesehen haben musste. Heute fühlte sich dieses ganze Jahr wie verlorene Zeit an: verrückt, jene erhaschten Blicke nicht gespeichert zu haben, um davon zehren zu können.

Eingebrannt in seine Erinnerung war der Tag, an dem der Aufruhr in ihm begann. Es war auf dem Wochenmarkt, wo sie an seinem Stand stehen blieb. Ihre Hände berührten sich, als sie nach derselben Lampe griffen.

»Die ist sehr hübsch«, sagte sie.

»Wenn du sie anzündest, wirft sie den Schatten einer Blume«, sagte er.

»Wirklich? Einer Rose oder einer Hibiskusblüte?«, sagte sie mit unschuldiger Stimme. Während er sich noch fragte, ob sie sich über ihn lustig machte, griff sie schon nach einem anderen Gefäß und nahm den Deckel ab. Sie hob fragend den Blick. Braun, die Augen, die Ränder voller Kajal.

»Zum Quark-Ansetzen«, sagte er. »Den besten Quark – da spült kein Wasser mehr drin herum.«

»Den besten Quark, weil es der beste Topf mit dem besten Deckel ist?« Sie sah ihn mit einem spitzbübischen Lächeln an, senkte den Blick aber schnell wieder.

Danach hatte sie noch etwas zu den Puppen gesagt, aber er konnte sich nicht mehr daran erinnern. Das Lächeln war folgenschwer. Er wusste, er wollte diese Stimme hören, dieses Lächeln sehen, für Stunden, Tage, Jahre, sein ganzes Leben.

In der nächsten Woche kam sie wieder – warum? Was war er für sie? Sie war nicht zurückgekommen, weil sie einen Krug kaufen wollte, sondern weil sich auch in ihr etwas regte – das wollte er glauben, und nach und nach wurde es ihm zur Gewissheit. Er versuchte zu verstehen, wie sich an dem Tag alles auf Zohra zubewegt hatte, als wäre eine Bühne frei geräumt, der Vorhang geöffnet worden, damit sie in die Mitte treten konnte.

Sie war in Gelborange gekleidet, mit einer hauchdünnen rosafarbenen Dupatta über den Schultern. Um ihren Hals hing ein winziger blauer Anhänger.

»Die Lampe, die einen Blumenschatten wirft, wenn man …«

»Ja, ja, da ist sie«, sagte Elango. Er wollte sie ihr schenken. Er wollte ihr alles schenken, was auf dem Tisch stand. Sie konnte alles haben, sie musste nur fragen.

Sie griff über den Tisch, und ihre Dupatta rutschte bis zu den Ellbogen hinab. In dem Moment, den sie brauchte, um ihre Kleidung wieder in Ordnung zu bringen, was sie sofort mit einem schnellen entschuldigenden Blick tat, sah er flüchtig tiefe Schatten zwischen Wölbungen. Er bemerkte einen Schweißfleck, der den gelben Stoff unter den Achseln verdunkelte, die schmalen Handgelenke, das Grübchen am Kinn und die ledrige Stelle auf ihrem rechten Arm, die von einer Verbrennung herrühren musste. Als sie wegging, sah er, dass sich ihre Hüften komisch bewegten, weil sie leicht hinkte. Etwas an diesem Hinken überwältigte ihn, und er fühlte, wie er von Schwindel erfasst und in eine Spirale aus Sehnsucht und Lust gesogen wurde, aus der er sich, das wusste er, nicht wieder würde befreien können.

Eine wartende Kundin, eine Frau mit einem Goldstecker in beiden Nasenflügeln, sagte: »Sagt mir jetzt jemand den Preis für diese Vase hier, oder muss ich erst wieder achtzehn werden?«

Er hörte sie kaum, obwohl er ihr mit geübter Ruhe antwortete: »Vier Rupien, Amma, aber für Sie, weil es der beste Abend des Jahres ist, heute nur zwei.«

Er konnte an diesem Tag nicht mehr tun, als Zohra heimliche Blicke zuzuwerfen, während sie die anderen Stände entlang der Straße ablief. Links und rechts schrien sich die Händler heiser, war die Qualität ihrer Kleider, Spielzeuge, Drachen und Speisen doch so viel besser als bei allen anderen. Es gab noch zwei weitere Stände mit Töpferwaren, und die Leute handelten so verbissen, dass er seinen Stand keinen Augenblick verlassen konnte, um ihr zu folgen. Und wenn er es täte, käme er dann je wieder zurück? So zwang er sich zum weiteren Geldverdienen. Vom nächsten Abend an jedoch ging er regelmäßig zu den Läden im Moti-Block und rauchte eine Zigarette, wenn er sah, dass sie Reis kaufte, Hirse, Zucker und Öl. Nur ein paar Minuten neben ihr zu stehen, so zu tun, als bemerke er sie nicht, obwohl er seine gesamte geistige Energie, jede Faser seines Seins darauf konzentrierte, dass sie blieb, wo sie war – nur ein wenig länger, fünf Minuten. Drei Minuten. Er brachte den Mut nicht auf, ihr zuzunicken, und hatte keine Idee, was er sagen könnte. Als er zufällig sein Spiegelbild in einem glänzenden Autofenster sah, gefiel ihm das Gesicht nicht, das ihm entgegenblickte. Warum sollte es ihr gefallen?

Zohra schenkte ihm keine einzige Geste, die ihm Hoffnung gegeben hätte, und er fing an zu glauben, dass er sie missverstanden hatte. Oder sie hatte wie er die Umstände ihrer beider Leben betrachtet, die unlösbaren Probleme gesehen und ihre Gefühle für ihn bezwungen. Hatte den Erfolg gehabt, der ihm versagt blieb.

Seit Monaten jetzt hatte er kaum etwas anderes getan, als von ihr zu träumen, was sonst blieb ihm, wusste er doch, dass es hoffnungslos war. Sie war die Enkelin eines bekannten Kalligrafen, er war ein Töpfer in einem Ort, der nicht länger ein Dorf, aber auch keine richtige Stadt war, nur mehr ein vergessenes Viertel, um das die Stadt herumwucherte. »Ich bin weder das eine noch das andere«, stöhnte er Sudhakar vor, dem einzigen Freund, dem er sich anvertraut hatte. »Weder ein großer Künstler, dem die Welt zu Füßen liegt, noch ein analphabetischer Dorftöpfer, dem diese dummen, unmöglichen Dinge nie in den Kopf kämen.«

»Nur ein großer Sturkopf«, sagte Sudhakar. »Du könntest reich sein, wenn du dich an das hieltest, was die Leute wollen. Mach ein bisschen glitzernden Krimskrams. Kunterbuntes Zeug. Diversifiziere.«

Elango schüttelte den Kopf. »Ich bleib bei Terrakotta, das weißt du. Terrakotta ist ehrlich.«

»Ja, ja, ja, die alte Leier kenne ich«, sagte Sudhakar.

Elango wurde nach ein paar Gläsern oft redselig und sentimental, aber auch nüchtern hielt er das für eine Wahrheit, die auf Getöpfertes wie auf Menschen zutraf. »Es stimmt«, sagte er. »Zerschlag den Ton, wie immer du willst, er ist durch und durch gleich.«

Er traute sich nicht, Sudhakar zu sagen, wie sehr es ihn

im Übrigen freute, dass sich, da Terrakotta so billig war, auch die ärmsten Haushalte seine Töpfe und Krüge leisten konnten. Was allerdings bedeutete, dass seine Hände oft nicht voller Ton, sondern voller Schmierfett waren, da er in seiner freien Zeit noch Pumpen, Nähmaschinen und Öfen reparierte. Und er fuhr Leute in seiner Autorikscha herum. Sein Zusammentreffen mit dem koreanischen Töpfer in Delhi, der ihn zu sich eingeladen hatte, war eine uralte Geschichte, und die Werkzeuge und Bambuspinsel blieben Erinnerungsstücke, die Elango nicht benutzte, weil er Angst hatte, sie zu beschädigen. Das einzige Überbleibsel von Elangos Ausbildung war ein ausgeblichener Stapel Bücher, während Zohra selbst jetzt noch mit ihrem Großvater Arabisch lernte. Das einzig Beruhigende war, dass sie fast genauso unter Druck stand wie er – die Kalligrafie geriet ebenso aus der Mode wie das Töpfern.

Er musste an einen Morgen denken, als er Zohra auf einer der schmalen Veranden vor den Wohnungen des Moti-Blocks gesehen hatte. Er wartete gerade in seiner Autorikscha auf Kundschaft, als sie über ihm erschien. Während der letzten paar Monate hatte er im Lebensmittelladen gesehen, dass sie regelmäßig Vogelfutter kaufte, und an diesem Morgen griff sie nach einem Topf am Geländer und füllte ihn mit Hirse. Das milde Sonnenlicht der frühen Stunde fiel aus irgendeiner unklaren Richtung auf sie und entzündete ihr Haar. Sie schloss die Augen und hob ihr Gesicht dem Morgenhimmel entgegen. In genau dem Moment spürte er wie aus dem Nichts ein Schwirren, einen Windstoß auf seinem Gesicht, einen Flügelschlag an seiner Schulter, und etwas Smaragdgrünes blitzte an ihm vorbei. Als es auf dem Geländer landete, sah er, dass es sich um einen prächtig gefärbten Vogel handelte, fast so groß wie eine Krähe. Er blieb einen Augenblick dort sitzen und hüpfte dann auf ihren ausgestreckten Arm. Weder öffnete sie die Augen noch bewegte sie einen Muskel, und ihre Hand voller Körner blieb regungslos. Gebannt sah er von unten zu. Der Vogel blieb ein paar Sekunden, fraß und war auch schon wieder verschwunden. Zohra öffnete die Augen und fuhr damit fort, den hängenden Topf mit Hirse zu füllen, als wäre nichts Besonderes geschehen.

Aber das war es. Und so schnell, dass sich Elango, als er daran zurückdachte, fragte, ob er es geträumt hatte. Er sah den Vogel nie wieder. Bräunliche Spatzen, Beos, Krähen und Bülbüls flogen auf den Balkon, aber nie wieder dieser Vogel, dessen Farben in seiner Vorstellung mit der Zeit immer noch wunderbarer wurden. Aus dem Nichts war er gekommen und hatte ihn mit seinen Flügeln berührt, bevor er auf Zohras Arm gelandet war. Hatte Staub von ihm zu ihr gebracht, und während der nächsten Tage begann sich sein Bild des geheimnisvollen Vogels, wie ein Zeichen in einer Sprache anzufühlen, die er nicht verstand.

Er wollte, dass ihm dieses Zeichen jene Nachricht überbrachte, nach der er sich sehnte und die ihm sagte, dass sich die unüberbrückbare Kluft zwischen ihm und Zohra eines Tages schließen würde – dass der Riss, der die Erde teilte, heilen würde und er auf die andere Seite wechseln konnte, wo sie auf ihn warten würde.

Was sie trennte, machte es undenkbar für ihn, irgendjemand anderem als Sudhakar von ihr zu erzählen. Nachts übte er manchmal eine Erklärung ein, als wolle er Vasu in die Geschichte einweihen: »Es gibt da ein Mädchen, das ich mag … Sie ist …« Und schon fraß die Verzweiflung seine Worte. Er vermochte nicht hervorzubringen, was sie war, eine Muslimin. Die Kluft zwischen ihnen war eine Schlucht voll mit verbranntem, blutigem Menschenfleisch, ein gigantischer Riss, der wie ein offenes Maul darauf wartete, ihn zu verschlingen.

Ein Leben ohne Zohra konnte er sich nicht mehr vorstellen. Es wäre unerträglich. Aber er traute sich auch nicht, sich ein Leben mit ihr auszumalen. Es war undenkbar. Was er Sudhakar sagte.

»Gib den Gedanken auf«, erwiderte der. »In diesem Land können allein Filmstars und Cricketspieler heiraten, wen sie wollen.«

»Du Mistkerl, ich dachte, du wärst ein Freund …«

»Das bin ich. Und deswegen rate ich dir, schlag sie dir aus dem Kopf.«

»Warte … Da gab es jemanden bei uns in der Nähe. Aslam, im Alter meines Vaters. Weißt du noch, ich habe dir erzählt, dass er mit einem Hindu-Mädchen aus der nächsten Straße durchgebrannt ist.«

»Ja, und was dann?«

Elango sagte nichts. Was darauf gefolgt war, war in uralten Stein gemeißelt: Sowohl Aslams Vater als auch die Brüder des Mädchens hatten geschworen, die beiden umzubringen, sobald sie zurückkamen. Niemand hatte sie je wieder gesehen.

Dennoch, träumen war erlaubt. Nachts lag er wach, wie schon in der Nacht zuvor und der davor, und lauschte dem Schnarchen seines Bruders, das laut genug war, hinaus in den Garten zu dringen, wo Elango unter freiem Himmel lag. Manchmal war er kühn genug, sich vorzustellen, dass Zohra neben ihm schlief, und dann sorgte er sich, dass auch er wie ein Schwein grunzen würde, während Zohra eine ruhig schlummernde Göttin war. Er sah in die Düsternis und spürte sie neben sich, den Kopf an seiner Brust, ihren Atem auf seinem langsam schlagenden Herzen. Sanft und zärtlich fuhr er ihr mit den Fingern durch das lange Haar und schickte sie in einen noch tieferen Schlaf. Als sie aufwachte, wandte sie sich ihm zu. Wieder und wieder.

5

Er setzte sich Tag für Tag an seine Töpferscheibe, weil die Arbeit getan werden musste, auch wenn sich sein Herz wie ein Tonklumpen anfühlte, schwer und kalt. Es war ohne Leben, und genauso ging es seinen Händen. Er fühlte sich fahrig und geschwächt. Stoisch ertrug er die Tiraden seiner Schwester, die ihn wegen seiner Trägheit schalt, oder stand einfach auf und ging ein Glas von dem trinken, was sie um die Ecke Rum nannten. Was immer es auch sein mochte.

Wenn ihn seine verbotenen Sehnsüchte zu überwältigen drohten, versuchte er, an das Terrakotta-Pferd aus seinem Traum zu denken. Er erinnerte sich an den runzeligen alten Murthy Sir, der in seinem ersten Jahr im College die Dieselabgase der Gegenwart zu uralter Luft von Mythen und Sagen hatte werden lassen, die nach Salzlake, Holz und frisch geschnittenem Gras roch. Murthy, von den Mühen des Lernens verhutzelt, drohte den von Begierden erfüllten Jungen der Klasse vergeblich mit erhobenem Zeigefinger und erzählte, wie Lord Shivas Leidenschaften begonnen hatten, das Universum zu verbrennen. Um ihn zu beruhigen und die Erde zu retten, sammelten die Götter seine Feuer im Maul einer Mähre und führten sie zum Ozean. Unter Wasser brennt die Mähre immer noch weiter, hatte Murthy ihnen erklärt, sie rührt und bewegt sich mit den Wellen, legt sich auf die Seite, treibt zu den Eiskappen, zerstört den Ozean nach und nach und wartet auf den Jüngsten Tag, an dem sie mit der letzten Flut befreit wird.

Je mehr Elango über seinen Traum nachdachte, desto heftiger verstörte er ihn. Begierden, der Jüngste Tag, Zerstörung, das alles hatte nichts mit seiner Liebe zu Zohra zu tun. Der alte Murthy hatte ihnen von Achilles, Paris, Helena, Hektor und einem trojanischen Pferd erzählt, das mitten in der Nacht Soldaten ausgespien hatte. Vielleicht war das ein weniger grässlicher Mythos, der ihm etwas über seine missliche Lage sagen konnte. Ein in seinem eigenen Epos gefangener Töpfer, mit einer Frau im Zentrum, zwei verhinderte Liebende, deren Vereinigung von gegnerischen Völkern vereitelt wurde. Aber wen konnte er im hohlen Tonbauch des Pferdes verstecken, der in der kommenden Schlacht mit auf seiner Seite stand? Er hatte keine Armee. Er hatte sich noch nie so allein gefühlt.

Vor vielen Jahren hatte er die von seinem Großvater für

festliche Anlässe gemachten Pferde gesehen, die in einer jährlichen Prozession durchs Dorf gefahren wurden. Ihm kam der Gedanke, für Zohra ein solches Pferd zu erschaffen, das dennoch anders war. Kein Vehikel einer List und auch kein ratloses Omen unter Wasser, sondern ein Ross, auf das ein Mann seine Braut heben konnte, um mit ihr in einen goldroten Sonnenuntergang zu reiten. Und seine Vorstellung ließ das Pferd immer großartiger werden. Die Kunde von ihm würde sich weit verbreiten. Von überall würden die Menschen herbeiströmen, um die Arbeit dieses brillanten Töpfers zu sehen, dem niemand bisher hatte Beachtung schenken wollen, und mit ihnen kämen auch Zohra und ihr Großvater.

Oft versank er in seinen Gedanken und lächelte, legte die Stirn in Falten, gestikulierte und murmelte gar vor sich hin. Und sein Bruder musste lautstark fluchen, um ihn zurück in die Gegenwart zu holen.

6

Elango kam an jenem Nachmittag vom Teich zurück und setzte sich in den Garten, um zu rauchen und zu zeichnen. Dabei lehnte er sich an den Stamm des Meerrettichbaums, der in der Mitte stand. In manchen Jahren kamen Hunderte von Raupen und ließen sich für Wochen auf dem Baum nieder, drangen in ihre Zimmer ein, krochen in ihre Kleidung und hinterließen feuerrote juckende Spuren. Am Ende bedeckten sie den gesamten Stamm des Baumes, sodass er einen lebendigen, haarigen Teppich auf sich trug, und sobald die beiden Brüder ihn entdeckten, legten sie ein Feuer unten an den Stamm und verfolgten, wie die Flammen an den Raupen leckten, bis die Tiere sich vom Baum schälten und sich langsam windend, zu Klumpen geschrumpft ins Feuer fielen. Die Luft roch nach brennendem Fleisch. Waren die Raupen weg, wurden die Blüten zu grünen stabähnlichen Früchten, von denen sie sich viele Tage lang ernährten. In manchen Jahren trug der Baum so viel, dass sie den Überschuss verkaufen mussten.

Dieses jährliche Ritual gehörte zu den wenigen Dingen, die Vasu und Elango zusammenbrachten. Ein zweites war Vasus unausgesprochene, widerwillige Bewunderung für die Arbeit seines Bruders. Obwohl er verächtlich tat und sich bissig über Elangos Verdienst äußerte, kümmerte er sich doch um den Verkauf, die benötigten Mittelsmänner und den Tonnachschub. Präsentierte Sudhakar Elangos Arbeiten in einer Ausstellung in einem Hotel, kam Vasu fein herausgeputzt, ging von einem Stück zum nächsten und pries die Schönheit, als wäre er ein Besucher, der gerade ein Genie entdeckte. »Wenn ich das Geld hätte, würde ich diese Urne sofort kaufen«, seufzte Vasu gern, betrachtete das gute Stück, schnalzte mit der Zunge, schüttelte den Kopf mit theatralischem Bedauern und hoffte, dass seine Vorstellung andere Leute dazu brachte, die Brieftasche zu zücken.

Der Gedanke an seinen Bruder bei den Ausstellungen ließ Elango lächeln, als er nach seinem Bleistift griff. Im Schneidersitz hockte er unter dem Baum und skizzierte mit schnellen Strichen ein Pferd. Das Zeichnen war ein Weg, es nicht zu vergessen. Bevor er mit der Arbeit begann, würde er es noch viele Male zeichnen, auch in Teilen, damit er ein deutliches Bild im Kopf hatte, ehe er zum Ton griff. Augen und Ohren konnte er sich nur schwer vorstellen, Kiefer und Länge der Nüstern ebenfalls nicht. Der Schweif kam ohne großes Überlegen. Er machte fünf Skizzen, zwei Blätter riss er heraus, auf denen das Pferd zu einer Kreatur irgendwo zwischen Hund und Schwein geworden war.

Dann kam Revathi heraus und sagte: »Holst du jetzt Holz, oder willst du den ganzen Tag bloß dasitzen?« Die Frau seines Bruders kommandierte ihn gern mit ihrer lauten, grellen Stimme herum, als wäre sie Vasus Vertreterin, und er achtete darauf, ihr nie gleich zu folgen. Sie stand vor ihm, die Hände in die Hüften gestemmt, und nahm ihm das Licht.

»Vergiss das Holz, ich habe heute Besseres vor«, sagte er mit einstudierter Trödelei. »Soll ich dir sagen, was?«

Sie nahm einen Besen und begann ungestüm zu fegen, blickte finster drein, schimpfte leise vor sich hin und schickte Staubwolken in seine Richtung. Er achtete nicht weiter auf sie und zeichnete noch volle fünf Minuten seine Pferde, erst dann stand er auf. Als er seine Axt aus der Ecke holte, spürte er ihr vertrautes Gewicht und hörte das Stoßen des eigenen Atems in den Ohren, wenn er sie in die Luft hob, um ein weiteres Scheit zu spalten. Er stellte sich vor, wie es sein mochte, die Klinge stattdessen auf den Hals einer bösartigen Frau niedergehen zu lassen.

7

Es dauerte eine Stunde, die Wildnis zu erreichen, die zu Zeiten seines Großvaters gleich hinter der Grenze von Kummarapet angefangen hatte. Mit den Jahren hatte sich der Wald weiter zurückgezogen, war für Häuser und Straßen gerodet worden, und selbst nach einer Stunde musste Elango immer noch Waldhütern ausweichen und kam ihretwegen an manchen Tagen mit leeren Händen zurück.

Die Bäume rückten näher zusammen, als das Licht wich. Das kehlige Geschwätz der Affen erstarb, und Vogelrufe füllten die Luft. Grillen zirpten zwölf Atemzüge lang und hielten so unerklärlich inne, wie sie begonnen hatten. Jetzt herrschte Stille, bis auf den wiederkehrenden Ruf eines einzelnen Vogels. Elango konnte sich keinen Reim auf das alles machen, vergaß für lange Minuten, warum er hergekommen war, stand da und fragte sich, warum die Grillen so zu zirpen begannen und dann wieder aufhörten, und was ließ den schwermütigen Vogel so traurig rufen – rief er vielleicht nach einem Artgenossen?

Als er sein letztes Bündel Holz zusammenschnürte, hörte er ein anderes Geräusch, etwas zwischen einem Wimmern und dem Miauen einer Katze. Dann nahm er eine Bewegung in der Nähe der paar Meter entfernten Büsche wahr. Er erstarrte.

Wieder dieses Geräusch, jetzt näher. Ein Bandit? Ein Waldgott, den er mit dem Schlagen des Holzes gestört hatte? Die abendlichen Schatten der Bäume trieben ihm alle Vernunft aus. Er sah sich um, wich zurück, zur Seite und starrte in die Dunkelheit. Da bewegte sich etwas, und er fasste seine Axt fester.

Es war ein Hund.

Ein junger Hund, der dastand und ihn ansah. Als Elango einen Schritt auf ihn zu machte, wedelte er mit dem gebogenen Schwanz.

»Du kleiner Wicht«, flüsterte Elango und schlug sich eher erleichtert als verärgert gegen die Stirn. Er musste laut lachen.

Die Pfoten des Hundes waren matschbraun, und der Schmutz reichte bis hoch zum Bauch. Wo er nicht verdreckt war, war er schwarz, hatte allerdings kastanienbraune Flecke über den knopfrunden Augen, wie Brauen. Es war kein wilder Hund. Elango sah, dass er ein Halsband trug, an dem eine Leine hing. Sehr wahrscheinlich ausgesetzt, von Leuten aus der Stadt. Reiche Leute ließen oft ungewollte Welpen in Wäldern weit von ihrem Zuhause zurück. Und die konfusen Gestrandeten bettelten an den Hütten und Ständen beim Bahnübergang. Manchmal warfen die Leute ihnen Reste zu, öfter jedoch bekamen sie einen Tritt, bis sie schließlich von einem Zug erfasst wurden. Der hier war kein neugeborener Welpe, wobei er auch noch nicht alt war. Vielleicht ein paar Monate.

Elango hob ihn hoch. Unter dem Dreck waren die Füße und die Brust vom selben Kastanienbraun wie die Brauen. Er drehte ihn um und sah ein blasses Zeichen auf der Brust, wie ein Blitz. Oder ein Z. Er blickte zwischen die Hinterbeine. Ein Rüde.

Das macht gewisse Dinge weit einfacher.

Er überlegte, ob er ihn im Wald lassen sollte. Aber jetzt reckte der Kleine die Pfoten nach ihm und leckte ihm über die Hände.

Wie kann ich ihn hierlassen? In einem Tag ist er tot.

Ja, und? So ist das Leben eines Hundes.

Das ist kein Hund, das ist noch ein Baby.

Willst du ihn mit nach Hause nehmen? Ein großer Sahib mit einem Haushund, bist du das? Nimm ihn mit und setze ihn bei einem Reichenhaus aus. Da kann er leben oder sterben.

Elango wühlte nach einem der Jutesäcke, die er hinten in seiner Autorikscha hatte, und nachdem er alle Ast- und Mistreste herausgeschüttelt hatte, setzte er den Hund hinein. Als er versuchte, das sich windende Bündel an eine der Stangen der Rikscha zu binden, steckte der Kleine den Kopf aus der Öffnung und schnappte mit seinen nadelspitzen Zähnen nach ihm.

»Pass auf, du«, schimpfte Elango, »oder ich werfe dich zurück in den Wald.«

Der Hund sackte in sich zusammen, und Elango fühlte sich zu einem ruppigen, aber versöhnlichen Ton gezwungen. »Mach das nicht noch mal. Sitz einfach da, okay?« Er band die Leine an die Stange zwischen den Sitzen.

Unterwegs warf er gelegentlich einen Blick auf den Hund hinter ihm, wobei er gleichzeitig nach einem geeigneten Ort Ausschau hielt, um ihn wieder loszuwerden. Zuerst war es zu einsam, dann kam der Bahnübergang mit dem Teeladen, wo er zwei große Hunde sehen konnte …

Die würden den Kleinen zerfetzen. Er fuhr weiter und kam der Stadt näher. Von hohen Mauern umgebene Vorstadtbungalows, aber er sah keine Wachmänner, denen er den Hund hätte geben können. Sollte er ihn draußen im Dunkeln vor einem verschlossenen Tor zurücklassen? Da würde er weglaufen und in null Komma nichts überfahren werden. Er musste einen Platz finden, wollte er jemals zu Hause ankommen, schnell, aber dann kam das Stück, wo sie Felsblöcke gestapelt hatten und vielleicht Schakale lauerten. Es folgte die Brücke über den Fluss, die war auch nicht gut, und so ging es weiter, bis er zum Moti-Block abbog. Im Vorbeifahren hielt er wie immer nach Zohra Ausschau. War sie das da auf der Veranda, die an der vollen Länge der Fassade entlangführte? Er sah Blau und Rosa im Licht einer nackten, von der Decke herabhängenden Glühbirne aufblitzen, blieb eine Minute lang stehen und tat so, als sähe er nach dem Hund. Hob erneut den Blick. Tatsächlich, da war sie und wandte sich in die andere Richtung, wie gänzlich unbeteiligt. Als sie hineinging, fuhr er freudig erregt weiter.

»Das ist ein Zeichen, da bin ich sicher«, sagte er zu dem Hund im Jutesack. »Erst du, dann sie … Du hast sie auch gesehen, oder?«

Der Kopf des Hundes lugte wie ein Bommel aus dem Sack, seine Zunge hing ihm seitlich aus dem Maul, und die Augen waren vor Angst ganz glasig. Elango sah nach vorn. Zeichen waren ja gut und schön, aber was sollte er verdammt noch mal mit diesem dämlichen kleinen Hund machen?

Er kam erst spät nach Hause, war genervt und ärgerte sich über sich selbst, weil er den ganzen Abend mit dem Streuner verschwendet hatte, wo es doch Hunderte Dinge zu tun gab und ein Pferd geformt werden wollte. Er band den Hund in einer Ecke des Gartens an, packte das Holz weg und erledigte, was sonst noch zu tun war. Schließlich wusch er sich eilig und setzte sich an den Tisch.

Vieles hatte er an seiner Schwägerin auszusetzen, doch was sie kochte, war – im Gegensatz zu ihr selbst – unwiderstehlich. Sie musste nur ein paar Dinge in einem Topf verrühren, und schon war es eine Delikatesse, nur seinem Bruder kam die Galle hoch, während anderen das Wasser im Mund zusammenlief. Vasu fand immer alles zu viel oder zu wenig gesalzen. Aber so war er nun mal. Brach die Nacht herein, schwappte seine Galle bis hinaus in den Garten. Nach seinen gewohnten Mäkeleien lief er herum, schaltete alle Lichter aus und murmelte etwas von Stromverschwendung. Elango schaltete eins gleich wieder ein, um ihn zu ärgern. Er ging hinaus, setzte sich mit verschränkten Beinen auf den Verandaboden und beugte sich über die Zeitung, die ihm sein Freund Giri jeden Tag aus dem Büro mitbrachte. So beiläufig, wie er konnte, sagte er: »Der Hund bleibt da drüben. Ich muss ihn heute Nacht hierbehalten.«

Vasu spähte zu dem angebundenen kleinen Kerl hinüber und zuckte mit den Schultern. »Ich muss morgen den ganzen Tag arbeiten, im Unterschied zu einigen anderen hier. Wenn ich auch nur irgendetwas von ihm höre, war's das mit ihm, verstanden?«

Das leise Winseln des Hundes verlor sich bald schon in den Geräuschen der Nachbarschaft. Der Ouvertüre zu Vasus nächtlichem Schnarchkonzert. Den Radios, dem Scheppern von Töpfen und Pfannen der Nachbarn, den schrillen Schluchzern der jungen Witwe nebenan, die jeden Abend heftig mit ihrer Schwester zankte.

Elango hörte auf zu lesen, legte sich auf die Veranda, versuchte, die Schreierei auszublenden, und fächelte sich mit der Zeitung Luft zu. Drinnen gab es einen Tischventilator, doch da war auch sein schnarchender Bruder. Mücken flogen um ihn herum, stachen ihn aber nicht. Elango war einer der wenigen glücklichen Menschen auf dieser Welt, deren Blut ihnen nicht schmeckte. Mit der Zeit gaben die Mücken auf, die Hitze ließ ein wenig nach, und die Geräusche erstarben, wenn es mit dem Schluchzen auch noch eine Weile weiterging. Elango seufzte und schwelgte in der Ruhe der Nacht. Die jedoch nicht von Dauer war.

Der Hund fing mit einem leisen Fiepen an, winselte dann hörbar, und schließlich wurde sein Klagen so laut, dass es alles zu durchdringen schien. Er maunzte und kiekste ohne Pause, bis Vasu aus der Tür gerannt kam, an der Leine riss, mit der er angebunden war, und ihn in die hinterste Ecke des Gartens schleuderte. Es gab einen dumpfen Schlag, ein Aufjaulen, dann war Ruhe. Aber Augenblicke später schon nahm der Hund sein schrilles Jaulen wieder auf, jetzt nur noch kläglicher.

Elango streckte die schmerzenden Beine, stand auf und ging zu ihm. Er nahm den nicht weit vom Meerrettichbaum kauernden kleinen Kerl, band ihn an einen der Pfosten, die das Dach der Veranda trugen, und legte sich neben ihn. Vasu würde jeden Moment wieder herauskommen, wenn das so weiterging. Warum setzte er das verdammte Vieh nicht einfach vorn auf die Straße? Bisher hatte er kaum einen Blick für Tiere übriggehabt. Es gab jede Menge Hunde und Welpen da draußen, und er hatte sich noch um keinen gekümmert. Welchen Schalter hatte der hier in ihm umgelegt? Wurde Elango zu einem Softie? Erst eine Frau. Dann das Pferd. Und jetzt dieser Streuner.

»Chinna, Chinna«, säuselte er dem Hund zu, dessen Klagen mit fortschreitender Nacht schwächer und einsamer wurden. Er streichelte ihm den Rücken, was tief in ihm etwas rührte, von dem er bislang nichts gewusst hatte, und erstaunt hörte er sich im Halbschlaf murmeln: »Chinna, das hier ist jetzt dein Zuhause. Ich werde mich um dich kümmern.« Der Hund winselte und drückte seine Nase in Elangos Hand.

Was machst du da, du Narr, wie willst du ihn bei dir behalten?

Aber wie kann ich ihn hinauswerfen? Er schafft es keine zehn Minuten allein auf der Straße.

Seine Hand streichelte den Hund weiter, selbst während er so mit sich debattierte und seine Gedanken vor lauter Müdigkeit immer verworrener wurden. Trotz des fortgesetzten, gedämpften Winselns gewann seine Erschöpfung die Oberhand, seine Hand blieb auf dem Rücken des Hundes liegen, und er fiel in einen tiefen, traumlosen Brunnen.

Mitten in der Nacht dann fuhr er hoch, erfüllt von dem Gedanken, dass er dem Hund weder etwas zu fressen noch zu trinken gegeben hatte. Er schlug sich gegen die Stirn und schalt sich heftig flüsternd: »Was denkst du dir, du Hohlkopf? Ist er eine Puppe? Lebt er von der Luft?«

Er schlich in die Küche. Aber es gab weder Milch noch Dal, Elango konnte im Halbdunkel nichts finden. Es war alles aufgegessen, bis auf ein trockenes, verkohltes Roti, das niemand gewollt hatte. Sie aßen immer Reis, warum hatte Revathi gerade heute Rotis gebacken? Er ging zurück zum Hund und legte sich neben ihn, riss ein Stück Roti ab und hielt es ihm hin. Der Kleine reckte seine neugierige Nase danach, nahm es ins Maul und kaute darauf herum. Aber dann spuckte er es aus, zwischen die Pfoten.

»Es ist zu hart für dich, du bist noch ein Baby. Milch solltest du dazubekommen, aber ich habe keine gefunden«, flüsterte Elango. »Warte.«

Er steckte sich ein Stück Roti in den Mund und zerkaute es zu einem Brei, den er sich in die Hand spuckte und dem Hund hinhielt. Der Hund hatte ihm aufmerksam zugesehen, leckte alles verzweifelt auf, und Elango zerkaute ein weiteres Stück, und noch eins, und so ging es, bis kein Roti mehr da war.

8

Der Name Chinna blieb. Elango musste nicht darüber nachdenken, seine Zunge formte das Wort, wann immer er den dünnen, eifrigen, so munteren Hund sah, und er rief ihn mit einer Zärtlichkeit, wie er sie bislang von sich nicht gekannt hatte. Nahm er ihn irgendwohin mit, band er einen Strick an sein Halsband, der weit länger war als die Leine, um ihn sicher bei sich zu haben. Das war notwendig. Beim Holzsammeln, eine Woche nachdem er den Hund gefunden hatte, hatte er ihn, wie es sich anfühlte, für Stunden wieder verloren. Eben war Chinna noch neben ihm gelaufen, schon war er verschwunden. Elango suchte den ganzen Wald ab, vergaß Holz und Axt und rief seinen Namen, auch wenn der Hund nicht wusste, dass es sein Name war. Er fand ihn an einem Fleck Erde in der Nähe der Schnellstraße schnüffelnd, mit den Pfoten scharrend und winselnd, als wolle er einen Knochen ausgraben. Elango schalt ihn liebevoll aus und hob ihn hoch.

»So nahe an der Straße. Was, wenn ein Auto kommt und dich überfährt? Haben dich die Dreckskerle hier ausgesetzt?«

Auf Knien untersuchte er das Loch, das Chinna zu graben begonnen hatte. »Was hast du da versteckt? Einen Stapel goldener Knochen …?«, flüsterte er und suchte die Erde ab. Sein Blick fiel auf etwas Glänzendes, er hob es hoch und drehte es um. Eine Armbanduhr. Jemand hatte sie verloren. Der Hund schnüffelte daran und leckte ein paarmal darüber.

»Wer hat die hier verloren, Chinna? Jemand, den du kennst?«

Gedankenverloren tätschelte Elango den Hund und rieb den Schmutz von der Uhr. Er hatte noch nie etwas so Teures in seinen Händen gehalten. Die Uhr hatte ein Lederarmband, und im Dämmerlicht leuchteten die Zahlen grün. Es war zwanzig vor sieben. Seine eigene billige Uhr hatte vor langer Zeit den Geist aufgegeben, und er hatte vergessen, wie es war, eine zu besitzen. Merkwürdig, die Zeit mitten in einem Wald gesagt zu bekommen – wenn er es sich recht überlegte, hatte er das hier nie gebraucht. Er verließ sich auf die Sonne, die Grillen und die Rufe der Vögel. Konnte er diese funkelnde Uhr je tragen? Vasu würde fragen, woher er sie hatte, und annehmen, dass er mehr verdiente, als er zugab, und Geld auf die Seite schaffte. Er würde ihm die Uhr abnehmen, als hätte er ein Recht auf sie.

Er band sie sich um. »Gut gemacht, Chinna«, sagte er, fuhr mit der Hand über den weichen Kopf des Hundes und sah bewundernd auf sein Handgelenk. »Da hast du einen Glücksbringer gefunden. Und mich hast du auch gefunden. Und wenn du mich verrückt machst, ist es nicht dein Fehler, oder, du kleiner Teufel?«

Der Hund neigte den Kopf zur Seite und sah ihn mit glänzenden Augen an. Elango drehte die Uhr um und untersuchte sie. Der Hund legte sich neben seine Füße und kaute an seiner Hose.

Elango sah, dass winzige englische Worte in einem Kreis auf dem Rücken der Uhr eingraviert waren. Er entzifferte sie: *Von JM für ZM, in Liebe, im Mai 1976.*

Wie standen die Chancen, dass die Initialen auf der Rückseite der Uhr ein Z enthielten? Es konnte kein klareres Zeichen dafür geben, dass alles darauf hinwirkte, Zohra zu ihm zu bringen, es regnete ja förmlich Zeichen. Für einen flüchtigen Moment bekümmerte es ihn, dass da jemand ein Liebesgeschenk verloren hatte, aber er mochte sich nicht zu viele Fragen dazu stellen, wem die Uhr wohl gehörte und wie sie hier im Wald gelandet war. Sie hatte ganz offenbar auf ihn gewartet, zusammen mit Chinna, dem Hund – so etwas nannten die Leute Schicksal. Am besten nahm man es an und war dankbar dafür. In dieser Welt geschehen geheimnisvolle Dinge, und wir können nicht alles verstehen. Das hatte auch sein Großvater geglaubt und ihm als natürliches Erbe mitgegeben. Sieh dich an, sagte Elango zu Chinna, wir können nicht erklären, was dich zu mir gebracht und ganz allein in diesem Wald am Leben erhalten hat, bis wir einander gefunden haben. Aber hier bist du nun, und solltest du wieder verschwinden, weiß ich, bin ich am Ende. Den Weisen war klar, dass sie besser daran taten, nicht jedes einzelne Ding analysieren zu wollen. Niemand vermochte zu erklären, warum in dem Jahr, als eine Sonnenfinsternis den Nachmittag verdunkelte, die stumme Tochter des Steinmetzes zum ersten Mal gesprochen und gefragt hatte, warum es schon so früh dunkel wurde. Zuerst dachte der Steinmetz, er hätte sich nur eingebildet, sie das fragen zu hören, doch dann begriff er, dass sie tatsächlich gesprochen hatte. Fünf volle Minuten redete sie weiter, ohne zu begreifen, dass sie plötzlich eine Sensation war. Vielleicht waren die kehligen Geräusche, die sie ihr ganzes Leben schon gemacht hatte, für sie Worte gewesen. Das Mädchen kannte den Unterschied nicht und plapperte weiter, nichts ahnend vom Wunder, das sie darstellte. Aber nach der Sonnenfinsternis schlug sie die Türen wieder zu und sagte eine weitere

Woche kein Wort – und dann, gerade als die Leute ihre kurze Phase, sich zu artikulieren, eine Laune des Schicksals nennen wollten, verkündete sie: »Hört mal, der Junge da wird vom Bus überfahren werden.« Und am nächsten Tag traf es ihn tatsächlich, wie sie es vorausgesehen hatte. Jetzt war sie nicht mehr zu bremsen. Sie machte so viele alarmierende und oft genaue Voraussagen, dass der Steinmetz verzweifelt meinte, sie seien besser dran gewesen, als sie noch stumm war. Wie ließ sich das alles erklären? Du öffnest eine Ringelblume auf der Suche nach ihrem Geheimnis und zerstörst sie damit.

Dieses Fazit zog Elango, als er die Uhr versteckte, und er sagte es dem Hund in vielen Momenten: Chinna hatte ihm Glück gebracht. Sein Leben hatte sich verändert. Sein Herz fühlte sich größer, wacher an, als hätte ein lichter Frühling darin Einzug gehalten und alles ausgetrocknete, nach Wasser schreiende Ödland mit frischem Leben erfüllt. Blumen blühten, neues Gras spross. Die Wüste war zu einem Garten geworden.

9

Chinna saß auf einem Stück harter Erde nahe beim arbeitenden Elango, blickte um sich und schnappte gelegentlich nach einer Fliege. Das monotone Klappern der Töpferscheibe ließ den Hund mitunter einschlummern, doch schon winzige Bewegungen oder Geräusche, die nur er wahrnahm, sorgten dafür, dass sein Kopf hochschnellte.

Seine ungleichen Ohren, eins hing herunter, das andere ragte spitz auf, zuckten vor, und sein Blick schoss durch die Gegend, während die Nase zu riechen versuchte, was vor sich ging.

So war er auch zum ersten Mal auf die Hühner aufmerksam geworden, die Vasus Frau hielt. Es gab sieben Hennen und drei Hähne, die sich jeden Morgen heiser krähend übertönten. Zu manchen Zeiten legten die Hennen so viele Eier, dass Revathi genug Geld damit verdiente, um drei von Elangos tönernen Sparschweinen zu füllen, die sie in der Küche versteckte. Die Hühner wurden zweimal am Tag aus ihrem wackligen Drahtkäfig gelassen, worauf sie in der Erde scharrend herumstolzierten und die für sie ausgestreuten Körner fraßen. Vor dem Hahn hatte Chinna Angst, weil er ungefähr so groß war wie er und ihn mit seinem scharfen Schnabel malträtierte, aber die rote Henne, die langsam und dick aussah, taxierte Chinna jeden Tag aufs Neue. Er hatte sie schon ein paarmal gejagt, doch bisher war sie seinen tapsigen Pfoten immer mit ein paar schnellen Flügelschlägen entkommen.

Heute sah er sie nur ein paar Meter entfernt, wie sie pickend und scharrend direkt auf ihn zukam. Er witterte Erfolg. Chinna senkte den wuscheligen Kopf, duckte sich auf die Erde und wartete regungslos wie ein Bergleopard auf seine Beute. Die Henne tapste geruhsam auf ihn zu, ganz versunken in das Suchen nach Futter – schlug plötzlich wild mit den Flügeln und kreischte lauthals, denn Chinna hatte sie zu seinem eigenen Erstaunen zwischen seinen Pfoten. Er sah sich um, als frage er sich, ob der Vogel seiner Träume wirklich ihm gehörte. Die Henne schrie um ihr Leben. Revathi kam aus der Küche geschossen, sah die Henne, den Hund, nahm einen Stock, der neben der Tür stand, und ging auf Chinna los. Er bekam einen Schlag auf den Hintern und jaulte vor Schmerz auf. Der Traum war vorbei.

Elangos Töpferscheibe geriet in eine Schräglage, der nasse Krug darauf wackelte, fiel. Elango sprang auf, riss der Frau den Stock aus der Hand und hob ihn hoch über sie. Sein Kopf glühte. Er schmetterte den Stock so heftig gegen die Seitenmauer, dass er zersplitterte.

»Wenn du den Kleinen noch einmal anrührst …«, knurrte er. Mehr sagte er nicht.

Revathi wich keinen Millimeter. Mit bebender Brust, wutentbranntem Blick und flatternden Nasenflügeln stand sie da. »Wenn du mir noch einmal drohst«, sagte sie, »breche ich dem Köter jeden einzelnen Knochen im Leib.« Sie hielt seinem Blick noch eine Weile stand, drehte sich dann bewusst langsam um und kehrte ihm mit seinem zerschlagenen Stock den Rücken.

Als Vasu abends von der Arbeit kam, ging er in die Küche, um sich ein Glas Tee zu holen, kam aber kurz darauf schon wieder heraus und sagte: »Ich gebe dir eine Woche. Entweder geht der Hund, oder du verschwindest gleich mit.«

»Es ist auch mein Haus, du kannst mich nicht einfach hinauswerfen«, sagte Elango mit ruhiger Stimme. »Ich werde hierbleiben, genau wie mein Hund, und wenn ich eines Tages eine Frau habe, sie auch.«

Ihre Stimmen erhoben sich, alte Anschuldigungen wurden ausgegraben, die sie sich gegenseitig an den Kopf warfen. Hinter der niedrigen Mauer, die ihr Haus vom Nachbargrundstück trennte, hörten sie Akka spotten: »Drei Hunde sind schlimm genug, jetzt sind es vier. All das Bellen, Pissen und Scheißen … Sieh dir nur die Fliegen an!«

Elango ignorierte die Stimme jenseits der Mauer für gewöhnlich, aber als sie jetzt den Hund angriff, fuhr er auf: »Halt den Mund, du widerliche Alte. Kümmere dich um deine Hexereien und deine Zaubertränke.«

»Wenn der Hund hier über die Mauer kommt, hab ich einen davon für ihn bereitstehen. Der Töpfer, der sich für so schlau hält, sollte das wissen«, kreischte sie zurück. »Ich bin schon mit einigen Kötern in meinem Leben fertig geworden, das kann ich dir sagen. Die heben das Bein an jeder Wand … die dummen Viecher. Sehen wir mal, wie lange dieser überlebt.«

Akka, wie sie in der Nachbarschaft genannt wurde, verstand sich bestens mit den Priestern vom nahen Tempel. Jeden Abend, ohne Ausnahme, entzündete sie Räucherstäbchen und läutete ihre Messingglocke für Gott. Sie verlangte ein kleines Vermögen dafür, Geister zu verjagen, die Zukunft vorauszusagen oder auch Herpes zu heilen oder hervorzurufen. Ihre Macht ging so weit, dass sie in Nachbarschaftsangelegenheiten Urteile sprach, Ehen verbot oder arrangierte, Geschäfte guthieß oder sie mit ein, zwei verhängnisvollen Prophezeiungen verhinderte. Die nachbarschaftlichen Gespräche mit ihr hatten vor Jahren aufgehört, was sie jedoch nicht davon abhielt, auch weiter mit Drohungen, Beobachtungen und Schmähungen aufzuwarten. Die Wurzeln der Entfremdung waren verschlungen, wuchsen und entwickelten sich immer weiter. Akka rief Anschuldigungen über die Mauer, Land sei gestohlen worden, und deutete eine Vendetta an. Sie konnte denen, die sie nicht mochte, das Leben schwer machen. Der Hund bot einen günstigen Vorwand.

Elango durchdachte das alles, während er seinen Ton vorbereitete, und kam zu dem Schluss, dass die beste Möglichkeit, seinen Hund und den eigenen Seelenfrieden zu schützen, darin bestand, die Verbitterung in Schach zu halten. Wenn er arbeitete oder das Haus kurz verlassen musste, wenn die Hühner draußen beim Fressen waren oder Revathi wieder mal schlechte Laune hatte, band er Chinna in der Nähe an. So saß der Hund denn am Ende einen großen Teil des Tages angebunden herum, quälte sich, winselte und scharrte mit den Pfoten. Elango blutete das Herz, wenn er sah, wie das Tier, das den ganzen Tag nirgendwohin konnte, vor unschuldiger Energie nur so platzte. Er wusste, es konnte nicht lange so weitergehen, und jetzt, da die Schulferien zu Ende gingen, würde er auch noch den ganzen Morgen mit seiner Autorikscha unterwegs sein. Er konnte den Hund nicht im Garten zurücklassen. Eine Weile allein, ein vergiftetes Stück Fleisch, das über die Mauer geworfen wurde …

Dieser letzte Gedanke kam ihm mitten in der Nacht, wie immer um drei, und er war schlagartig wach und tastete nach dem Hund. Chinna lag direkt neben ihm, wimmerte im Schlaf, und seine Verletzlichkeit ließ Elango vor Angst innerlich gefrieren. Außerhalb seiner um den Hund gelegten Arme lauerten Akka, Vasu und Revathi, die hektische Stadt und der Wald mit seinen Schakalen. In dem Moment dachte er, der Hund, mehr noch als Zohra oder das Pferd, hätte etwas in ihm freigesetzt, dessen Kraft ihn zermürbte. Mitunter erzeugten seine Gefühle einen Schmerz in seiner Brust, und die Angst, Chinna zu verlieren, ließ ihn seinen Findling fester an sich drücken, ihm dumme Dinge zuflüstern und ihn in Fragen seiner Töpfersachen, des Tons und der Frau, die er liebte, konsultieren. Er hatte nicht gewusst, dass er so viele Worte in sich trug.

Chinna zuckte im Schlaf, und seine Pfoten waren auf einer verzweifelten, vergeblichen Flucht. Elango streichelte ihm den Rücken und vergrub das Gesicht in seinem warmen, süß riechenden Fell. »Dir wird nichts Schlimmes mehr passieren. Ich beschütze dich. Ich tu, was immer nötig ist.«

Am nächsten Morgen startete er seine Autorikscha zum ersten Schultag und setzte sich Chinna auf den Schoß. Es war früh, gerade sieben, und die Morgenluft war noch kühl. Die Glocken von Akkas Lieblingstempel übertönten den Gesang der Vögel, und unten an der Straße wurden die drei Büffel aus ihrem Pferch voller festgetrampeltem Dung gelassen. Sie trotteten zu dem rechteckigen Platz, zu dem auch Elango wollte, langsam dahinziehende schwarze Berge, die mit ihrer Masse die schmale Straße versperrten. Er schwenkte an ihnen vorbei, hielt mit einer Hand Chinna fest gegen seinen Bauch gedrückt und steuerte mit der anderen die drei Wege hinunter, die das verkommene Kummarapet von den besseren Häusern mit den Gärten trennten. Zwei der Mädchen, die er zur Schule fuhr, wohnten dort.

Den Vater der beiden kannte er seit Jahren, noch aus der Zeit, als er als Junge von Tür zu Tür gezogen und Töpferwaren verkauft hatte. Die Mutter war eine kleine Person mit kurzem Haar, die in ihren gewohnten braunen Hosen und weißen Blusen wie eine Miniaturpolizistin aussah, aber sie war von der fürsorglichen Sorte, das wusste er aus Erfahrung. Im Übrigen förderte er seit einigen Jahren bereits die Leidenschaft der älteren Tochter, Dinge aus Ton herzustellen. So hatte sie es von plumpen Enten und Kaninchen zu einfachen Schalen auf seiner Töpferscheibe gebracht. Er war nun ihr Lehrer. Also, dachte er, war es an der Zeit, dieser Familie einen Gefallen abzuverlangen, sie schuldeten ihm einen.

10

Und so kam Elangos Chinna aus seinem Zuhause ein paar Straßen weiter zu uns.

Wir wohnten an einem rechteckigen Platz, an den sich mein Vater als einen großen Garten erinnerte. Dieser Garten und der Bungalow in seiner Mitte hatten meinem Großvater gehört. Mein Vater erinnerte sich, darin gewohnt zu haben, bis er abgerissen wurde, damit neue Häuser gebaut werden konnten, von einem Landbesitzer, den alle »Taatha« nannten. Das ist Telugu und bedeutet »Großvater«. Er muss auch einen richtigen Namen gehabt haben, aber den habe ich nie gehört.

Für uns war Taatha immer schon alt und immer schon

gerissen gewesen. Er hielt nach Schwachstellen Ausschau, griff an und erlegte seine Beute. Mein Vater erzählte uns, wie unser Großvater, der nie gut mit Geld hatte umgehen können, Taathas Opfer geworden war, bevor wir geboren wurden. Taatha verfolgte jede finanzielle Krise, in die mein Großvater geriet, ganz genau und lieh ihm dann Geld. Als Sicherheit dienten das Land und der Bungalow. Es war ein nachbarschaftliches Darlehen, hatte mein Großvater angenommen. Ein Darlehen, das er in den Jahren, die ihm noch blieben, nicht zurückzahlen konnte, wie Taatha wusste.

Als er das Land in der Tasche hatte, riss Taatha das alte Haus ab und versprach meinem Großvater eines der neuen, die er dort bauen würde. Er ordnete sie um einen staubigen Platz herum an, vier Häuser, die zu vier weiteren hinüberstarrten. Sie alle waren nach dem gleichen Plan gebaut: zweistöckig, vier oder fünf Zimmer, dazu zwei tiefe Veranden mit Fliesenböden. Gemeinsame Brunnen in kleinen Gemeinschaftsgärten. Unseres war das einzige einstöckige Haus, sandfarben, mit einer kühlen steingrauen Veranda davor. Drei Stufen führten zu ihr hoch und weiter zu unserer Haustür.

Als ich an jenem Oktobermorgen in meiner grünen Tunika die Tür öffnete, stand da Elango mit einem kleinen schwarzbraunen Hund auf dem Arm. Er setzte ihn ab, und der Kleine begann sofort, an seiner Leine zu ziehen. Schon war er in meinen Armen und leckte mich ab, während sein Schwanz wie ein Metronom den Rhythmus hielt. Seine scharfen Zähne gruben sich in meine Hand, als ich ihn zu fest an mich drückte. Ich muss aufgeschrien haben, denn schon kamen Tia und meine Mutter herbeigeeilt.

»Amma«, sagte Elango in schmeichelndem Ton, »das ist mein Chinna. Er wird schlecht behandelt, wenn ich nicht zu Hause bin. Die Frau meines Bruders erträgt seinen Anblick nicht. Würden Sie ihn bei sich behalten, solange ich unterwegs bin? Nur für ein paar Stunden?«

»Wie soll ich hier einen Hund halten? Ich bin den ganzen Tag im Büro. Ganz sicher nicht.« Amma klang streng und sah auf die Uhr. Ich hielt den Atem an. Ich wusste, wie gefährlich es war, sie aufzuhalten und dafür verantwortlich zu sein, dass sie zu spät kam – sie in langwierige Gespräche über Hundebetreuung zu verwickeln, wenn sie zur Arbeit musste.

»Er braucht nichts«, sagte Elango. »Sie können ihn im Garten lassen. Da ist er sicher, darum geht es.«

»Bitte, bitte, Lakshmi ist hier, wenn du weg bist, bitte, sag Ja«, bettelte Tia. Amma blitzte sie auf jene Weise an, die uns für gewöhnlich unsere Vorhaben aufgeben ließ, ganz gleich, was es war. »Ich muss darüber nachdenken. Das können wir nicht übers Knie brechen.«

»Was gibt es da nachzudenken, Amma?«, rief ich. »Es ist doch nur für ein paar *Stunden*!«

Ich nahm den Kleinen auf den Arm, und obwohl er mir über das Gesicht leckte, schnappte Tia ihn mir weg. »Jetzt bin ich dran«, sagte sie und drehte sich mit dem kleinen Hund auf dem Arm im Kreis.

»Sei vorsichtig, Tia«, sagte Elango und griff nach einer

meiner Tonarbeiten, die auf dem Verandasims in der Sonne trocknete. »Hat Sara nicht zwei Stunden gebraucht, um zu lernen, diese Vase zu töpfern?«

Der taxierende Blick meiner Mutter wanderte von ihm zu uns, und der, den die beiden tauschten, als er meine Vase zurück auf das Sims stellte, zeugte von der jahrelangen Geschichte zwischen ihm und unserer Familie, seinen Besuchen bei uns, als er noch ein Kind war, wie sehr mein Vater ihn mochte, den Stunden, die er darauf verwandte, mir das Töpfern beizubringen, all den Jahren, die er uns schon zur Schule brachte …

Tia wollte mir den Hund nicht zurückgeben, hüpfte auf einem Bein herum und jammerte: »Sara, das ist nicht fair, lass ihn mir! Du hattest ihn die ganze Zeit. Ich habe ihn erst halb so lang!«

»Wenn ich keinen Platz für den Hund finde, muss ich die Rikschafahrten aufgeben, bis er etwas größer geworden ist … Solange er so klein ist, kann ich ihn nicht allein zu Hause lassen. Es geht nur um ein paar Monate, Amma. Wenn er erst älter ist, kann er auf sich selbst aufpassen.«

Wir witterten Erfolg. Wir kannten die Geschichte vom Kamel – das erst nur seine Nase im Zelt des Reisenden wärmen will und dessen Gutmütigkeit ausnutzt, bis der arme Mann draußen schläft und das Kamel es sich allein im Zelt gemütlich macht –, und wir kannten unsere Mutter.

Sie war ein Schokotrüffel in menschlicher Form, unter ihrer Kruste verbarg sich ein weicher, schmelzender Kern.

Tia küsste Chinnas Kopf. »Von heute an wohnst du hier! Du gehörst mir!«

Darauf sagte Elango: »Es ist nur für ein paar Stunden, während ich mit der Autorikscha unterwegs bin, und nur, wenn deine Mutter es erlaubt. Ich weiß, es ist viel verlangt.«

Er nahm den Hund von Tia, setzte ihn vor meine Mutter hin und wartete. Sein Blick war so eindringlich, dass man hätte denken können, er glotze dumm. Doch so war es mitnichten – auf diese Weise fixierte er immer alles, was wichtig war, wenn sich seine ganze Aufmerksamkeit, sein ganzes Denkvermögen auf eine Sache, eine Vase oder eine Person konzentrierte. Aber die Schlacht war bereits so gut wie gewonnen. Der kleine Schwanz des Hundes beschrieb Kreise, während er seine Nase in den Saum von Ammas Hose steckte, und ihr Widerstand zerfiel unter den drei Augenpaaren, die sich auf sie richteten.

»Hör auf«, sagte sie in Richtung ihrer Füße und hob den kleinen Hund auf. »Das kitzelt.« Sie stand immer noch in der Tür, als wir gingen, hielt den Hund auf dem Arm, und von ihrem Gesicht war abzulesen, wie glücklich sie war, es aber nicht zugeben würde.

Elango packte uns in die Rikscha und fuhr um die Ecke. Er lieferte seine Fracht an zwei verschiedenen Schulen ab. Fauzia, Tia und ich stiegen an der Safar aus, die auf einer Anhöhe direkt außerhalb der Walled City stand. Sobald man den Fluss überquerte, der die Stadt in zwei Teile schnitt, sah man die weißen Kuppeln unserer Schule. Wir brauchten etwa eine halbe Stunde bis dorthin, und wenn wir ausgestiegen waren, fuhren die anderen drei noch etwas weiter nach St Teresa's. Es war eine lange Fahrt, und weil Fauzia und ich noch sehr klein waren, als Elango anfing, uns zur Schule zu bringen, öffnete er eine unerschöpfliche Schatztruhe voller Geschichten, um uns die Zeit zu vertreiben. Auch nach sieben Jahren des Plünderns war die Truhe immer noch kaum geleert.

Es war einmal vor langer Zeit, fingen seine Geschichten immer an. Es war einmal vor langer Zeit, als eine Taubstumme während einer Sonnenfinsternis zu sprechen begann. Es war einmal vor langer Zeit, als Shivas Zornesfeuer in ein Pferd gesperrt werden mussten, das immer noch auf dem Grund des Ozeans herumläuft und Flammen ausatmet. Auf diesem Fluss, den wir überqueren, fuhren einst Schiffe, die seidene Bären und Tiger mit Opalaugen herbrachten. Geografie und Geschichte änderten sich täglich auf unseren Fahrten mit Elango. Er sperrte verlorene Geliebte in Gebäude entlang der Straße, platzierte Werwölfe hinter Felsen, füllte die Welt mit Waisen, die in Bombay zu Filmstars wurden, und Mädchen, die mit in Sivakasi gebauten Raketen zum Mond geschossen wurden.

Heute würde seine Geschichte von einem Töpfer und einem Hund handeln.

11

Eine von Elangos Geschichten erzählte von Laila und meiner Großmutter.

Vor langer Zeit, als er noch ein Junge war, bestand Elangos tägliche Arbeit darin, mit einem alten Mann von Tür zu Tür zu gehen und Töpferwaren zu verkaufen. Eine

Autorikscha gab es nicht, aber sie hatten eine Eselin. Der grauhaarige Mann, mit dem er loszog, war vielleicht ein Verwandter, aber Elango war nicht sicher, wer er war und wohin er am Ende verschwand. Er war einer von vier oder fünf Leuten, die damals in der Werkstatt des Großvaters arbeiteten. Über die langen Arbeitsjahre hin hatte er einen Buckel bekommen, und seine Hände waren von Arthritis gezeichnet, sodass er nicht länger töpfern konnte, also schickten sie ihn mit der Eselin, mit Krügen und Vasen los, von Tür zu Tür zu ziehen.

Die Eselin war klein und hübsch, und Elango nannte sie Laila. Auf ihren Rücken wurde ein Juteträger gebunden, und sie stand still da, während der Stapel schwerer Tonwaren auf ihrem Rücken anwuchs, bis sie halb darunter verschwand. Dann gingen sie mit ihr verlassene, hitzeversengte Straßen hinunter, und Elangos Aufgabe war es, die Leute mit lauten Rufen aufzufordern, näher zu kommen und ihre Waren zu kaufen. Während sie dahintrotteten, wiederholte er in lautem Singsang: *»Kudalamma kundalu, naanyamaina kundalu, manchi neeti kundalu!«* Töpferwaren zu verkaufen, robuste Töpferwaren! Töpferwaren zu verkaufen, Wasserkrüge!

An einem jener Tage im Sommer, als niemand interessiert schien, die Last der Eselin noch um kein Stück erleichtert worden war und sie gerade umdrehen wollten, öffnete eine Frau aus einem der Bungalows ihr Tor und rief sie herein.

»Sie war eure Großmutter. Lange, bevor euer Vater überhaupt verheiratet war«, sagte Elango zu Tia und mir.

»Habt ihr Durst? Hat der Esel Durst?«, fragte meine Großmutter Elango. »Was habt ihr seit dem Morgen gegessen?«

Elango brachte kein Wort heraus, er war verblüfft.

Meine Großmutter wiederholte die Fragen lauter und langsamer und lächelte das sprachlose Kind ermunternd an, das da zu ihr aufsah, fasziniert vom – was sie nicht wissen konnte – Schatten eines Schnauzbartes auf ihrem buttrigen Gesicht.

Als er das sagte, fielen wir auf dem Rücksitz kichernd gegeneinander. Elango grinste in den Rückspiegel und fuhr fort.

Der bucklige Mann schob den Jungen zur Seite und trat vor. »Amma, wir sind den ganzen Tag schon unterwegs, seit Sonnenaufgang, ohne Pause.« Um sein Leiden zu unterstreichen, ließ der Mann ein Stöhnen hören, als er sich auf dem Boden der Veranda niederließ und die Beine unter sich zog.

Sie sagte ihnen, sie sollten warten, und ließ einen Diener Bananenblätter bringen, auf die er dampfenden weißen Reis, zwei Sorten Gemüse und Sambar löffelte. Nur einmal, bei einer Hochzeit, sagte Elango, habe er so viel gegessen. Als sie fertig waren und bereit, wieder zu gehen, holte meine Großmutter eine Geldtasche hervor und kaufte ihre gesamte Ware. Sie zahlte doppelt so viel, wie sie gewollt hatten, und sagte dann, als käme ihr der Gedanke jetzt erst: »Lasst auch den Esel hier, er ist alt und müde. Es ist an der Zeit, dass wir alle bei ihm um Vergebung bitten.« Sie holte noch mehr Geld aus ihrer unerschöpflichen Börse, winkte ihren Diener heran, damit er sich um die Eselin kümmerte, und ging zurück ins Haus.

Laila hatte mit gesenktem Kopf am Tor gestanden. Fliegen schwirrten um ihre Schenkel, und sie verscheuchte sie mit dem Schwanz. Sonst bewegte sie sich nicht. Der Diener, der ihnen ihr Essen gebracht hatte, rief einen Helfer hinzu, und die beiden schoben sie hinten in den Garten, mit Krügen, Vasen, Töpfen und allem. Meine Großmutter hatte sich nicht die Mühe gemacht, sich die Sachen anzusehen.

Als die Eselin drinnen war, machten sie das Tor zu. Elango war fürchterlich verwirrt, starrte das Tor an und wartete darauf, dass die Eselin zurückkam, bis der bucklige Mann ihn beim Arm fasste und wegzog, das Geld fest in der Hand. »Ich bin auch alt und müde«, murmelte er. »Ich wünschte, sie hätte mich ebenfalls gekauft und in ihren Garten geholt! Noch nie in meinem Leben habe ich so unbedingt ein Esel sein wollen.« Er hörte nicht auf zu glucksen und an seinen Zähnen zu saugen, und steckte etwas von dem Geld in eine versteckte Tasche über der Hüfte. Kurz bevor sie Kummarapet erreichten, drohte er Elango mit dem Schwarzen Tod, sollte er je verraten, wie viel die Frau tatsächlich gezahlt hatte.

Zu Hause hing ein Bild von Großmutter, und nachdem wir Elangos Geschichte gehört hatten, legten Tia und ich Vaters Vergrößerungsglas auf ihre lächelnde Oberlippe, um den Schnauzbart zu finden. Auf dem alten Foto, das mit hellen rosafarbenen Tupfern auf den Wangen und Blau und Gold auf dem Sari verschönert worden war, war nichts davon zu erkennen.

Mein Vater sagte, er könne sich an dunkle Haare im Gesicht seiner Mutter entsinnen, und bestätigte auch, dass es einen Esel im Garten gegeben hatte. Er erinnerte sich an dessen gefranste Augen und die leisen Geräusche, die er machte, während er das Gras ihres Rasens fraß, den er eine ganze Reihe Jahre über kurz hielt. Ohne die extravagant großzügigen Gesten meiner Großmutter und den selbstvergessenen Umgang meines Großvaters mit Geld, fügte mein Vater hinzu, hätten wir ihn wahrscheinlich noch, unseren alten, großen Bungalow. Er sagte das eher sachlich, nicht wehmütig, und versank wieder in seinem Buch, ohne weiter darüber nachzudenken.

12

Dieser Hund, den sie jetzt am Hals hatten, sagte Devika zu Raghav, könnte es nicht sein, dass das der war, der dem Paar bei dem Überfall im Wald verloren gegangen war, von dem sie vor ein paar Wochen berichtet hatte? Erinnerte er sich nicht – die Sache mit dem gestohlenen Auto, der Mann tot, die Frau verprügelt –, hatte es da nicht einen Hund gegeben? Je länger sie darüber nachdenke, desto wahrscheinlicher komme es ihr vor.

Ihr Mann schlief halb, während sie ins Dunkel hineinredete. Er murmelte etwas von Zufällen, drehte sich um und ließ sie allein mit ihren Sorgen. Beunruhigende Gedanken schafften es immer wieder, sie vorm Einschlafen zu bedrängen. Es war die Folge davon, bis spät noch in einer

Zeitungsredaktion zu arbeiten: Die Nachrichten wurden zu Läusen, die ihr keine Ruhe lassen wollten. Sie war mit einem Fotografen am Tatort gewesen. Es war eine lange Fahrt im Dienstwagen der Zeitung, einem Ambassador, die sich endlos abspulende Straße vor ihnen, als sie die Stadt verließen. Sie hatte versucht, sich nicht vom Rauschen der Luft und der ungewohnten Schönheit der vielen Bäume ablenken zu lassen, und machte sich Notizen. Sie hielten an einer nahe gelegenen Teebude, um Fragen zu stellen, und redeten mit dem diensthabenden Bahnwärter. Ihr wurde gesagt, dass die Frau ihren Mann mehr tot als lebendig am Rand der Straße gefunden habe. Die beiden hatten da festgesessen, bis bei Tagesanbruch ein halb leerer Bus Richtung Stadt für sie angehalten hatte. So viel Blut, hatten die Fahrgäste im Bus entsetzt gerufen – dann war die Frau zusammengebrochen. Der Mann hatte die Augen im Krankenhaus erst nach drei Tagen Todeskampf geöffnet, und das Erste, was er sagte, war »Tashi«. Er rief nach ihrem Hund.

Ein gewöhnlicher Hund, hatte die Frau in den nachfolgenden Tagen überall gesagt. Braun und schwarz, mit ein paar helleren Stellen über den Augen. Ein rotes Halsband mit Glöckchen habe er gehabt, und eine Leine. Und er sei etwa sechs Monate alt. Konnte es Zufall sein, dachte Devika, dass Elango einen Hund in etwa dem Alter, auf den die Beschreibung passte, zu genau der Zeit gefunden hatte? Konnte er ein identisches Halsband für ihn gekauft haben? Es musste der Hund sein. Er sollte zurückgegeben werden.

Sie starrte hoch zum Ventilator an der Decke und schrieb sich selbst einen Brief. In ihrem wöchentlichen Kummerkasten in der Zeitung schlug sie sich mit allen denkbaren Problemen herum: *Fragen Sie Mrs Vanamala Reddy*. Ihre Antworten auf Leserfragen waren von einer feinfühligen Ausgewogenheit zwischen unsentimentaler Sachlichkeit, matronenhafter Fürsorglichkeit und Humor geprägt. In Wochen, in denen nicht genug Briefe kamen, ersann sie neben den Antworten auch die Fragen. Dennoch hatte sie jetzt keine Antwort auf ihre eigene Frage. Ihr Brief wurde immer länger, und je mehr sie sich mühte, das Durcheinander in ihrem Kopf zu entwirren, desto schlimmer wurde es.

Sara und Tia waren völlig vernarrt in den Hund. Sie kamen aus der Schule und liefen gleich zu ihm. Chinna sprang wie ein Verrückter an ihnen hoch, rollte sich auf der Erde, grub Löcher und rannte dem roten Ball hinterher, den sie mit ihrem Taschengeld gekauft hatten. Sein Fell war voller und glänzte, und er hatte etwas zugenommen, sodass seine Rippen nicht gleich mit den Fingerspitzen zu fühlen waren. Elangos Gesicht zeugte von verträumter Bewunderung, wenn er ihn nach Hause holte.

Das sei zu einem täglichen Ritual geworden, erklärte Devika dem Deckenventilator. Es sei nicht fair, ein Tier ständig neu herumzustoßen. Das Paar müsse sich einen anderen Hund besorgen.

Erst spät fiel sie in einen unruhigen Schlaf und wachte früh wieder auf, schlecht gelaunt und mit Haaren, die ihr wie die Stacheln eines Stachelschweins vom Kopf abstanden. Sie fühlte sich auch wie eins, stand auf der Veranda hinter der Küche und trank einen Kaffee, der so stark und schwarz war, dass sie wusste, er würde ihr nicht bekommen, trank ihn aber trotzdem.

Von ihrem Platz aus konnte sie das Nachbarhaus sehen. In der Mitte des Gartens stand der Brunnen, den sie sich mit Mrs Khambatta teilten, einer neuen Mieterin, die praktisch immer noch eine Fremde war. Devika sah die Frau auf ihrer Terrasse sitzen und etwas aus einer großen Tasse trinken. Auf ihrem Schoß lag eine Zeitung, und sie hielt einen Stift in der Hand. Wahrscheinlich löste sie das Kreuzworträtsel, das Devikas leicht reizbarer Kollege, Mr Seshadri, der Gelbzahn, jede Woche neu ausbrütete. »Hound …, Elvis-Presley-Song (3)«, lautete eine Aufgabe in dieser Woche. Das Kreuzworträtsel mit aktuellen Geschehnissen zu verbinden, betrachtete er als seine spezielle Begabung.

Mrs Khambatta spürt Devikas Blick auf sich, legte den Stift zur Seite und rief: »Der frühe Vogel …! Guten Morgen! Kommen Sie und trinken Sie einen Kaffee mit mir!« Devika schenkte ihr ein schnelles Lächeln, hob ihre Tasse, um zu zeigen, dass sie bereits einen hatte, und zog sich in die Küche zurück. Das war das Ende des morgendlichen Für-sich-Seins.

Es folgte die tägliche Aufregung der Mädchen, die Chinna begrüßten, und als Elango mit ihnen losgefahren war, sah Devika, wie der Hund hinten an einem Büschel Cannas herumschnüffelte.

Sie rief mit lauerndem Unterton: »Tashi, Tashi.«

Der Hund hob den Kopf und sah Devika an, als hätte er

ein Wort aus einem Traum gehört. Seine braunen Augen leuchteten, sein Schwanz wedelte hin und her, und die Ohren zuckten vor und zurück. Sie verfluchte sich heftigst, knallte ihre Kaffeetasse so fest auf die Arbeitsfläche, dass sie eigentlich hätte zerbrechen müssen, drehte sich um und machte die Tür zu.

Später bei der Arbeit, als sie dem Layouter beim Umbruch über die Schulter sah, wurde ihr ganz schlecht vor Sorge. Der Mann klebte gerade ein Foto in eines der Anzeigenfelder auf der letzten Seite und drehte sich um, als er sie hinter sich spürte. »Hast du gesehen? Ist das erste Mal, dass ich eine Suchanzeige für einen Hund hereinnehme. Er ist an der Schnellstraße verloren gegangen.«

Nach der Arbeit an der Haltestelle war sie zu unaufmerksam, um in ihren Bus zu steigen, als er kam. Sie ging zu Fuß los, kam an die Brücke und blieb stehen, um hinunter ins vormonsunliche Rinnsal des Flusses zu sehen. Der glänzende Strich zwischen den grauen ausgedörrten Ufern roch faulig, aber der Himmel war hier weiter, der Fluss schnitt die Stadt auf und führte bis zum Horizont, zu Orten, die sie von Reisen für ihre Reportagen kannte. Besonders an Tagen wie diesem wollte sie weg, in Teile der Ebene, wo nichts als trockenes Land zu sehen war und hügelgroße Felsen aufeinanderhockten. In einem Zelt wollte sie dort draußen sein, von der Luft leben, sonnengebleicht, eine abgehärtete Überlebenskünstlerin, wie einer der verkümmerten Bäume. Sie musste an Raghavs alten Deutschen Schäferhund denken, damals, als sie noch Kinder gewesen waren, und wie Raghav aus der Klasse gestürmt kam und sich auf der Schultoilette eingeschlossen hatte, als der Hund gestorben war. Chinna jetzt zu verlieren, würde er nicht überleben. Seit seinem Herzinfarkt vor fünf Jahren hatte sie halbe Nächte wach gelegen, und wenn sich ihr Mann eine Weile nicht bewegte, kroch sie zu ihm und legte ihm das Ohr auf die Brust, um sicherzugehen, dass in ihm noch Leben zu hören war. Das stetige Schlagen seines Herzens beruhigte ihre fiebrige Aufmerksamkeit und ließ sie kurzzeitig schlafen.

Vor sich hin murmelnd ging sie weiter. Scheiß auf die Welt, scheiß auf die Strolche, die den Mann niedergeprügelt haben und über die Frau hergefallen sind, scheiß auf die verdammten argwöhnischen Giftschlangen, scheiß auf die Moral, scheiß auf die edle Gesinnung. Ihre Mädchen liebten den Hund, und Raghav brauchte ihn. Nichts anderes zählte.

Später am Abend lächelte Elango, als er über Chinnas neues Halsband streichelte. »Amma? Wann?«

»Das mit den Glöckchen«, sagte Devika, »war zerfranst und schmutzig, und ich bin zufällig an einem Laden vorbeigekommen.« Und dann, nach einer trotzigen Pause: »Ich habe das alte Halsband und die Leine verbrannt. Es ist vorbei, sein altes Leben.«

Liebe Mrs Vanamala Reddy,

Menschen, die an Autorinnen von Kolumnen wie die Ihre schreiben, haben mich immer verwundert. Ich habe mich gefragt, wie sie sich einer Fremden anvertrauen können, wo sie doch wissen, dass so die Welt von ihren verbotenen Lieben, ihren schrecklichen Krankheiten und Dilemmata erfährt. Aber jetzt schreibe ich Ihnen selbst. Ich lese Ihre Kolumne seit Jahren, und auch wenn ich nicht weiß, wer Sie sind, habe ich doch ein Gefühl von Verwandtschaft entwickelt.

Mein Mann und ich wurden auf einer Schnellstraße überfallen. Sein rechtes Auge wird vielleicht nie wieder seine Sehkraft zurückerlangen. Ich bin nur am Kopf genäht worden und habe eine schmerzende Schulter – alle sagen, ich hatte Glück. Sie meinen, ich bin glimpflich davongekommen. Aber sagen Sie mir, Mrs Reddy, wem kann ich sagen, dass auch ich schwer verletzt bin? Sobald ich meine Augen schließe, um zu schlafen, sehe ich sie. Sie haben ihre Hände auf meinem ganzen Körper. Wenn ich daran denke, was sie gesagt haben, läuft es mir immer noch kalt den Rücken hinunter, und ich habe das Gefühl, eine ganze Wurmkolonie hinterlässt ihren Schleim auf mir.

Und wir haben unseren Hund verloren. Ich weiß nicht,

wo er ist und ob er überhaupt noch lebt. Ob er zu fressen hat und sich jemand um ihn kümmert. Ich habe eine Anzeige aufgegeben, die Polizei angefleht, nach ihm zu suchen, aber bisher gibt es nichts Neues.

Mein Mann wird immer noch sediert, und wenn er wach ist, soll ich ihn ruhig halten. Ich habe niemanden, mit dem ich sprechen kann. Gibt es etwas, was Sie mir raten würden? (Bitte, veröffentlichen Sie meinen Brief nicht.)

DREI

I

Die Jahreszeiten wechselten, und der Geruch von Holzfeuern hing in der Luft. Elango saß in seiner Autorikscha vor den Wohnungen des Moti-Blocks und genoss die kühle Luft. Viel zu zufrieden, um sich zu bewegen, dachte er darüber nach, wie die Zeit es vermochte, wie Wasser zwischen seinen Fingern zu zerrinnen. Der Hund war ihm vor einem Jahr zugelaufen. Da hatte er auch den Traum von dem brennenden Pferd geträumt, was ihn zum Teich hatte stürmen lassen, um Ton dafür auszugraben. Weiter war er bisher nicht gekommen, obwohl das Pferd in seiner Vorstellung fortlebte und mit jedem Tag standbildhafter wurde. Es war, als warte er auf ein Zeichen, das ihm sagte, der Augenblick sei da, das Pferd scharre mit den Hufen, eine Kapuze über den Augen, und warte darauf, enthüllt und unter Applaus freigelassen zu werden.

Das Zeichen kam in den nächsten paar Sekunden. Durch den Vorhang seines Halbschlafes hörte er Zohras Stimme.

»Sind Sie frei? Bringen Sie mich zur Post?«

Den Bruchteil einer Sekunde lang hielt er die Augen geschlossen und dachte, ihre Stimme gehöre zu einem seiner Tagträume. Dann schoss er in die Höhe.

Es war das erste Mal seit ihrem Zusammentreffen an

seinem Marktstand, dass sie etwas zu ihm sagte, und er hatte sich viele Szenarien dafür ausgemalt. Das jetzt war keines davon. Er hatte sich lässig elegant in seinem guten Hemd gesehen, das Haar gekämmt, die Uhr an seinem Handgelenk. Stattdessen hatte er geschlafen. Mit offenem Mund? Hatte er geschnarcht? Er kletterte vom Rücksitz und lächelte ihr verlegen zu. Er hoffte, dass der Sitz nicht nach seinem Schweiß roch und nahm sich ein paar Sekunden, um ihn mit dem Staubtuch abzuwischen, bevor sie hineinkletterte. Die Rikscha wurde von ihrem Duft erfüllt, einer Mischung aus Seife und Talkum, pudrig und süß. Sie beugte sich mitteilsam vor, während er den Motor ankurbelte. »Sonst gehe ich zu Fuß. Ich wollte Sie nicht aufwecken, aber ich muss die Rente meines Großvaters abholen, und ich bin ein bisschen spät dran.«

So nahe klang ihre Stimme sanft und warm. Wie Rum, dachte er, schickte sie Hitze und Behagen bis in seine tiefsten Tiefen.

»Ich habe nicht wirklich geschlafen«, sagte Elango und klang verlegen. Sie hatten seit Monaten kein Wort gewechselt, und doch sprach sie mit ihm, als wären sie Freunde. Er fuhr los, kurvte durch die belebte Gasse zur Hauptstraße und beschleunigte. Sie war keine Armlänge von ihm entfernt. Er konnte sie im Rückspiegel sehen. Ihre Augen waren gegen den Wind etwas verengt, und sie schob sich Haarsträhnen aus den Stirn, die sich aus ihrer Frisur lösten. Eine Braue wurde durch eine Narbe unterbrochen, und ihr Schlüsselbein wuchs so schlank aus ihrem Hals wie die Früchte an seinem Meerrettichbaum. In der schalenförmigen Vertiefung in der Mitte hing ein blauer Anhänger an einer feinen goldfarbenen Kette. Sie sah zur Seite, als sich ihre Blicke im Rückspiegel trafen.

Noch nie war eine Fahrt eine größere Freude gewesen. Er fuhr so schnell auf der Brücke über den Fluss, dass sein Halstuch wie eine Flagge im Wind flatterte. Er hörte sie lachen. »Ich habe Angst! Fahren Sie langsamer, *so* eilig habe ich es auch wieder nicht.«

Verliebte Frauen, sagte er sich, rufen dem Mann laut zu, er soll langsamer fahren, anhalten. Es war ein Ruf um Hilfe und der Wunsch nach Gefangenschaft – im Kino war es immer so. Er sah nach hinten, und ein Gedanke wechselte zwischen ihnen hin und her – ein gemeinsamer Gedanke, da war er sicher. So etwas ließ sich nicht missdeuten. Warum hatte sie von allen Autorikschas dieser Welt gerade seine gefunden? Er wartete kaum einmal auf Fahrgäste. Wenn er die Schulrunde beendet hatte, fuhr er zum Töpfern, bis es Zeit war, die Mädchen wieder abzuholen. Und sie war genau zu dem Zeitpunkt aus dem Haus gekommen und hatte nach einer Beförderungsmöglichkeit Ausschau gehalten, als er kurz auf der Straße vor sich hin gedöst hatte. Hund. Frau. Pferd. Es waren dieselben Sterne und Planeten. Sie hatten sie in seine Richtung geschubst, weil er das Universum mit seiner Leidenschaft dazu gebracht hatte, Raum zu schaffen für sein Verlangen. Jetzt musste er geduldig sein und auf den richtigen Moment warten, um ihr mit einem Gebet zu den Göttern des Tons auf den Lippen seine Gefühle zu gestehen.

Zunächst einmal würde er darauf bestehen, sie zu fahren, wohin immer sie musste – in die Bibliothek, wo sie arbeitete, zur Post, bis ans Ende der Welt. Sie sagte, sie müsse nur an manchen Tagen zur Post und zur Apotheke in Kuttipally, um die Augentropfen und Tabletten für ihren Großvater zu holen. Sie besprachen, dass Elango ein Stückchen die Straße hinunter wartete, wann immer sie irgendwohin musste, und bald schon rutschte sie so selbstverständlich in die Autorikscha, als wäre es ihre eigene. Er nahm kein Geld, und sie bot ihm nie etwas an. Sie gaben keine Erklärungen ab, versprachen nichts, aber bereits jetzt mussten gewisse Dinge zwischen ihnen nicht mehr ausgesprochen werden.

2

Chinna hatte seine jugendliche Schlankheit noch nicht verloren, entwickelte sich aber zu einem großen Hund mit stämmigen Schultern und kräftigen Pfoten, jeden Monat wurde er etwas größer. Elango schätzte, dass er zwischen einem und anderthalb Jahren alt war – dann war er etwa sechs Monate gewesen, als er ihn gefunden hatte. Seine ungleichen Ohren waren zu zwei Dreiecken geworden, die seinen Kopf rahmten, sein Schwanz zu einem wehenden Banner. Er war bekannt und beliebt in der Nachbarschaft, und die Leute hatten ihre eigenen speziellen Namen für ihn. Elangos Freund Giri behauptete, seine Schildkröte Hema Malini würde schneller und bewege sich in Chinnas Richtung, sobald sie ihn in der Nähe spüre.

Der Hund begleitete die Leute gern durchs Viertel, oder er besuchte sie zu Hause. Elango hatte sich damit abgefunden, dass Chinna von Tür zu Tür ging und sich überall eine Weile ausruhte, bis jemand mit einem Bissen für ihn herauskam. Betteln tat er nie, er saß nur vor der Tür, als dächte er über die Welt nach, und war sich seiner Unwiderstehlichkeit sicher. Er musste seine Morgen nicht mehr bei Devika verbringen, ging aus Gewohnheit aber dennoch hin, auch weil dort Schüsseln mit Fleisch und Reis auf ihn warteten. Devikas Haus war jetzt eins von mehreren, die er bei seinen täglichen Runden zu besuchen geruhte, und es war ihr Privileg, dass er einwilligte, sich unter ihren Ventilatoren auszubreiten. Nach einem Mittagsschläfchen trottete er herum, ließ schnüffelnd keine Ecke aus, und wenn er an den Mädchen und ihrem Vater vorbeikam, erlaubte er es sich, von ihnen gehätschelt zu werden, wobei er aussah, als tue er ihnen einen Gefallen.

Abends wartete Chinna vorm Moti-Block auf den blinden Kalligrafen, der dort wohnte, Zohras Großvater. Sobald der alte Mann die letzte Stufe hinunter von seiner Wohnung über den Läden erreichte, streckte er die Hand mit einem zuvorkommenden »Salam alaikum« aus. Der Hund drückte die Nase in seine Hand, und der Mann klopfte mit dem Stock auf die Erde und machte sich mit ihm auf zu seinem Gesundheitsspaziergang. Später verabschiedet sich der Kalligraf mit formellen Worten und gab Chinna ein fetttriefendes Roti, das Zohra für die ordnungsgemäße Beendigung ihres täglichen Rituals an einem bestimmten Platz hinterlegt hatte.

Danach strich Chinna durch die Gassen, um eine Weile dem Müßiggang zu frönen, nach läufigen Hündinnen zu schnüffeln und Rivalen anzuknurren. Dann war es wieder Zeit für eine Ruhepause, und er tapste in Richtung Teich. Elango war dieser Tage sehr oft dort. Sein Unterseepferd hatte ihn nachts wieder besucht, Flammen züngelten aus seinen Nüstern, und es war tief im Teich herumgelaufen. Es war Zeit, dass es daraus hervorstieg und sich das Wasser aus der Mähne und vom Rücken schüttelte.

3

Ich war gerade dabei, eine Vase zu formen, als Elango sagte, ich hätte das Stadium erreicht, am Teich neue Techniken zu erlernen. Er schwor mich auf Verschwiegenheit ein. »Kein Wort, nicht zu deiner Schwester, deiner Mutter, deinem Vater oder Lakshmi. Auch nicht zu Fauzia. Keiner darf davon wissen.«

Ich folgte seiner Wegbeschreibung und ging zwischen den niedrigen Häusern und strohgedeckten Lehmhütten von Kummarapet hindurch. Elango hatte gesagt, er sei nicht am ersten Teich, wo Schweine die zugeschissene Erde abgrasten, bevor sich ihr Futter im Regen auflöste, ich müsse noch weiter. Es folgte ein endloses Stück Gebüsch und Gesträuch. Kratziges Gras, Mücken. Ich drängte mich durch Dornen und fragte mich, ob ich mich verlaufen hatte und umdrehen sollte. Aber dann kam ich an einer Gruppe Tamarindenbäume vorbei und sah, dass sich Gestrüpp und

Büsche öffneten – und da war die vom Himmel gefüllte Weite des zweiten Teiches, Elangos Teiches, mit einem blattlosen Baum daneben, genau wie er gesagt hatte.

Das Pferd sollte ohne Vasus und Revathis Wissen entstehen, deshalb arbeitete er hier daran. Mehr erklärte mir Elango nicht. Es kam mir komisch vor, denn hier gab es keine Werkstatt, und wenn es regnete, bevor es gebrannt wurde, würde das Pferd einfach weggewaschen. Zum Schutz während der Zeit, die er brauchte, um es zu modellieren, hatte er mit verrosteten Blechen und Bambusstangen einen Unterstand gebaut. Direkt daneben stand ein Baum, in den einmal ein Blitz eingeschlagen hatte. Es war nicht viel mehr als ein verkohlter Stamm, dessen gezackte schwarze Spitze am Himmel kratzte, aber diese unheimliche hölzerne Hand sorgte offenbar dafür, dass die Gegend um den Teich völlig verlassen war. Ein Reiher stakste so behutsam durch den Teich, als bestünde er aus Glas, nicht aus Wasser, und das war alles. Ich sah mich um und mir wurde bewusst, wie weit ich von Menschen, Läden und meinem Zuhause entfernt war.

Elango kam mir neben dem kahlen Baum so viel größer vor als ich. Er griff von einer Seite, die teilweise mit Kletterpflanzen bedeckt war, in den Stamm hinein. »Sieh mal, ich habe hier was«, sagte er, die Haare wild durcheinander und mit einem Grinsen. Seine Augen waren leuchtende Mondsteinscheiben. Ein Schauer durchfuhr mich, und ich fühlte mich in eines der Bücher versetzt, die ich gelesen hatte. Mädchen stießen darin gefährliche Dinge zu, wie sie jemandem wie mir nie zustießen, die ich jeden Tag zur

Schule ging und am Ende des Halbjahres chemische Formeln ausspucken, die Merkmale des *Hibiscus rosa sinensins* zeichnen und »Narzissen-von-William-Wordsworth« herunterrasseln musste. Nichts von dem hatte mir beigebracht, die Gefühle zu verstehen, die mich hier am schimmernden Wasser erfüllten.

Er holte eine Uhr hervor. Sie war aus Stahl und hatte ein breites Armband. Er band sie sich um und hielt mir sein Handgelenk hin, um sie mir zu zeigen. Es war ein kräftiges, kantiges Handgelenk, und seine Hand schien groß genug, um drei von meinen zu umschließen.

»Ich habe sie im Wald gefunden, da, wo mir Chinna zugelaufen ist«, sagte er. »Sie lag einfach da, und er hat mich hingebracht. Sie ist ein Geschenk von ihm. Ich trage sie, wenn ich hier arbeite.«

Ich nickte, ohne eines seiner Worte zu registrieren. Er trug ein Unterhemd, dazu nur Shorts. Der nackte Arm, den er mir entgegenhielt, war lang und sehnig, und man sah, wie sich die Muskeln in ihm bewegten. Ich verstand nicht, warum ich mich plötzlich so befangen und scheu fühlte, wo er doch schon so ausgesehen hatte, als ich noch ein Kleinkind gewesen war.

Das Gefühl verging jedoch, als er mir Aufgaben stellte, die ich in den nächsten zwei Stunden auszuführen hatte. Jede Minute meiner Zeit war damit gefüllt, Techniken zu erlernen und Abläufe zu verstehen, und ich lernte viel über Elango und sein Pferd dort am Teich, die wenigen Male, die ich da war. Jedes Jahr hatten sein Großvater und die anderen Töpfer des Dorfes ein gigantisches Tonpferd erschaffen. Hier am Teich hatten sie es modelliert, nahe beim Ton, den sie dafür brauchten, weit weg von ihren Häusern. Da war Kummarapet tatsächlich noch ein Dorf gewesen, das weitgehend von Familien bewohnt wurde, die der Kaste nach Töpfer waren und den Beruf ihrer Vorfahren ausübten. Sie waren als Sippe aus Tamil Nadu gekommen, was schon so lange her war, dass sich niemand mehr erinnerte, warum und wann genau. Der Teil unserer Stadt, der heute Kummarapet hieß, ging auf ein Dorf zurück, das sie ursprünglich in Andhra Pradesh gegründet hatten, und eines der Dinge, die sie aus der Vergangenheit erhalten hatten, war die Tradition, jedes Jahr ein tönernes Pferd zu schaffen – eine Tradition, die es heute nicht mehr gab, genauso wenig wie die Töpfer. Früher hatte einmal jährlich ein Fest im Tempel stattgefunden, zu dem das Pferd unbedingt dazugehörte. Die Götter verlangten ein Zeichen kollektiver Verehrung, der Grund dafür war nicht bekannt, aber die Töpfer akzeptierten es als Bestandteil ihres Lebens. Es kostete sie etliche Tage, das Pferd fertigzustellen, es wurde geschmückt und geweiht und feierlich mit Musik durch die Straßen gezogen. Es war ein göttliches Pferd, den Söhnen Shivas gewidmet, dem Schutzgott des Dorfes, und bewahrte sie vor Krankheit, Banditen und allem Übel. Überbleibsel jener uralten Pferde standen noch auf dem Grund eines der alten Tempel, von Wind und Regen gezeichnet. Die Töpfer, die sie erschaffen hatten, waren tot oder weggezogen, und die ihnen nachfolgten, kannten die Technik nicht mehr.

Als ich zum dritten Mal zum Teich kam, machte Elango

gerade aus einem Klumpen Ton eine lange dicke Rolle. »Nimm dir auch einen Klumpen«, sagte er, »und mach dich an die Arbeit. Wir brauchen Rollen wie die hier.«

Er formte einen Kreis mit ihr, einen Ring. Drei weitere folgten, und er positionierte sie in den vier Ecken eines Rechtecks, das er auf die Erde gezeichnet hatte. Sie waren der Anfang des Pferdes, der Beine. Sie würden wachsen, indem immer weitere Ringe auf sie gelegt wurden, dann würde er den Körper formen, den Kopf und den Rest. Wenn das Pferd fertig war, ging es an seine Dekoration.

»Das wird deine Aufgabe«, sagte er.

Die Erde im Schatten des Unterstands war nach jahrelangem Gebrauch glatt und hart. Ich setzte mich auf meine Fersen, um den Ton darauf zu rollen. Ich dachte, es wäre einfach, musste aber immer wieder neu anfangen, weil er an den Seiten einriss oder zerfiel. Nach einer Weile kamen mir meine Versuche sinnlos und öde vor. Ich wollte in den Teich waten und flache Steine über das Wasser schleudern, um zu sehen, wie oft sie auftitschten, bevor sie untergingen. Elango schien zu erraten, was in mir vorging, und sah mich düster an. »Mach weiter. Alles andere kann warten. Spritz ein wenig Wasser auf die Stelle, wo du arbeitest.«

Er legte die Rolle, an der er gerade arbeitete zur Seite, watete in den Teich und fing an, am Rand zu graben, knietief im Matsch. Die Erde, die er ausbuddelte, packte er aufs Ufer, und als er genug hatte, legte er seine Metallschale beiseite und stieg in den nassen Ton. Langsam ging er darin herum, immer im Kreis, und fügte hin und wieder etwas Stroh und Reishülsen von einem Haufen gleich daneben hinzu. Er winkte mich zu sich, und plötzlich überkam mich die Verlegenheit des ersten Tages wieder – ich fühlte mich gleichzeitig scheu und erwartungsvoll und verspürte den Drang, nach Hause zu laufen, weg von der Verwirrung. Stattdessen trat ich mit in den Ton, den er da bearbeitete. Meine Füße versanken darin, meine Knöchel. Wenn ich ausrutschte und fiel, würde ich mich an ihm festhalten müssen, sonst gab es keine Möglichkeit.

»Bleib, wo du bist. Sei vorsichtig«, sagte er. »Manchmal sind Glasscherben oder Nägel drin.«

Ich hatte gedacht, der Ton würde sich schmutzig anfühlen, doch er war seidig und kühl. Er glitt mir von den Beinen und stieg zwischen meinen Zehen auf. Ich fand mein Gleichgewicht wieder und bewegte mich mit größerer Sicherheit voran, drehte einen Kreis, wie er es mir gezeigt hatte, langsam, und dann trafen meine Füße auf etwas. Ich bückte mich, um es hervorzuholen.

Es war eine Scheibe gebrannter Ton, auf einer Seite zerbrochen. Ich gab sie Elango, der sie in einen Eimer Wasser tauchte und an seinen Shorts abwischte. Es war eine Öse daran, durch die man eine Schnur stecken konnte. Vielleicht war es ein Amulett. Eine auf einem Tier reitende Gestalt war darauf zu erkennen, die leicht unbeholfen hineingeritzt worden war. Wir konnten nicht sagen, ob es ein Mann oder eine Frau war und ob es sich um ein Pferd oder einen Tiger handelte. Bei den Beinen war die zerbrochene Stelle.

Elango hatte schon früher Stücke wie dieses am Teich gefunden, sagte er. Er besaß ein Stück vom Kopf einer Göttin, Scherben eines Krugs, einen Pferdehuf und ein paar kleine Puppen, wie er sie immer noch für Diwali machte – alles verstaut in der Höhlung des Baumes. Für ihn war es nach wie vor ein kleines Wunder, dass der gebrannte Ton nicht wieder zu Erde wurde. Er konnte zerbrechen oder vom Wetter gezeichnet werden, besaß aber eine Lebenskraft, die sich nicht auslöschen ließ. »Die Krüge und Vasen, die du und ich heute machen«, sagte er, »die gibt es vielleicht in dreihundert Jahren noch. Vielleicht sogar in tausend.« Jedes Mal, wenn er etwas fand, fragte er sich, ob es von seinem Großvater oder einem weit älteren Vorfahren stammte.

»Wusstest du, dass manche Leute die Figuren ihrer Götter und Göttinnen nach einem Fest im Fluss ertränken?«, fragte er. Er schüttelte verständnislos den Kopf. Fern aus Kalkutta wurden gigantische Tonfiguren von Durga, Ganesh und Kartik nach Süden transportiert, wo die Leute sie anbeteten, als wären sie von Göttern beseelt, und nach ein paar Tagen im Rausch versenkten sie die Götter im Fluss.

»Ich habe es mit meinen eigenen Augen gesehen«, sagte er. »Manche sind tränenüberströmt, wenn sie sich von ihnen trennen. Trotzdem werfen sie sie in den Fluss, es gehört zum Ritual.«

»Warum sie dann erst erschaffen?«, fragte ich. »Wie dumm.«

»Dumm ist es nicht … Warum denkst du das? Wir können nicht immer alles verstehen«, sagte er. »Obwohl es mir für die Töpfer leidtut.« Er hatte dagesessen und zugesehen und sich gefragt, wie diese fernen Töpfer, Männer wie er, es Jahr für Jahr ertrugen, dass ihre Kunstwerke gerade fünf Tage überlebten. Sie brannten sie in keinem Brennofen und wussten, ihre Skulpturen würden wieder zu Erde werden. Als stürben sie jedes Jahr.

Wir saßen beim Teich und reichten das Amulett hin und her, redeten, hörten ein Rascheln und ein tiefes Einatmen. Wir hoben den Blick, es war Zohra.

Sie war überrascht, mich dort anzutreffen, das sah ich gleich. Ich hatte nicht gewusst, dass sie ebenfalls zum Teich kam. Ich hatte es für etwas zwischen Elango und mir gehalten. Er hob sich schnell auf die Beine und wischte sich die Hände an seiner Shorts ab.

»Sie ist der Schüler?«, fragte Zohra. »… komisch. Ein Schulmädchen lernt … hier … wofür?« Sie sah sich um, auf den Teich hinaus, zum Unterstand, dem Tonhaufen, und dann kehrte ihr Blick zu meinen Beinen zurück, die bis zu den Knien voller Ton waren.

»Die musst du säubern, bevor du nach Hause gehst«, sagte sie.

Obwohl sie sich abwandte und mit Elango redete, konnte ich nicht aufhören, sie anzusehen: ihr bronzenes Gesicht, die so wunderbar glatte Haut, während aus meiner Pickel sprossen, das Korallenrot ihres Lippenstifts, den sie direkt vorm Herkommen aufgelegt haben musste. Dazu der Blumenduft, den sie mitgebracht hatte, und der spöttische Blick, den sie jetzt wieder auf mich richtete. Mit schmutzigen Händen oder Beinen konnte man sie sich nicht vorstellen. Aber für Elango und mich war der Ton kein Schmutz, wollte ich ihr erklären. Und sie musste mir nicht sagen, dass ich mir die Füße waschen sollte.

Elango wich zur Seite und ließ dabei das Amulett fallen. Sie drehte sich. »Du hast etwas fallen lassen«, sagte sie. »Da, bei deinen Füßen.« Sie hob es auf, sagte, es sei ein Amulett und dass sie genau die richtige Schnur dafür habe, falls er es tragen wolle. Und im Übrigen, sagte sie, müsse sie morgen zur Hauptpost und frage sich, ob er sie mit seiner Autorikscha hinbringen könne.

»Zwei Uhr?«, fragte er.

»Ich werde am gewohnten Ort sein.«

Dass ich von ihren Plänen hörte, schien ihr nichts auszumachen. Sie wandte sich ab, ohne mich noch einmal anzusehen, und ging langsam und etwas wacklig zurück über den unebenen Trampelpfad. Elango sagte nichts mehr. Er schien seinen Vortrag über die Götter und Göttinnen aus Kalkutta und die Dinge, die Töpfer von Generation zu Generation weitergaben, vergessen zu haben. Stattdessen ging er wie benommen zurück zum Teich, nahm seinen Spaten und sah hin und wieder den Pfad hinunter, als könnte er Zohra noch sehen.

Etwas hatte sich verändert. Diese unsichtbare Sache, die Männer und Frauen umgab. Ich konnte es nicht erklären, aber es lag etwas Prickelndes in der Luft, genau wie bei dem Paar, das gegenüber von uns eingezogen war, wenn sich die beiden jeden Morgen endlos lang an der Tür voneinander verabschiedeten. Und wenn ihr Mann gegangen war, verbrachte Gauri den ganzen Morgen damit, Liebeslieder aus Filmen einzuüben: Erst hörten wir das Original von einer Schallplatte, dann ihre unsichere Stimme, die einen Teil der Melodie aufnahm. Spätabends dann, wenn ihr Mann wieder zu Hause war, hörten wir ihre Stimme herüberwehen, so verkniffen und schief wie schon am Morgen: »*Tum dur nazar aye, badi dur nazar aye …*«

Ich lag staunend wach. War das romantisch? In unserem kürzlich angeschafften Fernseher näherte sich eine vollbusige Schauspielerin in einem hautengen Sari ein verträumtes Lied summend ihrem Ehebett. Sie hielt ein großes Glas Milch in der Hand, und als sie es zitternd und lächelnd dem schnauzbärtigen Helden reichte, geschah etwas Bedeutendes zwischen ihnen. Wenn es auch keinen Namen hatte, erkannte ich es doch als das, was ich zwischen Elango und Zohra gespürt hatte. In der Schule hatten Fauzia und ich gesehen, wie ein Junge wartete, um ein Mädchen aus einer anderen Klasse abzuholen. Er würde – musste – zu uns herübersehen. Was würde geschehen, wenn er es tat? Wer würde ihn bekommen, Fauzia oder ich? Nach einiger Diskussion einigten wir uns darauf, ihn uns zu teilen, halbehalbe. Die Einzelheiten durchdachten wir nicht. Wir waren zwischen ihm und Begum Tasneems Sohn hin- und hergerissen, dem einzigen anderen jungen Mann am Horizont und deswegen höchst begehrenswert. Er hinterließ Zigarettenasche auf dem Klavier, an dem wir uns später sammelten, um *There Shall Be Showers of Blessings* für das Schulkonzert einzuüben. Jedes einzelne Mädchen in der Klasse war eher an Ascheschauern interessiert und insgeheim davon überzeugt, dass der Sohn der Rektorin unterschwellige Botschaften auf den Tasten des Klaviers hinterließ.

Mir fiel ein, dass ich Elango vor Kurzem in ein Buch vertieft erlebt hatte, während ich mich mit den Rollen abmühte. Ich hatte den Titel nicht lesen können, ich konnte kein Telugu, aber auf dem Titel war ein gemaltes Bild mit einem Mann und einer Frau, nahe beieinander.

Ich war sicher, dass Elango über all die Stunden von dem Moment an, da sie den Teich verlassen hatte, bis zum folgenden Nachmittag an nichts anderes würde denken können, als dass sie den ganzen überwucherten Weg zum Teich trotz ihres Gehfehlers hinter sich gebracht hatte, um ihn zu sprechen. Das war romantischer als alles, was ich bisher erlebt hatte. Ich musste es Fauzia erzählen, sobald ich sie sah.

4

Am Tag des dritten Crickettagesmatches Indien gegen Pakistan im November des Jahres nahm sich mein Vater frei, um die Berichterstattung in aller Ruhe verfolgen zu können. Die verrückte Aufregung des Ganzen bekamen wir mit, wohin immer wir gingen – ein Radio schallte aus der Bude beim Schultor, wo wir mittags Süßigkeiten und Eis kauften, und einer der Gärtner hatte eins bei der Arbeit an. Von Zeit zu Zeit ließ ihn etwas rufen: »Schon wieder! Sie haben es schon wieder gemacht!«

»Keine Entschuldigungen im Voraus«, sagte der Pförtner. »Nur, weil ihr verliert.«

»Warum ziehst du nicht nach Pakistan und bleibst

dort, wenn du so verrückt nach denen bist?« Der Gärtner hockte auf der Erde und steckte sich mit einem trägen Lächeln eine Beedi an.

Eine grüne Satinflagge hing schlaff über dem Schultor. Sie zeigte eine Lampe in der Öffnung einer Mondsichel. Auf der Anschlagtafel daneben stand der Name Safar auf Englisch und Urdu unter dem Gemälde einer Öllampe, so wie Elango sie für jedes Diwali zu Hunderten produzierte. Das Schulmotto umgab die Lampe mit einem Kranz langgliedriger Urdu-Striche. Die Schule befand sich in Begum Tasneems Familiensitz. In den Ställen und Gästebereichen hatte sie die Klassenzimmer eingerichtet. Sie hatte einen Mawlawi angestellt, um den muslimischen Mädchen Religionsunterricht zu geben, und auch einen Sportlehrer, hatte Laufbahnen anlegen lassen, es gab Basketballkörbe und auf den Rasenflächen Schaukeln und Klettergerüste. Ein paar von meinen Freundinnen kamen in Burkas, legten sie in der Schule aber ab und trugen die gleichen kurzen Tuniken wie der Rest von uns. Bevor sie zurück nach Hause gingen, bedeckten sie sich wieder. Nicht alle in der Stadt konnten so einfach zwischen den Elementen wechseln. Die Burkas, die Flagge und die Urdu-Schrift wiesen unsere Schule als islamisch aus, und der Gärtner war nicht als Einziger argwöhnisch, was die Pflichttreue des Pförtners anging.

Als wir nach unserer Teepause zurück in die Klasse kamen, stellten wir fest, dass ein Poster von Imran Khan über das dort hängende von Fauzia sorgsam angefertigte gesundheitswissenschaftliche Schaubild geklebt worden war. Er war ein Blitz in Cricketweiß, der sich leuchtend vom Grün des Grases abhob, aufgenommen in genau dem Moment, da er den Ball auf den Schlagmann zuschleuderte. Wir waren zu fünft hereingekommen und starrten ihn in stummer Bewunderung an. Eine Sechste, Manika, riss den Klebestreifen herunter und warf das Poster auf den Boden.

»Genau da gehört Imran Khan hin«, sagte sie.

»Ach, komm schon, Manika«, sagte Indu, »wir müssen nicht für Pakistan sein, wir tragen ihn in unseren Herzen.«

»Was hat gutes Aussehen mit Sport zu tun?«, fragte Fauzia und wurde sofort niedergebuht.

Jemand seufzte: »Hey … Wann spielen sie hier, damit ich ihn mit Rosen übergießen kann.«

Ein Streit entbrannte, um sein Aussehen und seine sportlichen Fähigkeiten, und die Geschichte endete mit gewohntem Grienen und Schmollen, bis wir am späten Nachmittag unter dem Jambulbaum unseren Text für das Schultheaterstück übten. In diesem Jahr war es eine verkürzte Version des *Kaufmann von Venedig*, und wir hatten kaum eine Ahnung, was die jüdischen Geldverleiher, die Gesetze der Renaissance und die italienische Aristokratie betraf. Mit nichts davon hatten wir je etwas zu tun bekommen. Sobald das Mädchen, das Antonio spielte, anfing: »Fürwahr, ich weiß nicht, was mich traurig macht«, übertönten wir sie mit lautem Stöhnen. Es gab so viel Ablenkung. Fauzia unterbrach immer wieder alle mit ihren Imitationen Babban Khans, dessen Stück *Adrak ke Panje* sie perfekt im örtlichen Urdu herunterrattern konnte, was allen vor Lachen die Tränen in die Augen trieb. Dazu gesellten sich verschiedene Radios, die von Stunde zu Stunde immer hektischer und schriller klangen. Nach einer Weile dann kam die Nachricht, dass Indien Pakistan das Match zugestanden hatte, ohne die Overs zu beenden. Der Kapitän, Bedi, hatte den Pakistanern vorgeworfen, nicht fair zu spielen, Sarfraz Nawaz werfe »kurze Bälle« und die Schiedsrichter störten sich nicht daran.

Innerhalb einer Stunde hieß es, ein Mann sei erstochen und eine Teebude in der Nähe in Brand gesetzt worden. In eine Moschee war Schweinefleisch geworfen worden. Die Gerüchte verbreiteten sich wie Rauch aus einem brennenden Gebäude. In der nördlichen Ecke unseres Spielplatzes stand eine Gruppe großer, alter Bäume, in denen Flughunde wohnten. Wie vermodernde Lappen hingen sie da, und diese Lappen lösten sich plötzlich von ihren Ästen und schossen im Sturzflug in die oberen Zimmer der Schule. Wir verschanzten uns unter Tischen und Stühlen. Sie bewegten sich sonst nie vor Einbruch der Dunkelheit, und ihre launenhaften Flüge wurden als Omen verstanden.

Was folgte, trübte sich schnell in meiner Erinnerung. Uns wurde gesagt – von wem? –, dass wir schnellstens nach Hause sollten, weil eine muslimische Schule ein offensichtliches Angriffsziel sei. Ich wurde von einem der Burka tragenden Mädchen aus unserer Klasse in ein Auto geschoben. Sie war aus einer wohlhabenden Nawabi-Familie, und ihr Auto mit dunkel verhängten Scheiben wartete den ganzen Tag draußen vor dem Tor auf sie. Fauzia wurde zusammen mit mir und ein paar anderen hineinverfrachtet. Das Auto raste los, und drehte eine große Runde. Ich wurde als Letzte zu Hause abgesetzt.

Mein Vater machte die Tür auf. »So früh schon zu Hause? Was ist los?«

Atemlos erzählte ich ihm, was passiert war. Er hörte kaum zu. Er sah hinter mich aus der Tür auf den Platz.

»Wo ist Tia?«

Seine Worte landeten wie eine von jenen Bomben im Raum zwischen uns, bei denen man eine kleine, spuckende Flamme langsam eine lange Zündschnur entlangwandern sehen kann, sich widerstrebend dem Sprengstoff nähernd.

Ich hatte Tia vergessen. Sie musste noch in der Schule sein und auf mich und Elangos Autorikscha warten.

»Du hast deine Schwester vergessen?«, sagte mein Vater. »Du hattest es so eilig wegzulaufen, dass du deine Schwester vergessen hast? Was ist mit deinen anderen Freundinnen in St Teresa's?«

Wir hatten kein Auto. Mein Vater konnte einen Bus oder eine Autorikscha suchen, hatte aber keine Möglichkeit schnell genug zu unserer Schule zu kommen. Er rief meine Mutter in der Redaktion an und erzählte ihr, was passiert war. Ich konnte ihre schrille, angstvolle Stimme aus dem Hörer schallen hören: »Warum hat Elango sie nicht abgeholt? Warum ist er ausgerechnet heute zu spät? *Wie konnte Sara sie nur vergessen?«*

Abends saß ich am Tisch und versuchte, den Ausführungen meiner Mutter zum Thema Selbstsucht zu folgen. Tia war ebenfalls ganz Ohr und aß mit dem Ausdruck einer besonders selbstzufriedenen Katze. Sie hatte bis ins letzte Detail erzählt, wie panisch sie gewesen sei, als sie in der Schule auf mich gewartet und damit gerechnet habe, jeden Augenblick in Flammen aufzugehen. Nach und nach seien es immer weniger Mädchen geworden, als immer mehr Eltern kamen, um ihre Kinder abzuholen. Wie sie ihr alle angeboten hätten, sie nach Hause zu bringen, aber sie sei entschlossen gewesen, auf ihre sie liebende Schwester zu warten. Hätte ich die Möglichkeit gehabt, mir die Ohren oder ihr den Mund zu verstopfen, ich hätte es getan.

Ich ging in mein Zimmer, und durch die Tür drangen die Beatles von unserem Plattenspieler. Ich konnte Tia *»YALLOW submarine«* schreien hören, wenn der Refrain kam, und jedes Mal spürte ich, wie sich etwas in mir verdrehte. Ich versuchte, meine Gedanken auf das Pferd zu lenken, das Elango und ich erschufen, das Unterwasserpferd. Es war das einzige Unterwasserding, das ich kannte und brauchte. Meine Welt des Töpferns war diese eine Sache, die ich nie mit Tia oder sonst jemandem würde teilen müssen. Ich machte das Licht aus und drückte mir das Kissen auf den Bauch, damit er aufhörte, sich vor Hunger zu verkrampfen.

Ich hatte das Gefühl, dass dieser Abend einen Wendepunkt darstellte – ein Ende und einen Neubeginn. Wie langsam gefrierendes Eis schob sich eine unausgesprochene Feindseligkeit in die Gespräche und das Miteinander von Tia und mir, die zu bitter aufflammenden Auseinandersetzungen führen konnte, meist jedoch wahrten wir Abstand voneinander, um jedem plötzlichen Streit vorzubeugen. Mir war instinktiv bewusst, dass meine Kindheit an jenem Tag vor dem verschlossenen Tor von Tias Mittelschule ausgesperrt worden war.

5

Wie jeder andere Inder auch hatte Elango die Welt jenseits des Cricketfeldes am Tag des Spiels in Pakistan vergessen. Er hatte dem Kommentator lauschend an der Töpferscheibe gesessen, die Zeit war ihm entglitten, und so kam er zu spät zur Schule und musste feststellen, dass beide Mädchen nicht mehr da waren – ohne dass jemand gewusst hätte, wo sie waren. Erst nach zwei Stunden, die er grau vor Angst suchend umhergefahren war, fand er heraus, wie die Mädchen nach Hause gefunden hatten.

Nachdem er stumm dem bissigen Wortschwall der Mutter der Mädchen gelauscht hatte, zog er sich auf die Plattform unter dem Banyanbaum in einer halbdunklen Straße beim Moti-Block zurück. Er konnte die Tochter des Steinmetzes hören, die mit hoher Stimme ein Kinderlied sang, allein für sich dahockte und spielte, da nie jemand mit ihr Zeit verbringen wollte. Er sollte nett sein und ihr Gesellschaft leisten, aber ihr schiefer, dahingehauchter Gesang machte ihn verlegen. Er wollte seine Autorikscha starten und nach Hause fahren, aber seine Hände und Füße machten nicht mit. Es war manchmal so, dass dicke schwarze Tinte durch seine Adern floss, obwohl es doch Blut hätte sein sollen, und eine große Müdigkeit überkam ihn. Wenn er spürte, wie sich die Tinte zu bilden begann, tat er alles, um sie zurückzudrängen, warf sich in die Arbeit, aber mitunter war sie ohne Vorwarnung plötzlich da.

Als er das Gefühl hatte, im Schwarz zu ertrinken, erschien Zohra, und bevor er noch richtig registrieren konnte, dass sie es war, ging sie schon an ihm vorbei und sagte etwas.

»Komm ... die andere Straßenseite.«

Er verließ seinen Platz unter dem Baum und folgte ihr in diskreter Entfernung, bis sie die Läden und Teebuden hinter sich gelassen hatten. Sie bogen in eine menschenleere Gasse, und Zohra wechselte auf seine Seite. Der vertraute Duft von Talkumpuder und Seife ließ ihm den Atem stocken. Sie war sehr nahe, so nahe, dass er das Gefühl hatte, die Luft sei nicht zum Atmen, sondern etwas, das er anfassen und fühlen konnte. Als sei da ein Draht zwischen ihnen gespannt.

»Ich musste den ganzen Weg von der Bibliothek zu Fuß zurückgehen, es gab keinen Bus. Die Straßen waren leer«, sagte sie. »Es hieß, es gäbe Unruhen. Ich dachte, das sei das Ende. Dass ich dich nie wiedersehen würde.«

Sie schob eine Hand in seine und drückte seinen Arm gegen ihre Seite.

Er hielt ihre Hand fest umschlossen und verschränkte seine Finger mit ihren. Seine eigene Hand, verschwielt, stark und grobknochig, fühlte sich riesig an im Vergleich zu ihrer winzigen mit dem so schmalen Handgelenk. Seine hatte dicke Äste zerbrochen, Felsbrocken angehoben und Hühnern den Hals umgedreht. Er musste vorsichtig sein, dass er ihre nicht zerdrückte.

Sie ließ ihn nicht los, bis sie das Ende der Gasse erreichten und die Schatten anderer Leute vorbeigehen sahen. Sie wich zur Seite und beschleunigte ihren Schritt, während er langsamer wurde, sodass sie, als sie auf die größere Straße bogen, einige Meter vor ihm war, den Riemen der Tasche fest in Händen, die Dupatta sicher um die Schultern gelegt.

Am Abend fielen Vasu und Revathi mit ihren gewohnten Tiraden über ihn her, Akka mischte sich über die Mauer mit ein und brachte dann wie jeden Abend ihre verwitwete Schwester zum Weinen, aber Elango bekam kaum etwas von alldem mit. Jeder seiner fünf Sinne war weit weg, er hatte sie in jener Gasse zurückgelassen. Er sah und roch Zohra immer noch, fühlte ihre Hand in seiner, hörte die sanfte Dringlichkeit ihrer Stimme, schmeckte den Augenblick, da ihre Lippen seine berührt hatten. Er mühte sich zu verstehen, was da geschehen war, und wusste nur, dass es wichtiger für ihn war als das Pferd, als Chinna und jedes andere Ding in seinem Leben.

Als er am nächsten Morgen aufwachte, fühlte er sich wie eine regenbogenfarbene Blase, die auf einem Technicolor-Meer dahintrieb. Er schaufelte und knetete Stunde um Stunde, das Herz so leicht, dass auch der Ton kein Gewicht zu haben schien. An der Scheibe flogen die Vasen und Teekrüge nur so aus seinen Fingern auf das hölzerne Regal, als formten sie sich selbst. Er stapelte die sechs riesigen Urnen, die Sudhakar für das Deccan Gold Hotel bestellt hatte, auf seine Rikscha und brachte sie hin, so weit es auch war. Die Kilometer schmolzen mühelos im Rhythmus der liebeskranken Lieder dahin, die er vor sich hin trällerte. Als Sudhakar hinunter in den Garten kam, fand er Elango träumend vor, und statt die Urnen zu inspizieren, musste er lächeln. »Sieh dir nur dein Gesicht an. Bist du auf Aladdins Höhle gestoßen? Erzähl. Komm schon. Zigarette?«

Obwohl er es wollte, verriet er Sudhakar nichts, während sie sich eine Zigarette teilten. Er steckte das Päckchen ein, das sein Freund ihm aufdrängte, und wechselte das Thema. Er würde nichts verraten, bis Zohra ihm die Erlaubnis dazu gab. Wir zwei werden das gemeinsam entscheiden, sagte er sich und genoss das neue Gefühl, die Hälfte eines Paares zu sein. Aber Sudhakars Frage beschwingte ihn. Sie bestätigte das Gefühl, verwandelt zu sein. Nicht ein Wort hatte dafür gesagt werden müssen, ihre Hand war einfach in seine geschlüpft, und das war es – Elango war sicher, dass er sich an diesen Moment erinnern würde, so lange er atmete. Es war ein neues Dasein, das sofort vertraut und doch aufregend war. Es war atemberaubend, wie schnell sie ihn für sich beansprucht hatte und wie unnötig seine Ängste und all seine Übungen gewesen waren, um auszuprobieren, wie er ihr seine Gefühle mitteilen sollte.

»Warum hast du nicht schon früher etwas gesagt?«, fragte sie ihn bald darauf. »Ich habe gewartet und gewartet.«

»Ich hatte Angst«, sagte er nach einer Pause, die so lang war, dass sie sicher mit keiner Antwort mehr gerechnet hatte. »Was siehst du in mir? Ich weiß es immer noch nicht. Wegen dir habe ich zum ersten Mal gedacht, es sei ein Fehler gewesen, mir nach dem College keinen Job zu suchen … keinen Bürojob. Ich könnte wie Sudhakar sein, ein leichteres Leben haben. Alle nennen mich einen Starrkopf, weil ich töpfere, eine Rikscha fahre und kaum etwas verdiene … Mein Vater hatte solche Träume, was mich betrifft. Was für ein Irrsinn das ist, hat er immer wieder gesagt … Aber ich war schon immer davon besessen, Dinge herzustellen. Und jetzt sitzt du mit einem dunkelhäutigen Narren da, der den ganzen Tag im Dreck buddelt.«

»Was siehst du in einem dürren Mädchen, das ein Bein nachzieht? Aber, *maschallah*, du siehst etwas«, sagte sie. Sie saßen in der Autorikscha, die er ein Stück weg von zu Hause geparkt hatte, und sie hob eine Hand und fuhr ihm damit über den Arm, als sie sah, dass niemand auf sie achtete. Der blaue Anhänger im Grübchen unter ihrem Hals leuchtete wie ein Katzenauge. Er wollte ihn berühren, traute sich aber nicht. Es war noch hell, und die Leute konnten in die Autorikscha hineinsehen. Es war unerträglich. Er drehte die Kurbel, um zurück nach Hause zu fahren.

Er gewöhnte sich an ihre unvertrauten Ausdrücke, die fremdartigen Redeweisen ihrer Religion. *Tauba-tauba* war eine lautstarke Entrüstung, ob nun ehrlich oder vorgetäuscht. *Maschallah* rief sie aus Überraschung oder Dankbarkeit. *Inschallah* kam ihr oft über die Lippen, um Hoffnung auszudrücken. Und Hoffnung und Staunen erfüllten auch ihn. Es war ein fortdauerndes Wunder für ihn, jemandem zu gehören – dass jemand Anspruch auf ihn erhob. Er hatte so etwas noch nie erlebt. Er hatte keine kleine Schwester, und seine Mutter war gestorben, da war er noch ein Kind. Vor Chinna hatte es überhaupt niemanden gegeben, der nach seiner Liebe, nach Streicheln oder Aufmerksamkeit verlangt hätte. Sie war viel leichtfertiger als er, und er erfand Gründe, mit denen sie ihrem Großvater und einer neugierigen Tante, die in der Nähe lebte, erklären konnte, warum sie so oft eine Autorikscha nahm. An bestimmten Tagen machte Elango das Bedürfnis, das sie nach ihm verspürte, sprachlos – wie ihre Hände und Lippen ihn in der Dunkelheit beim Blitzbaum fanden, sie bereit war, einen Umweg zum Teich zu nehmen, damit niemand wusste, wohin sie ging.

Sprang Chinna mit in die Rikscha, wenn er Zohra fuhr, redete sie die ganze Zeit mit dem Hund, als verstünde das Tier jedes Wort. Elango liebte ihr nicht enden wollendes Geplapper. »Siehst du da? Das ist das Gericht, in dem sich mein Abbajan die Haare gerauft hat bei dem Versuch, unser Haus zurückzubekommen. Hat er es geschafft? Natürlich nicht, dann würden wir nicht oben in diesem Loch im Moti-Block wohnen. Ich hätte einen Palast mit einem weichen Bett für dich. Das da? Das ist eine Moschee. Nein, da lassen sie dich nicht rein … Moscheen und Tempel sind nichts für unartige Hunde.«

Und so ging es immer weiter, bis sie zum Postamt kamen und sie aus der Autorikscha kletterte und in das Gebäude humpelte, das Rentenbuch in der Hand, Chinna an ihrer Seite. Der Hund setzte sich neben den Briefkasten beim Haupteingang und wartete, bis sie zurückkam.

Sie war es, die darauf bestand, das Ausstellungsgelände auf der anderen Seite der Stadt zu besuchen. Da fand jeden Winter ein riesiges Volksfest statt. »Erzähl deinem Bruder ein paar Lügen oder verschwinde einfach und sage gar nichts«, sagte sie, und er gehorchte. Wie im Flug rasten sie mit der Rikscha zum Messegelände, gingen von Stand zu Stand, von Attraktion zu Attraktion, wie elektrisiert davon, zum ersten Mal abends zusammen zu sein, an diesem hell erleuchteten Ort voller Menschen, die sie nicht kannten. Aus den Lautsprechern erklangen die neuesten Hits, und es herrschte eine glückliche Geschäftigkeit, die ihn in Hochstimmung versetzte, als gäbe es nichts, was er nicht schaffen könnte. Zohra schoss auf Ballons. Sie gewann ein Plastikhuhn, das Plastikeier legte, wenn man auf seine Seiten drückte. Er kaufte ihr eine Haarspange. Sie fanden einen dunklen Ort hinter einem der Zelte.

Für eine Attraktion musste man extra bezahlen, die Daredevil Motorbikers aus Marjana. Er wollte nicht hinein, aber Zohra hatte das Geld bereits in der Hand, noch bevor er widersprechen konnte. Drinnen war es, als blicke man in einen tiefen, hölzernen Brunnen. Die Fahrer rasten unten auf dem Boden im Kreis und wurden immer schneller, bis sie mit schwindelerregender Geschwindigkeit die Wand hinauffuhren. Sie trotzten der Schwerkraft, es war nervenaufreibend, aber Zohra rief, das wolle sie auch, sie wollte hinunter in den hölzernen Brunnen fliegen. Als sich einer der Fahrer den Helm vom Kopf riss und langes, seidiges schwarzes Haar darunter zum Vorschein kam, seine Jacke zur Seite warf und das paillettenbesetzte Kleid darunter weibliche Formen erkennen ließ, fasste Zohra Elangos Arm und rief in sein Ohr: »*So* will ich sein … Innen drin bin ich wie sie!«

Später tranken sie Zuckerrohrsaft, und an einem Stand, an dem sie eine Reibe vorstellten, mit der sich Obst in Blumenmuster schneiden ließ, aßen sie Obstsalat, mit Zahnstochern. So eine Reibe werde sie kaufen, sagte sie, wenn sie erst ihre eigene Küche hätten.

Elango hatte das Gefühl, dass sein Herz einen langen Moment zu schlagen aufhörte. Natürlich wollte er sein Leben mit ihr verbringen – aber es ausgesprochen zu hören? So nebenhin, als wäre es unausweichlich? Das war es nicht. Zohras Tante hatte angefangen, bissige Bemerkungen zu ihrem plötzlichen Bedürfnis zu machen, überall mit einer Autorikscha hinzufahren, und Vasu und Revathi machten hinterhältige Bemerkungen über hübsche muslimische Mädchen. Es war noch belanglos, doch seiner Erfahrung nach brauchten Maulwurfshügel nicht lange, um zu Bergen zu werden. Sie würden gemeinsam durchbrennen müssen. Aber wohin? Und wenn er Kummarapet verließ, wie sollte er dann töpfern? Wo würde ein großer Hund wie Chinna bleiben?

Sie unterbrach seine Sorgenlisten nie. Wenn er fertig war, sagte sie, das sei nicht ihre Art zu denken, und es werde sich schon alles ergeben, genau wie aus den formlosen Tonmassen schöne Vasen würden. Ihr Leben sah im Moment so aus: Sie hatte eine Stelle in einer Bibliothek, die sie nicht aufgeben würde. Sie hatte einen blinden Großvater, um den sie sich kümmern musste. Sie hatte Elango und Chinna. Sie hatte nie geplant, sich in einen Hindu zu verlieben, aber Allah hatte es so gewollt. Man wusste, dass es so etwas gab, und wenn Männer und Frauen vor ihnen eine Möglichkeit gefunden hatten, würden sie es auch tun.

Liebe Mrs Reddy,

ich bin noch einmal zur Polizei gegangen, wie Sie mir geraten haben, und da hat man mir mehr oder weniger erklärt, es sei alles meine Schuld. Was erwartete ich denn, haben sie gesagt, Sie halten im Dunklen an einer einsamen Straße und wandern durch den Wald, obwohl Ihnen Ihr Mann gesagt hat, nicht zu weit wegzugehen. Mir ist klar geworden, dass sie nichts unternehmen werden, um meinen Hund zu finden. Sie zucken einfach nur mit den Schultern und sagen, ich soll mir einen anderen besorgen. Verbrechen werden zu privatem Kummer, wenn die Zeit ihnen ihre öffentliche Bedeutung nimmt. Aber diese Männer können doch nicht ungestraft davonkommen? Mein Gerechtigkeitsbegriff ist uralt. Ich glaube an Vergeltung und Sühne. Alle, die mit meinem Leid zu tun haben, werden ebenfalls leiden.

Mein Mann hat gesagt, wir müssen akzeptieren, dass wir Tashi verloren haben. Aber das kann ich nicht. Jeden Tag zeichne ich eine Route auf dem Stadtplan ein, nehme den Bus in verschiedene Viertel und gehe herum und suche. Neulich habe ich einen jungen Hund gesehen, der genau wie Tashi aussah. Ich habe seinen Namen gerufen, aber er war zu weit weg. Ich habe beschlossen, durch jede Straße dieser Stadt zu gehen, bis ich ihn gefunden habe. Es mag sinnlos sein, aber so werde ich nicht verrückt.

VIER

I

Im Sommer habe ich es gehasst, durch Kummarapet zu laufen. Morgens sind wir wie betäubt von der Hitze aufgewacht, und das kühle Haus zu verlassen, war wie ein Gang ins Feuer. Ich sah Tia auf dem Boden liegen und im tiefen Schatten unter einem surrenden Ventilator ein Buch lesen. Elangos Garten würde in der Sonne flirren. Zwar hatte sein Schuppen ein Dach, doch das war nicht mehr als ein dünnes Blech und so heiß, dass Revathi Chilis darauf trocknete. Ich starrte meinen Vater an und hoffte, dass er sage, ich würde einen Herzinfarkt bekommen, wenn ich hinausginge, aber er sah nicht von der Tischlampe auf, die er zerlegt hatte und zu reparieren versuchte.

Auf der anderen Seite unseres Gartens konnte ich Mrs Khambatta sehen, wie sie ihre Blumen goss. Auf dem Tisch ihrer Veranda stand ein hohes Glas, wahrscheinlich mit etwas Kaltem. Sie winkte mir zu, setzte sich und trank es ganz aus. Vögel hüpften mit offenem Schnabel um mich herum und badeten in der flachen Schüssel, die wir mit Wasser gefüllt hielten. Vor unserer Küche war eine Veranda mit einem Waschbecken, über dem sich unsere Köchin Lakshmi gelegentlich Gesicht und Nacken mit

Wasser abkühlte. Sie sah mich entnervt an. »Noch hier?«, sagte sie. »Musst du nicht gehen?«

Nur wenige Leute waren unterwegs, selbst vorm Moti-Block. Chinna saß mir heraushängender Zunge im Schatten neben den Stufen. Sein schwarzes Fell glänzte, und die kastanienbraunen Flecken über den Augen und auf dem Bauch schimmerten golden. Als er mich sah, klopfte er mit dem Schwanz ein-, zweimal auf die Erde, als könnte von ihm in dieser Hitze vernünftigerweise nicht mehr erwartet werden. Ich rief ihn, und er erhob sich eher widerwillig. Als wir zu Elango kamen, sah Revathi uns finster an und sagte, mein Lehrer habe sich verdrückt. »Mach sechs Tassen, er hat dir Anweisungen hinterlassen.«

Akka rief von nebenan: »Erst bricht der große Künstler alle Hausregeln und lässt ein Mädchen an seine Töpferscheibe, und dann hat er keine Zeit, um sie zu unterrichten. Lass die Finger von dem Matsch und dem Wasser, Kind. Komm und sieh mal, was ich hier habe.«

»Mein Gott, manche Leute kleben mit dem Ohr an der Mauer … Man hat hier keine Sekunde seine Ruhe!«, rief Revathi zurück. »Geht es irgendwen etwas an, was in diesem Hause geschieht?«

Kaum, dass Revathi den Garten verlassen hatte, kletterte ich auf meinen Hocker und flüsterte über die Mauer: »Hier bin ich. Schnell.«

Akka streckte sich und gab mir ein Laddu. Es war goldgelb und mit Rosinen und Cashewnusssplittern bedeckt. Sie lächelte mir verschwörerisch zu. »Das gibt der kleinen Töpferin viele Stunden Energie. Lass nichts davon fallen, das bringt Unglück – jemand hat sie mir aus Tirupati mitgebracht.«

Die Leute brachten Akka ständig Geschenke, weil sie Angst vor ihren Kräften hatten. Lakshmi versteckte sich in der Küche, wenn sie herüberkam. Ich hatte keine Angst. Ich hielt sie für eine Schönheit. Sommers wie winters trug sie seidene Saris und einen Diamantstecker in der Nase. Kein Samstag verging, an dem sie nicht durch das Viertel spazierte, das Gesicht talkumbleich, das schwarze Haar zu einem ölglatten Knoten gebunden. Im Arm hielt sie einen Korb mit Reiskörnern, auf denen Blütenblätter und Münzen lagen. Ihre Methode bestand in einer Mischung aus feinen Drohungen und Schmeicheleien. Ihr Erfolgsrezept war, rosige Voraussagen über die Zukunft zu machen, aber gleichzeitig anzudeuten, dass sie nur wahr wurden, wenn zu den Münzen auf dem Reisbett weitere hinzukamen. Die Leute sagten, sie sei verschroben, weil ihr Mann sie verlassen hatte und sie keine Kinder habe, dazu grausam zu ihrer verwitweten Schwester, die bei ihr wohnte. Meine Mutter meinte, Frauen, die für sich selbst sorgten und sich niemandem beugten, würden allgemein abgelehnt und gefürchtet.

Aus einem Grund, den ich nicht kannte, hatte mich Akka immer behandelt, als wäre ich etwas Besonderes. Als ich klein war und sich meine Freundinnen über meine dünnen Beine oder meine Stupsnase lustig machten, stellte sie ihren Korb zur Seite, setzte sich neben mich auf die Stufen zu unserem Haus und wischte meine Tränen weg. Selbst heute, dachte ich, verstand sie, wie ich litt, weil ich allein dasitzen und töpfern musste. Für mich war klar, dass es Elango völlig egal war.

Ich aß das süße Laddu, das sie mir gegeben hatte, und achtete sorgfältig darauf, nichts davon fallen zu lassen. Dann trank ich ausgiebig Wasser, setzte mich mit einem Klumpen Ton an die Scheibe und machte ein mürrisches Gesicht. Das war jetzt kein Spaß, sondern ein Auftrag. Mein flüchtiger Lehrer hatte ein Kreuz aus zwei dünnen Stöcken gebunden, das als Maß für den Durchmesser und die Höhe der Tassen dienen sollte. Bei seiner Rückkehr wollte er nachmessen. Das schien mir die ungeheuerlichste Selbstherrlichkeit überhaupt.

Ich saß auf dem Hocker vor meiner neuen Töpferscheibe, die angesichts ihres Preises und der für sie aufgewandten Mühen Hingabe verlangte. Ich hatte nicht darum gebeten, aber Elango hatte gesehen, dass ich mit seiner schweren Scheibe auf Bodenhöhe nicht zurechtkam, und eine geniale Fußdrehscheibe für mich entworfen. Mein Vater und er hatten sie gemeinsam gebaut – gemessen, gesägt, gehämmert und nach einem Kugellager und einer Säule gesucht. Meinen Vater mit den Einzelteilen irgendeiner Apparatur um sich herum zu sehen, war an den Wochenenden ein gewohnter Anblick bei uns zu Hause. Er reparierte Ventilatoren und Steckdosen und baute uns mit einer Taschenlampe und einem Blatt Papier mit einem kleinen Loch einen Projektor. Er legte die Stirn in Falten, kniff die Augen zusammen und spähte durch seine schwarz gerahmte Brille, eine brennende Zigarette im Mundwinkel. In ihren Rauch gehüllt, polierte er den hölzernen Griff eines von seinem Vater geerbten Gewehrs mit Leinöl, zerlegte es und säuberte Mündung und Lauf mit einer Metallstange, um die er ein mit einer selbst angerührten Emulsion getränktes Tuch wickelte. Geschossen wurde nie damit. Vielleicht hatte das Gewehr längst vergessen, dass es eine Waffe war und kein Objekt, das der bloßen Bewunderung diente. Aber vorübergehend hatte er es zur Seite gelegt, da es eine neue Leidenschaft gab, den Bau meiner Töpferscheibe.

Was er und Elango für mich konstruiert hatten, besaß oben eine kleinere und unten eine größere Scheibe, verbunden durch eine Metallsäule. Erst verstand ich die Mechanik nicht recht und musste mich viele Male auf einen Hocker setzen, damit sie die Höhe für mich justieren konnten.

Und so gab es nun zwei Scheiben bei Elango: seine große auf Bodenhöhe, weil er beim Töpfern gern auf seinen Fersen saß, und eine kleine, die ich mit den Füßen antreiben konnte. Bisher hatte ich immer mit seiner Hilfe gearbeitet, allein wollte mir nichts gelingen. Der Tonklumpen hörte nicht auf zu wackeln, neigte sich zur Seite, und einzelne Stücke lösten sich. Das Ganze geriet mir kleiner und trauriger als meine ersten Töpferversuche an der großen Scheibe.

Elango war oft nicht da, wenn ich am Wochenende kam, um etwas zu lernen. Ich wusste nicht, warum. Er schien seine Arbeit schon früh jeden Morgen zu beenden und dann zu verschwinden. Seit Zohras Besuch am Teich hatte er mich auch dahin nicht mehr mitgenommen. Hatte sie ihn davor gewarnt, mich an einem so abgelegenen Platz zu unterrichten? *So musste es sein!* Ich zerrte den triefenden Ton von meiner Scheibe und warf ihn in den Resteeimer neben mir. Das Wasser spritzte mir ins Gesicht und bildete kleine Tonperlen. Warum saß ich hier, wenn ich Elango mit dem Pferd helfen konnte, während er mir von der Werkstatt seines Großvaters erzählte? Ratloser Unmut schäumte in mir hoch. Dabei konnte ich meinen Ärger nicht recht begreifen, schließlich hatte er mir von Beginn an gesagt, dass er mich nicht immer bei der Hand halten könne, ich auch für mich lernen und einiges an Zeit aufbringen müsse. Weiterhin herrschten Ruhe und Ordnung in seiner Werkstatt. Die Werkzeuge waren gewaschen und lagen ordentlich nebeneinander, der Ton lagerte in Fässern, die noch aus den Tagen seines Großvaters stammten. Nichts hatte sich geändert.

Aber vielleicht ich.

Eine Stunde später, schweißgebadet, kam ich zu meinem letzten Tonklumpen. Ich betrachtete Elangos neben der Werkstatt trocknende Urnen, die Reihen identischer Krüge und kleiner Teetassen, die darauf warteten, gebrannt zu werden. Alle beseelt mit einem Lebensfunken ihres Schöpfers, jede Einzelne für sich perfekt. Chinna sah mich fragend an, als beunruhige ihn meine Unfähigkeit. Ich dachte, vielleicht wollte mein Ton nicht zu Tassen werden und sich im Feuer zu etwas anderem verwandeln. Vielleicht wurde er in meinen Händen zu Matsch, um erneut einfache Erde zu sein. Vielleicht wusste jede Substanz, was sie sein wollte, und mein Ton hatte Bedenken, was ein

Dasein als Tasse betraf, regten sich doch auch bei mir heftige Zweifel daran, eine Töpferin zu werden.

Ein heftiger, heißer Luftzug blies kleine trockene Blätter vom Meerrettichbaum auf meinen nassen Ton, und eine Krähe landete im Garten, den Schnabel vor Durst weit offen. Zusammen mit der Krähe flog ein Schmetterling heran, blau und schwarz, mit riesigen Flügeln. So nahe kam er mir, dass ich spürte, wie er die Luft vor meinem Gesicht aufwirbelte. Er sank und glitt dahin, schlug so schnell mit den Flügeln, dass sie verwischten, während er über meiner Wasserschüssel schwebte, über meinem Gesicht, meinem Ton. Ich schloss die Augen und spürte, wie er sich auf meine Wange setzte. Seine Füße bewegten sich schwerelos wie ein Flüstern über mein Gesicht. Sie erreichten meine Lider, meine Stirn. Er muss einmal eine Raupe auf dem Meerrettichbaum gewesen sein, dachte ich. Hatte einen sicheren Platz gefunden, wo ihm Flügel gewachsen waren, bevor das Feuer unter dem Baum den Rest seines Volkes verbrannte.

Als ich die Augen wieder öffnete, war der Schmetterling nicht mehr da, und der Tonklumpen sah noch genauso wie vor einer Minute aus. Ich würde es versuchen, aber es war nicht wichtig, ob ich eine Tasse formte oder nicht. Der Ton würde sein, was er sein wollte. Ich benetzte meine Hände und trat das Rad herum, schneller, immer schneller. Dieses Mal wuchs innerhalb von Minuten eine Tasse zwischen meinen Fingern. Nicht makellos wie Elangos, aber doch fraglos eine Tasse.

Auf dem Heimweg konnte ich nicht aufhören zu

lächeln. Eine Raupe war dem Feuer entkommen und zu einem Schmetterling geworden – und mein Ton zu meiner ersten Tasse auf der neuen Scheibe. Alles war möglich. Eine kleine Mango hing von einem Baum am Straßenrand. Ich griff nach ihr und pflückte sie. Säuerlicher Saft flutete meinen Mund. Der Diebstahl stimmte mich noch glücklicher, und als ich an dem Eckhaus vorbeikam, in dem ein Zweig von Taathas Familie wohnte, summte ich ein Lied. Die verwitwete, silberhaarige Matriarchin des Hauses verbrachte einen Großteil des Tages damit, mit winzigen Pailletten Bilder von Göttern und Göttinnen zu sticken. Nur zu gern legte sie jedoch Nadel und Faden beiseite und schwatzte mit Vorbeikommenden. Heute sah ich Akka zu ihren Füßen auf den Stufen beim Mahlstein vor der Küche hocken und konnte aus der Entfernung hören, wie sich ihre Stimmen hoben und senkten.

»Was ich dir letzte Woche erzählt habe, stimmt«, sagte Akka. »Da gibt es etwas, ich täusche mich nie in solchen Dingen.«

»Was hast du gesehen?«

»Genug. So wie sich das Mädchen in letzter Zeit anzieht … als wolle sie zum Film. Drei Tage nacheinander, sagt Ponamma, hat sie gesehen, dass sie spät nach Hause gekommen ist … Woher?«

»Was willst du tun?«

»Warten und aufpassen. Die Zeit wird kommen, und ich werde wissen, was zu tun ist … Es wird ein Zeichen geben.«

Die Brille der alten Matriarchin funkelte. Ich hatte

Schwierigkeiten zu verstehen, was sie als Nächstes sagte, blieb aber, um außerhalb ihrer Sichtweite weiter zu lauschen. Sie beugte den Kopf näher über ihre Handarbeit, und ich hörte sie sagen: »Überlege mal, wie friedvoll das Leben wäre, wenn du ihr Haus hättest. Alte Frauen haben ein gutes Gedächtnis. Es hätte deins sein sollen …«

»Weiß ich nicht, dass sie … in ein paar Monaten nebenan Ziegen die Kehle aufschlitzen und ihr Blut trinken werden? Der Töpfer kommt spät nach Hause. Das Mädchen kommt spät nach Hause. Können wir eins und eins zusammenzählen? Sprich mit Taatha. Setz ihm einen Samen in den Kopf.«

»Was sind meine Kräfte oder Taathas gegen deine? Du hast eine direkte Verbindung zum Übernatürlichen! Dennoch, lass mich sehen, was ich tun kann.«

»Auch ich werde tun, was ich zu tun habe«, sagte Akka.

Ich wusste nicht, was sie plante, aber es klang so gar nicht nach der Akka, die mir zwei Stunden zuvor etwas Süßes gegeben hatte. In ihrer Stimme lag eine Schärfe, als hätte sie ihre Zunge in Gift getaucht, bevor sie mit ihrem Almosenkorb das Haus verlassen hatte. Was hatten Ziegenopfer mit Elango zu tun? Das Bild, das sie heraufbeschworen hatte, wie er Kehlen aufschlitzte und Blut trank, ließ mich trotz des heißen Nachmittags erzittern. Ich lief weiter, bevor sie mich entdeckten. Sie war immer nett zu mir gewesen, hatte vorausgesagt, dass ich weite Reisen machen, eine große Künstlerin werden, einen gut aussehenden Mann heiraten und mit ihm glücklich werden würde. Aber jetzt kam es mir vor, als hätte sie all ihre Nettigkeit wie eine tote Haut abgeworfen, sich wie eine Schlange entrollt und wild losgefaucht.

2

Ein paar Tage später sah Elango Taatha durch Kummarapet laufen und hin und wieder Worte in sich hineinmurmeln, als versuche er, sich etwas zu merken. Tauchte Taatha auf, änderten sich Dinge. Sand- und Ziegelhaufen wurden geliefert, Baugruben ausgehoben, neue Häuser wuchsen in die Höhe. Taatha blieb stehen und starrte den Meerrettichbaum an. So endlos lange tat er das, dass Elango in seiner Arbeit innehielt. Alle wussten, dass dem alten Wrack das Haus mit seinem großen Garten schon seit Jahren ein eiternder Stachel im Fleisch war. Ihm gehörte viel von der Gegend, und wenn es ihm gelänge, alles an sich zu reißen, besäße er ein lückenloses Stück Land, das er neu bebauen könnte. Aber die Brüder weigerten sich zu verkaufen – in dieser einen Sache waren sie sich einig –, und ihre Entschlossenheit stand zwischen Taatha und seinen Immobilienplänen. Nach einem letzten schlecht gelaunten, bedächtigen Blick ging der alte Mann weiter.

»Keine Haare, keine Zähne, keine Eier in der Hose, aber seine Gier, die hat er«, sagte Elango zu Chinna und setzte sich mit seinem Holzspachtel in der Hand wieder. Er ging durch eine Reihe halb trockener Krüge, legte sie sich zwischen die Beine, fuhr mit dem Spachtel über ihre ledrige Oberfläche und rundete ihre Füße. Seine eleganten, kugelförmigen Krüge waren im Sommer äußerst gefragt, um Wasser zu bevorraten und zu kühlen. Gerade erst letzte Woche hatte er ein halbes Dutzend an Taathas Haushalt geliefert und wünschte jetzt, er hätte sich geweigert.

Am selben Tag noch ging Taatha zum Moti-Block und erhöhte allen die Miete. Als sich Fassungslosigkeit breitmachte, ging er zum blinden Kalligrafen und sah in die zwei vollgepackten Zimmer, die er ihm vermietete. Gerahmtes Urdu an den Wänden, eine abgetragene Handtasche an einem Haken an der Tür, eine Feder und ein Tintenfass auf einem Schreibtisch, ein Kalender, der sieben Jahre hinter der Zeit herhinkte. Auf der blumenbedruckten Decke des Bettes saß der Kalligraf, der gerade aus einem Schläfchen erwacht war, das weiße Haar weicher als ein Rauchschwaden. Er hatte zu tief geschlafen und war noch angeschlagen von einem bösen Traum, aber er hörte ein Knarzen nahe bei sich, erhob sich halb und spürte eine fremde Präsenz.

»Ist da jemand?«, rief der Kalligraf und neigte den Kopf etwas, um besser zu hören. Schritte entfernten sich, er sank zurück aufs Bett, und ein Schreckensbild stieg in ihm auf. Er betete, dass sich sein böser Traum nicht als Weissagung erwies.

3

Im Juli kamen wir eines Tages aus der Schule und fanden Lakshmi an der Tür vor. Sie redete auf Telugu auf Elango ein, zu wortreich, als dass Tia und ich ihr hätten folgen können, wobei sieben Beos auf dem Zaun vorm Haus saßen und ihr zuhörten, als verstünden sie jedes Wort. Sie bewegten sich seitwärts ein wenig näher heran, um sie besser sehen zu können. Sie schimpften miteinander.

Elango wandte sich uns zu und sagte: »Esst schnell etwas, wir müssen gleich weiter.« Ich kannte den Ton: knapp, abrupt, ohne Raum für ein Hin und Her – so redeten die Leute, wenn es schlecht stand.

Es war der zweite Herzinfarkt meines Vaters. Der erste hatte uns zu einer Zeit getroffen, die ich mir nur mit ein paar Formen und Farben vor Augen rufen konnte. Einem massigen Doktor. Einer runden Brille. Sie ging kaputt, als er sie zu heftig putzte.

Beim ersten Mal hatte ich mich um Tia gekümmert. Sie war vier und hieß noch Tapti. Ich war sieben und hieß noch Sarayu. Ein anderes Leben. Wir saßen in einer großen Plastikwanne zum Wäschewaschen und bespritzten uns mit Wasser. Wir schliefen morgens lange und erzählten uns flüsternd Geschichten. Wir begriffen nicht, dass alle mit dem Tod unseres Vaters rechneten. Abgesehen davon, dass wir still sein mussten, war es ein Leben ohne Regeln, und wir konnten Zucker in Butter mischen und wie einen Pudding essen. Als ich in die Mittelschule kam, war die Krankheit meines Vaters zu einer ständigen Belastung geworden, auch für uns, und das Wissen um seine Gebrechlichkeit nistete sich so tief in mir ein, dass er mir fast wie der wandelnde Tod vorkam, am Leben gehalten durch zwanzig bunte Tabletten jeden Tag. Eine Pillendose mit Isosorbidmononitrat klackerte zu jeder Zeit gegen die Münzen und das Schlüsselbund in seiner Tasche. Wie meine Mutter registrierten wir jedes einzelne Ächzen und Seufzen. Kam er zu spät, lief meine Mutter im Haus auf und ab. Was, wenn er irgendwo wie ein Baum im Sturm umgestürzt war? Das Herz meines Vaters war nicht einfach nur ein Muskel in seinem Körper. Es war die fünfte Wand in unserem Haus. Wo immer wir waren, maß der Schlag seines fehlerhaften Herzens die Zeit.

Als wir in unseren zerknitterten Schuluniformen zum Krankenhaus rasten, kroch mir die Angst wie eine Schnecke, die eine Schleimspur hinter sich zurückließ, durch die Adern. Vielleicht sagten sie uns nicht alles, vielleicht war es viel schlimmer, als Elango zugab. Er fuhr fast die ganze Strecke zurück zur Schule und scherte dann nach links in einen Teil der Stadt, den wir nicht kannten. Das Krankenhaus sah aus wie ein Museum, mit Säulen und Bögen und hohen Fenstern. Drei oder vier Krankenwagen parkten davor, daneben ein paar Holzbuden. Ich konnte riechen, dass da Dosas gebacken wurden. Mir lief das Wasser im Mund zusammen. Wir nahmen die Tür bei einem rot-weißen Schild mit der Aufschrift »Notfälle«, und da saß unsere Mutter allein in einem Flur – und wartete auf den Kardiologen, wie sie sagte. Die Stühle waren aus Metall. Ich zählte die Fenster bis zur Tür zur Intensivstation.

Zwölf, die kleiner wurden, je weiter entfernt sie waren. Durch die große Tür dort hinten musste der Arzt jeden Augenblick kommen. Die Fenster waren hoch wie in einer Kirche, und eine der fehlenden Scheiben war mit Zeitungspapier überklebt, einer Teereklame mit einer Frau in einem Bikini. Schwestern kamen vorbei, geschäftig und abweisend. Nicht eine von ihnen sah uns an. Ich dachte, dass sie vielleicht nicht wussten, wie sie uns sagen sollten, dass mein Vater gestorben war.

Die etwa eine Woche, die meine Mutter im Krankenhaus verbrachte, schlief Lakshmi mit bei uns im Zimmer, und wir stellten ein altes Campingbett meines Vater für Elango im Wohnzimmer auf. Das hieß, dass Chinna durchgängig im Haus war. Am ersten Morgen wachte ich davon auf, dass seine feuchte Nase gegen mein Gesicht stieß, und meine Arme reckten sich wie von selbst und zogen ihn mit ins Bett. Gemeinsam schliefen wir wieder ein, er roch süßer als frisch gebackener Kuchen. Für eine Weile vergaß ich, dass mein Vater im Krankenhaus lag. Als meine Eltern zurück nach Hause kamen, flehte meine Mutter Elango an, noch ein paar Nächte länger zu bleiben – es konnte etwas passieren, und sie wollte, dass er dann da war. So kam er denn jeden Abend und brachte den fremdartigen Geruch von Maschinenöl und Ton mit. Morgens war er schon weg, bevor ich aufwachte, und kam gerade rechtzeitig, um uns zur Schule zu fahren.

Eines Abends fand ich neben seinem Campingbett ein dünnes Handtuch, einen metallenen Becher für Wasser und ein Buch mit einem Liebespaar auf dem Umschlag, das ich ihn schon einmal hatte lesen sehen. Die Ecken waren zerfasert, und als ich es nahm, öffnete es sich auf einer Seite, die vollgekritzelt war mit lauter »Z« in blauer Kugelschreiberschrift: große, kleine, mit Blumenkränzen geschmückte. Auf den leeren Seiten entdeckte ich eine Unmenge von Zeichnungen der offenbar immer selben Frau, auf der Seite liegend, aufrecht an einen Baum gelehnt, von hinten vor einem Bogenfenster. Ich klappte das Buch wieder zu und legte es zurück an seinen Platz, von einem unbekannten, verstohlenen Gefühl erregt, das ich nicht verstand. Ich lief ins Badezimmer, schloss die Tür hinter mir und betrachtete mein Gesicht im Spiegel. War es hübsch? Natürlich nicht. Schrieb jemand irgendwo mit dem Gedanken an mich den Buchstaben »S« in ein Buch? Unmöglich, obwohl mich der Junge, den Fauzia und ich anhimmelten, letzte Woche angesehen und mir zugelächelt hatte. Ich hob mein T-Shirt hoch und inspizierte meine Brust. »Flach wie ein Brett«, hörte ich Akka in meinem Kopf sagen. »Gib mir zwanzig Rupien, und ich verspreche dir in einem Monat, höchstens zweien, zwei Lotusknospen.« Meine Mutter hatte ihr entsetzt die Tür vor der Nase zugemacht. Ich wünschte, ich hätte die zwanzig.

Im Gegensatz zu meinen finsteren Befürchtungen erholte sich mein Vater Stück für Stück. Als der Doktor sagte, er könne auf der Veranda auf und ab gehen, bestand meine Mutter darauf, Elango für die Nächte, die er bei uns geblieben war, zu bezahlen. Er wollte das nicht, aber Amma drückte ihm einen Umschlag in die Hand. Sie fragte, ob Chinna noch ein paar Tage bei uns bleiben könne. Mein

Vater rief ihn morgens immer als Erstes zu sich und sagte, es tue seinem Herz gut, weil sich der Hund gern auf seine Brust legte, wenn er gekrault wurde. Sie böten ein so friedliches Bild, wenn sie gemeinsam dalägen, sagte sie, Chinna sei die denkbar beste Herzmedizin und ihr Mann verloren ohne ihn.

4

Als Elango das erste Mal ohne Hund nach Hause ging, stellte er fest, dass auch er ohne ihn verloren war. So gut sich Chinna mittlerweile auch in der Stadt auskannte und den ganzen Tag herumlief, wo es ihm gefiel, kam er doch abends ohne Ausnahme zurück. Es schien eine Notwendigkeit für Elango, seinen Hund in Reichweite zu haben – er konnte sich keine andere Art des Seins mehr vorstellen. Jeden Abend kam Chinna mit ihm zum Blitzbaum. Elango entzündete seine Petroleumlampe, zog seine Armbanduhr auf und band sie sich um. Die Eule rief, wenn es dunkel wurde, und er machte sich an die Arbeit, wobei er sich gelegentlich mit dem Hund unterhielt. Chinna antwortete nicht, aber etwas an seiner Gegenwart schuf eine Art von Musik, die nur sie beide hören konnten. Ohne ihn fühlte sich Elango müde und schlapp, und das Pferd zu schaffen, kam ihm sinnlos vor.

Über Wochen hatte er verzweifelt versucht, neben seiner anderen Arbeit die Zeit dafür zu finden. Er fragte sich, ob es stumpfsinnig war, damit weiterzumachen – hatte sich die Tradition überlebt? Und am Ende, nach all der Mühe, verwirrte es da eine Frau womöglich, ein riesiges Terrakotta-Pferd präsentiert zu bekommen? Machte er es für Zohra oder für sich selbst? Es war schwer zu sagen. Das Pferd war für ihn mittlerweile eher ein Orakel als eine Tonskulptur, und was immer damit geschah, würde etwas bedeuten. Riss es beim Brennen auf, war es ein Omen, das Zerstörung voraussagte. Gelang es ihm nicht, es zu schaffen, signalisierte es ein Versagen, wobei er sich nicht traute, die Art des Versagens auszusprechen, die er am meisten fürchtete – Zohra zu verlieren.

Der Abend verwischte die Umrisse der Bäume und gab ihm das Gefühl, dass auch er sich auflöste. Als er die Enden seiner Arme und Beine in der trägen Finsternis nicht mehr sehen konnte, beschlich ihn ein seltsames Gefühl von Körperlosigkeit, und er wusste, wenn er jetzt nicht aufstand, mit den Füßen stampfte und seine Lampe anzündete, würde er für Stunden gelähmt sein. Was ihn wie so oft rettete, war die Eule. Sie schrie und schwebte zur Jagd. Zurück an die Arbeit. Wo war er? Die Beine. Er formte Ton für die Beine.

Elangos Großvater hatte den Ton immer geweiht, bevor er an einem Pferd zu arbeiten begann. Elango erinnerte sich an geweihte Lampen, Blumen, Trommeln, Kokosnüsse, an Begeisterung. Er hatte nichts dergleichen getan und argumentierte, sein Pferd solle kein Gott sein, sondern eine Gabe für seine persönliche Göttin. Er hielt es nicht länger geheim vor ihr, machte aber nur vage Andeutungen. An dem Tag, an dem er das erste Anmachholz für das

Brennen entzündete, würde er es Zohra erklären, würde ihr sagen, wie sehr seine Arbeit mit seiner Liebe zu ihr verknüpft war. Er würde sie holen, wenn nur noch Asche da war, und sie würde das Pferd vollendet daraus aufsteigen sehen. Abends würde das sein, mit niemandem in der Nähe, nur dem schwarzen Himmel über ihnen, das schimmernde Pferd darunter, beschützt von keinem anderen Gott als dem Hundestern hoch oben.

Wer sonst würde es sehen? Eines Nachmittags, in einem Anfall Zigaretten rauchender Geschwätzigkeit, hatte er sein Projekt Sudhakar offenbart und gesehen, wie der sich begeistert auf seinem Stuhl aufgerichtet hatte. Elango war für seine enorm großen Urnen bekannt. Auf der Delhi-Ausstellung, auf der er gewesen war, hatte er demonstriert, wie man Urnen machte, die groß genug waren, um Korn darin zu lagern, groß genug, dass ein Kind hineinpasste. Das war ein Kunststück, das die Fotografen geliebt hatten: ein Dreijähriger, dessen Kopf aus Elangos Urne ragte. Dieses Pferd war seine erste große Skulptur, und Sudhakar war voller Fragen: wie groß, wie schwer, wie transportabel? Gäbe es für diese Welt einen Hotelhallenmanager, wäre das Sudhakar. Er betrachtete eine Pflanze nicht wegen ihres Blattwerks oder ihrer Blüten – er überlegte gleich, ob sie vielleicht in den Bogen neben der Rezeption passte. Urne oder Pferd, er wusste sofort, wohin sie passen und wer diese Dinge am meisten zu schätzen wissen würde.

Elango genoss die Begeisterung seines Freundes, war aber auch skeptisch. Dieses Pferd war eine zutiefst persönliche Sache und in seinem Denken untrennbar mit Zohra verbunden. Es war das erste Mal, dass er etwas machte, das keinem direkten Zweck diente, dessen einzige Daseinsberechtigung bisher darin lag, einem Wesen, das er im Traum gesehen hatte, Form zu verleihen. Er fing an zu überlegen, wie naiv romantisch es war, dieses riesige Ding zu schaffen, das so viel seiner Zeit fraß, aber keinerlei Geld einbrachte. Konnte er sich diesen Luxus leisten? Aber je sicherer er sich wurde, es tatsächlich zu vollenden, desto stärker nahm er einen neuen Hunger in sich wahr, der ständig fordernder wurde. Das Pferd sollte ihm die Anerkennung bringen, die ihm, davon war er immer mehr überzeugt, gebührte.

An diesem Abend verfiel er in Träumereien und stellte sich vor, wie sein Werk hundert Jahre nach ihm in fremde Hände übergehen würde, und später lag er in dem kleinen Raum, den er sich gebaut hatte, und überlegte, wohin das Pferd ihn tragen würde. Weg aus dieser erdrückenden Zelle mit den paar Nägeln in der Wand, um seine Kleidung aufzuhängen, und einer Matte, um darauf zu schlafen. Weg von Vasus und Revathis neu geschärften Spitzen gegen muslimische Mädchen.

Zusammen mit Zohra und Chinna.

Er drehte sich auf die Seite, rastlos und mit schmerzenden Gliedern. Meist schlief er unter dem Meerrettichbaum, mit Chinna und den Sternen über sich. Ohne den Hund fühlte sich der Garten leer und seelenlos an. Selbst die Hennen schienen nach ihrem Peiniger zu suchen.

Liebe Mrs Reddy,

Sie sagen, ich soll versuchen, mich auf andere Dinge zu konzentrieren. Wir sind beide Architekten, mein Mann und ich. Er arbeitet wieder, aber ich habe gekündigt. Ich habe das Gefühl, an dem Abend, an dem ich angegriffen wurde, hat eine Kugel mein Hirn durchschlagen und meine Logik und meinen Fokus zerschossen. Stattdessen spiele ich jetzt. Ich habe ein maßstabgerechtes Modell der Stadt im Gästezimmer aufgebaut. Tage habe ich dafür gebraucht … habe Gräber, den Fluss, unsere bekannten Felsen hinzugefügt. Hier werde ich nicht angegriffen, mein Mann kämpft nicht um sein Augenlicht, mein Hund geht nicht verloren, ich bin nicht zerbrochen. Ich kann leben.

Gestern bin ich bis nach Penda Hill gelaufen. Jede einzelne Straße rechts von der Bharati Road bin ich abgelaufen, und morgen nehme ich die linke Seite. Ich habe fünfzehn Straßenhunde gezählt. Drei waren braun, zwei schwarz, einer weiß.

Keiner sah aus wie Tashi.

Es fühlt sich an, als wären Sie eine Freundin. Ich wünschte, ich könnte Sie persönlich kennenlernen. Bitte sagen Sie mir, ob das möglich ist.

FÜNF

I

Der blinde Kalligraf stand bei Elango neben dem Blitzbaum und fuhr mit den Händen über die Beine des Pferdes. Sie und der Rumpf waren fertig, und Elango war entschlossen, auch den Rest zu vollenden, bevor der Regen kam und seinen Unterstand wegspülte. Bald schon war es Zeit, mit dem dekorativen Teil der Arbeit zu beginnen, und er hatte Zohras Großvater nicht ohne Grund hergebracht.

Elango wusste, dass seine Vorstellungen vielleicht nicht umsetzbar waren, aber es gab keinen einfacheren Weg. Er würde auf dem Weg zur Vollendung eine Reihe Fehler machen müssen. Manch einer würde es womöglich vergeudete Zeit nennen – kein Wunder, schufen die meisten Leute doch niemals etwas. Was wussten sie von den fruchtlosen, ermüdenden Tagen und Monaten, die notwendig waren, bis Hände, Herz und Verstand zusammenfanden? Elango war diesem Punkt nahe, besonders, seit ihm ein Gedanke gekommen war, der ihn in Begeisterung versetzt hatte.

Die Finger des Blinden hielten über den Einzelheiten des Pferdekörpers inne, fuhren um Ausbuchtungen, strichen über glatte Flächen und stoppten aufs Neue. Er neigte den Kopf zur Seite, als höre er etwas und versuche, riechend mehr zu erfahren. Warum nur Beine und ein Rumpf? Wo war der Kopf des Pferdes, wollte er wissen, und würde es keinen Schweif geben? Was sollte er statt seiner Feder für den Ton benutzen? Er schnitt seine eigenen Federn, wenn er professionell für Bücher arbeitete, Zeitungen, wenn er heilige Sprüche aufschrieb, Hochzeitskarten verfasste. Nah und fern verlangten die Leute nach ihm, seine Schriftzüge flössen direkt aus Persien herbei, sagten sie. Er wollte sich nicht mit groben Strichen in Ton blamieren. Was also wäre sein Werkzeug?

Elango legte ihm zwei Schneidewerkzeuge in die knochigen Hände, warf einen letzten Blick darauf und ließ sie nur zögernd los. Das Metall glänzte und war scharf, die Griffe waren aus poliertem Rotholz und lagen wie kein anderes Werkzeug, das er je gehalten hatte, in der Hand. Sie stammten aus dem Satz, den der koreanische Töpfer ihm geschenkt hatte, und er hatte sie nie benutzt, aus Angst, ihnen den Wert zu nehmen. Jetzt war ihre Zeit gekommen. Er hatte auch ein paar Schüsseln für den alten Mann bereitgestellt, die gerade noch feucht genug waren, um den Eindruck eines Messers oder Schneidewerkzeugs aufzunehmen. Er zeigte dem Kalligrafen, wie er die Schüsseln innen zu stützen hatte, wenn er Muster in sie schnitt. Wie er den herausgeschnittenen Ton wegbürstete und wegblies. Der Kalligraf beäugte alles und kniff dabei die Augen zusammen, als könnte er dem Ton so ein Bild entlocken, setzte sich auf einen Felsen beim Teich und schnaufte alle paar Minuten ein »*Inschallah*« heraus. Er grinste in seinen weißen Bart. »Alter Hund … neue Tricks … Du musst mich mit kühlem, sauberem Trinkwasser versorgt halten. Mehr will ich nicht.«

Er war bekannt als der blinde Kalligraf, war aber nicht völlig ohne Sehvermögen. An Tagen, an denen er sehen konnte, war es schwer für ihn zu bestimmen, was er sah. Bilder trieben vorbei, verzerrt und verwischt. Umrisse und Schatten tauchten auf, oft zu spät, um einen Zusammenstoß zu vermeiden, und er hatte über die Jahre gelernt, dass die Straßen voller aufbrausender Männer und Frauen waren. Manchmal flogen große Schwärme von etwas, das er für Fliegen hielt, an ihm vorbei, und er schlug danach, worauf sie aber immer noch da waren. Er trug eine Brille, sah jedoch nicht gut genug, um zu merken, dass eines der Gläser einen feinen Sprung hatte, und Zohra hatte es ihm nicht gesagt, weil sie dachte, der alte Mann brauche Aufmunterung und keine schlechten Nachrichten. Wann immer sie konnte, nahm sie ihn mit in die öffentliche Bibliothek, wo sie die Stelle ihres Vaters geerbt hatte und Bücher einsortierte. Es war ein Gebäude voller Kalk und Gips, der in unerwarteten Wolken auf die Bücher herabregnete, aber er saß gern dort und lauschte dem Rascheln von Vögeln und Seiten.

Zohra hatte Elango an dem Tag von ihrem Großvater erzählt, als sie zusammen auf die andere Seite der Stadt gefahren waren, um sich die mittelalterlichen Gräber dort anzusehen. Es war nicht so, dass sie sich besonders für schon lange tote Könige interessierten, aber das Bedürfnis, etwas zu finden, wo sie für sich sein konnten, war dringlich, und es gab nicht viele Möglichkeiten. Ihre Treffen beim Blitzbaum nach Einbruch der Dunkelheit waren fahrig und hastig, es konnte jederzeit jemand kommen, der sie kannte, und Elango wollte mit Zohra so zusammen sein, wie er es aus dem Kino kannte, draußen in der Öffentlichkeit, mit Grün und Blumen überall.

Sie hob eine Braue und sagte: »Muss ich singen und um die Bäume tanzen?«

»Ich werde dich nicht daran hindern«, sagte er.

Die Gräber lagen auf einem Stück überwuchertem Parkland auf der anderen Seite des Flusses. Elango hatte sie schon oft gesehen, aber nur aus weiter Entfernung. Das größte Mausoleum stand etwas abseits, und in seiner modrigen Düsternis gab es Reihen steinerner, mit Taubendreck gesprenkelter Sarkophage, einer war so klein, dass Elango dachte, es müsse der Sarg eines Babys sein. Rundherum erstreckte sich eine hügelige Wildnis mit Bäumen und Büschen, und er sah, dass fast jeder Busch besetzt war: Männer und Frauen saßen umschlungen im Schutz der Blätter, und manche von ihnen waren kühn genug, sich zu küssen. Von einem Moment auf den anderen hatte er das Gefühl, in eine Muschel zurückzuschrumpfen. Ein heftiger Widerwille überkam ihn angesichts dieser Heimlichkeit, dieser Leidenschaft, die zwischen Skeletten in verfärbten Gräbern geplant und inszeniert werden musste. Es war eine Farce. Ein Schmerz in seiner Brust ließ ihn sich abwenden – und doch fasste er, sobald er konnte, nach Zohras Hand und legte einen Arm um sie.

»Nicht, jemand wird uns sehen.« Sie schob seinen Arm von sich weg.

»Was sollen wir denn machen?«, sagt er. »Warum sind wir hergekommen?«

»Um uns die Gräber anzusehen. Um uns in Ruhe zu unterhalten.«

Reden? Ruinen ansehen? Waren Frauen völlig verrückt? Er hütete sich davor, das laut auszusprechen. Erst waren sie hinreißend gewesen, ihre verliebten Dispute, denen Reue und Vergebung auf dem Fuße folgten. Mittlerweile aber nicht mehr. Sie schien die Welt aus einem anderen Blickwinkel zu sehen, den er oft unverständlich fand, und zu seinem Ärger war sie in der Lage, ihren Standpunkt logisch darzulegen, während er sich schon nach Sekunden in seinen eigenen Argumenten verstrickte. Er wisse sich nicht mit Worten zu erklären und sei nur Herr seiner Hände, sagte er. Konnte sie nicht verstehen, dass sich manche Menschen mit dem, was sie taten, ausdrückten, und nicht mit dem, was sie sagten? Sie antwortete mit scharfer Zunge, dass er durchaus mit seinem Mund umzugehen wisse, wenn ihm keine Worte abverlangt würden.

Er ging voraus und fühlte sich geschlagen. Die vermoosten Bauten beeindruckten ihn nicht, nur die perfekten Rundungen ihrer Kuppeln und die Symmetrie ihrer Bögen. Wie war ihren Erbauern das gelungen? So etwas war selbst beim Töpfern kaum zu erreichen. Persische Worte waren in die Mauern der Gräber gemeißelt, Schleifen, lange Striche, Punkte. Die Schrift ein Muster, das an Bögen und Säulen hinunterfloss. Seine Verstimmung wich einem Gedanken. »Sieht die Kalligrafie deines Vater auch so aus?«

Von jenem Nachmittag zu diesem: Der Kalligraf würde Urdu-Worte in seinen Ton schneiden. Es würde ein sprechendes Pferd werden.

Die erste Berührung des Messers mit dem Ton ließ die Hand des blinden Kalligrafen zittern. Er hatte so lange nichts geschrieben – konnte er es jetzt, auf dieser Oberfläche? Das Messer wollte sich ihm nicht fügen. Er trieb es in die klamme Schale, seine Spitze traf auf winzige Splitter und rutschte von der Rundung ab. Er fuhr mit den Fingern über die Buchstaben, die er hineingeritzt hatte, und wusste gleich, dass sie plump und kunstlos wirkten, wie das Werk eines Amateurs. Er rieb die Oberfläche der Schale mit einem Tuch glatt und fing noch einmal neu an, spürte sich mit seinen Fingerspitzen voran und sehnte sich nach der vertrauten ruhigen Glätte von Papier und der Präzision seiner Feder. Wieder rutschte er mit dem Werkzeug ab, das der Töpfer ihm gegeben hatte, und produzierte einen langen Kratzer bis hinunter zum Fuß der Schale. Er ließ sich zurück auf seine Waden sinken und wischte sich mit dem Saum seines Lungi den Schweiß von der Stirn.

Elango sah von seiner Arbeit auf. »Es ist Ton und Metall. Nicht Papier und Tinte.« Er streckte seine verschmierten Hände aus und berührte den Arm des alten Mannes. »Ihre Finger müssen eine andere Art der Berührung und des Drucks lernen.«

Er stand auf, wischte sich die Hände mit einem Tuch ab und sagte: »Ruhen Sie ein wenig aus ... Es braucht seine Zeit. Ich bringe Ihnen Wasser, und ich habe auch noch etwas Palmzucker. Ich sage Ihnen, was meine Sorge ist:

Der Ton muss irgendwie feucht bleiben, für viele Tage, damit Sie in ihn schreiben können. Wie gelingt mir das bei dieser Hitze? Ich werde ihn mit einem nassen Tuch abdecken müssen.«

Der Kalligraf kaute auf einem kleinen Stück Palmzucker, trank das Wasser und sah etwas Weißes. Es hob sich in die Luft, stieg höher, und er folgte ihm mit seinem Blick. War es ein Vogel oder ein Stück Papier, das vom Wind hochgehoben wurde? Es wurde zu Licht und einem Schauer schwarzer Flecken. Und plötzlich sagte er: »Ich weiß, Sie sind ein guter Mensch, und das ist wichtiger als Ihr Glaube. Aber gehen Sie weit weg mit ihr, wenn Sie eine Zukunft haben wollen. Denken Sie nicht an mich.«

Er stellte sein Glas Wasser ab und begann, seine Brille mit einer Ecke seiner Kurta zu putzen. »Sie ist ein gutes Mädchen«, sagte er. »Ich bin ihr Vater und Mutter, seit sie ein kleines Kind war. Es freut mich, dass sie sich ein eigenes Leben schafft – wie lange werde ich schließlich noch für sie da sein?«

»Was …?« Elango war überrascht. »Ich möchte nur, dass Sie etwas auf das Pferd schreiben. Das ist alles. Wer hat von Glauben und alldem gesprochen?«

Er bedauerte seine Worte kaum, dass sie seinen Mund verlassen hatten. Schon bald würde er mit dem alten Mann über Zohra reden müssen. Aber der wusste es bereits, er wusste es zu früh. Und wenn er es wusste, wussten es auch andere. Es war an viele Dinge zu denken, und wenn erst alles in Gang kam, ließ es sich nicht mehr zurückdrehen. Er wollte noch für eine kleine Weile an seinem Gefühl festhalten, dass ihre Liebe ein Kleinod in einer Schachtel war, zu der nur sie den Schlüssel besaßen. Aber dieser blinde Alte, dem sie so stur verschrieben war … Es war ein Fehler, dass er ihm das Pferd gezeigt hatte. Er würde anfangen, ihm in allem Ratschläge geben zu wollen, weil er dachte, ein Recht dazu zu haben.

»Auch ich fürchte mich vor dem Neuen«, sagte Elango jetzt sanfter. »Wer nicht? Mit ein wenig Übung werden Sie den Ton mit einer wundervollen Schrift versehen.«

»Was werden Ihre Leute sagen, wenn sie Urdu auf einem Hindu-Pferd sehen? Haben Sie sich das überlegt? Ist es nicht etwas Heiliges, das Sie für Ihren Tempel machen? Ihren Priestern wird dies nicht gefallen.«

»Es ist nicht für den Tempel, nichts Religiöses. Niemand von denen wird es sehen.« Elango improvisierte: »Ein Hotel hat es für seinen Garten bestellt. Es muss gut aussehen, das ist alles.«

Er wandte sich ab, und einen Moment lang herrschte Schweigen, doch dann hörte er ein ungläubiges Schnauben vom Kalligrafen. »Schriften für ein Hotel! Was für ein Gedanke! Hotels sind ekelhafte Orte für ekelhafte Menschen, um gottlose Dinge zu tun. Ich möchte in meinem Leben«, schnaubte der alte Mann, »den Fluss und die Schönheit der Schrift, die ich immer verehrt habe, nicht beleidigen. Meine Arbeit hat eine Bedeutung.«

»Und meine Arbeit hat keine? Haben Sie Ihre Schrift nicht auch in den Stein jener Gräber gemeißelt? Denken Sie, dass Ton nicht an Stein heranreicht?«

Elango verlor nicht oft die Beherrschung. Ganz abgesehen vom Alter des Kalligrafen, das Respekt verlangte, war Zohras Großvater der Letzte, den zu beleidigen er sich erlauben konnte. Aber jetzt, da er sein Terrakotta-Pferd bedeckt mit schöner arabischer Schrift vor sich sehen konnte, wäre jede andere Art des Schmucks nur mehr eine Notlösung. Er hatte das Gefühl, vor Zorn fast zu explodieren: über seine eigene klägliche Kunstfertigkeit, das starrsinnige Verlangen dieses Kalligrafen nach Perfektion und seinen schwindenden Tonvorrat. Er sagte kein weiteres Wort, war sich aber des Knisterns in der Luft bewusst, als wäre er kein Mensch, sondern eine Hochspannungsleitung.

Der Kalligraf, der Elangos Ärger spürte, stand unter großem Stöhnen auf, schlug sich den Schmutz von seinem Lungi und sagte, er ginge jetzt beten. Elango steckte den Spaten in den Grund des Teiches und sagte mit wildem Unterton: »Ja, ja, beten Sie. Was sonst gibt es im Leben?«

2

Auf der Hauptstraße beim Moti-Block stand Akka wartend vor Sharma-jis Lebensmittelladen und wartete auf dessen wöchentliche Gabe von fünf Rupien, als sie den blinden Kalligrafen mit tastendem Stock die Straße herunterkommen sah. Aus Richtung des Teiches. Sie beobachtete den alten Mann mit gelassenem Blick, sicher, dass sie ihn anstarren konnte, ohne dass er es merkte.

»Brauchen Sie Hilfe«, sagte sie mit gurrender Stimme,

als er näher kam. »Wohin sind Sie gegangen? Ihnen scheint so heiß zu sein!«

»Ah … einfach dorthin … Es ist nichts.«

»Dorthin? In die Wildnis? Wohin genau?«

»Oh, wissen Sie, mir war nach einem kleinen Spaziergang. Hatte die Gegend da schon so lange nicht mehr gesehen.«

»Den Teich? Sie waren so weit?«

»Oh, nein, nicht beim Teich«, stammelte der alte Mann um eine schnelle Lüge verlegen. Er schlurfte weiter, mit dem Stock vor sich hin klopfend, bevor sie ihm noch eine Frage stellen konnte.

»Aber da ist sonst nichts, in der Richtung …«, rief sie ihm hinterher, wandte sich zu Sharma-ji um und verdrehte die Augen. »Wen, glaubt er, kann er zum Besten halten, der senile Maulwurf?«

Sharma-ji lachte und fischte fünf Rupien für ihren Korb hervor. »Er hat seinen zukünftigen Schwiegersohn bei der Arbeit besucht, oder? Bereiten Sie sich auf Rindfleischduft von nebenan vor, Akka, und Gebete fünfmal am Tag. Die Mullahs sind unterwegs in ihre Nachbarschaft.«

3

Knien, aufstehen und wieder hinknien, beim Beten an diesem Tag stellte der Kalligraf fest, dass seine Gedanken wieder und wieder von Gott abschweiften. Er spürte immer noch, wie das Messer über die Oberfläche der

Schale fuhr, und die Buchstaben zu erscheinen begannen, die, als seine Sicht zurückging, immer schlechter wurden. Dann ging gar nichts mehr. Was taugte ein blinder Kalligraf? Seine Finger hatten vergessen, wie es sich anfühlte, seine Bambusfeder zu halten, ihr Geräusch auf dem Papier zu hören – nur er hatte sie gehört –, die Striche nacheinander erscheinen zu sehen, wie sie Seiten voller Schönheit und Weisheit bildeten. Diese Buchstaben in halb trockene Schalen zu ritzen, es war ihm wie ein Wunder erschienen, dass er nicht sehen musste, was er schrieb – seine Finger fühlten es. Er war begeistert und gleichzeitig voller Angst gewesen. Angst zu versagen … Was fast ein neuartiges Gefühl zu sein schien, obwohl er es doch eigentlich kannte, es war jedes Mal da, wenn er eine schwierige Arbeit begann.

Am nächsten Nachmittag zog er eine saubere Kurta an, vertauschte seinen Lungi mit einem Paar schmaler Pyjamas, setzte eine Kappe auf, nahm seinen Stock und ging aus der Tür, die schmuddelige Treppe des Moti-Blocks hinunter und auf die Straße, bevor er sich von zu viel Nachdenken aufhalten ließ. Raju vom Teeladen rief und fragte, wohin er so eilig wolle, musste er einen Zug erreichen und wusste Zohra davon? Der Kalligraf hob gerade mal seinen Stock zur Antwort. Als er die Hand wieder senkte, stieß er auf etwas Weiches, Feuchtes. »Miya?«, sagte er, lächelte in seinen Bart und streichelte Chinna den pelzigen Kopf. Er spielte mit den samtigen Ohren und kraulte ihm den Hals. Dann sagte er: »Sollen wir gehen?«

Der Teil des Weges, auf dem er und Chinna ein vertrauter Anblick waren, bot kein Problem. Die Leute wichen ihm aus, und er kannte jede Laterne, jeden Müllhaufen, jede vorspringende Kante und scharfe Ecke. Er hielt sich auf der Seite, weil er aus Erfahrung wusste, dass offene Abflüsse widerliche Albträume waren, in die man leicht treten konnte. Oben an der Straße musste er die Richtung wechseln und nach Süden abbiegen. Bald schon schlug ihm die heiße Luft von einem zu schnell fahrenden Bus ins Gesicht, und er wusste, er hatte die Kreuzung erreicht.

Die Hauptstraße führte zur großen Schule und schließlich in die Altstadt, wo die Gassen ein Labyrinth von Läden mit Kleidung, Korn, Eisenwaren und Biryani bildeten. Perlen wurden wie Reis oder Dal nach Gewicht verkauft. Er war seit Jahren nicht mehr dort gewesen, musste sich aber keine Sorgen machen, sein Ziel kam weit vorher und seine Füße erinnerten sich und fanden den Weg. Es gab nicht zu viele Abzweigungen, und dann ging es am Ufer entlang. »Es ist nicht sehr weit«, erklärte er Chinna mit einem unsicheren Zittern in der Stimme. »Bleib nur bei mir.«

So wie ein Herz bei dem Gedanken, das Haus der Geliebten zu erreichen, schneller schlagen mag, beschleunigte sich sein Atem, als er dem Gebäude näher kam, zu dem er wollte, einer Villa, die zu einem Archiv für Urdu-Bücher und -Zeitschriften umgebaut worden war. Er kannte die Schätze in den Regalen und im Archiv unten im Keller. Er hatte sein Arbeitsleben dort verbracht, Dokumente kopiert und die schönen Striche alter Pergamente nachgezeichnet. Es hatte dort in dem Haus einmal einen Tisch und einen Stuhl für ihn gegeben, den sie Usman Bhais Thron nannten, mit einer hellen Lampe, einem Lesepult für schwere Bücher und genug Platz, um sein Papier, sein Tintenfass und die selbst geschnittenen Federn ausbreiten zu können. Das Federschneiden war ein langsamer, aufwendiger Prozess. Er musste seine gewohnte Ungeduld überwinden, wusste er doch, dass der Bambus vorsichtig zurechtzustutzen und zu beschneiden war, um die scharfe, schräge Kante zu bekommen, die er brauchte. War er mit seinen Federn zufrieden, tupfte er etwas Tinte auf den linken Daumennagel. Vor Beginn der täglichen Arbeit murmelte er den Namen Gottes, und dann flossen sie, die Striche, sicher, lang und perfekt ausbalanciert. An Tagen, da es keine kalligrafischen Aufgaben gab, las er – und jetzt, auf dem Weg, erinnerte er sich an die Verse aus den Gedichten Ghalibs und Rumis, und seine Füße fielen in deren Rhythmus. Aber während seine Lippen die magischen Worte murmelten, kollidierte er mit jemandem, einem Mann, der ihn zornig anschrie, ob er keine Augen im Kopf habe.

Er hörte ein leises, drohendes Knurren von Chinna und spürte den warmen Körper des Hundes an seiner Seite. Die Stimme des Mannes wurde noch lauter, entfernte sich dann aber, und der Kalligraf stand eine Weile reglos da und tastete schließlich nach dem Stock, den er hatte fallen lassen. Er streichelte Chinna und sagte: »Miya, heute bekommst du nicht ein, sondern zwei Roti, und ein Kabab.« Er setzte sich wieder in Bewegung. Er musste bei der Sache bleiben. Wo war er? Nach dem Abbiegen war er geradeaus gegangen, und vor dem Fluss kamen keine Abzweigungen mehr. Seine Nase würde ihm sagen, wenn er ihn erreichte. Das Wasser stank dieser Tage, es war eine Mischung aus Abwasser, verrottenden Innereien und Chemikalien, die einen würgen ließ. In seiner Kindheit, das erzählte er Zohra oft, war der Fluss so sauber gewesen, dass sein Wasser süß genug war, um es zu trinken und darin zu schwimmen. Wie sich die Bäume über die Ufer seiner Kindheit gebeugt hatten und … Wieder schweiften seine Gedanken ab, wieder stieß er gegen jemanden.

Aber diese Person war freundlicher. »Wenn Sie nicht richtig sehen können, nehmen Sie Ihren Hund an die Leine und folgen ihm.« Der Mann schien massig und groß, und er griff nach ihm und lenkte ihn mehr auf die Seite. Endlich dann, nach ein paar weiteren Zusammenstößen und knappen Ausweichmanövern, erreichte er das Archiv. Er blieb vor der Tür stehen und legte dem Hund die Hand in den Nacken. »Miya, du setzt dich her und wartest auf mich. Sie werden dich nicht mit hineinlassen.« Er wartete, bis er spürte, dass der Hund sich hingelegt hatte, und bat dann jemanden, ihn zur Ausleihe zu bringen. Dort sagte er: »Adaab, ich habe eine bescheidene Bitte. Ich würde gern die Seiten des *Baburnama* lesen, die Sie hier im Archiv haben.« Und in einem Ausbruch alten Stolzes fügte er hinzu: »Ich bin Usman Alam, der Kalligraf, der die Seiten angefertigt hat. Das war vor vierzig Jahren.«

Der Junge an der Ausleihe sagte: »Dadaji, Sie können den Weg hierher nicht sehen, wie wollen Sie da das *Baburnama* lesen? Im Übrigen dürfen von Hand kopierte Seiten nicht ohne Erlaubnis ausgegeben werden. Füllen Sie einen Antrag aus, und kommen Sie morgen wieder her.«

Der Kalligraf lehnte sich erschöpft auf die Theke. Welcher Irrsinn hatte ihn dazu getrieben, sich halb umzubringen, um bis hierher zu gelangen, und wie sollte er zurückfinden?

Selbst noch, als seine Sehkraft geschwunden war, hatte er weitergearbeitet. Das war ihm gelungen, indem er zwei Dinge in seinem Kopf in Einklang gebracht hatte: Einerseits hatte er rein theoretisch den Gedanken akzeptiert, dass er blind und hilflos werden könnte, sich andererseits aber gesagt, dass es nicht so sein würde. Das ganze Leben, dachte er, ist eine Frage des Wissens, dass das Schlimmste passieren kann, gleichzeitig aber so weiterzumachen, als würde man selbst verschont. Hatte er je gedacht, dass er seine Frau, seinen Sohn und seine Schwiegertochter einmal zu Grabe tragen würde – die beiden letzten innerhalb von wenigen Tagen, ermordet in Ausschreitungen, in denen die kleine Zohra so verletzt wurde, dass sie lebenslang ein Bein nachziehen würde? Wie das weiche Bein des Kindes heruntergehangen hatte, wie ein Pendel war es hin und her geschwungen, als er mit ihr die hintere Gasse entlanggelaufen war. Wäre Zohra doch nur mit ihm hergekommen. Aber sie hatte zu viel zu tun. Sie hatte dieser Tage immer zu viel zu tun.

In der Kehle des Kalligrafen steckte ein unerwarteter Kloß, den er nicht hinunterzuschlucken vermochte. Er sollte hinausgehen und sich zu Chinna vor die Tür setzen. Er war durstig, seine Beine verkrampften, und er spürte, wie er gähnte, obwohl er nicht müde war. So war es im letzten Jahr schon einmal vor einer Ohnmacht gewesen. Er musste irgendwie zurück nach Hause und nahm alle Kraft zusammen, um sich nach draußen zu tasten, als er eine Stimme aus einem der Büros schallen hörte, die vertraut klang. Sie rief seinen Namen, offenbar so überrascht wie entzückt, kam näher, bot Wasser, Tee und einen Stuhl an. Sie sagte, sie sei vor langer Zeit sein Schüler gewesen und habe die Kalligrafie von ihm gelernt. Erinnerte er sich nicht an Sadiq – den Sadiq, den er einen Drückeberger gescholten hatte? Nein? Egal. Der Mann nahm den Kalligrafen mit an seinen Tisch, sagte stolz, das sei jetzt seiner, er würde ihn seinem Lehrer aber gern zur Verfügung stellen, bis er alle Bücher gefunden habe, die er brauche.

»Was wollen Sie lesen? Sagen Sie es mir, ich hole es Ihnen.«

»Ich kann nicht mehr lesen, mein Sohn«, sagte Usman Alam. »Aber etwas ist geschehen … und es hat mich hungrig nach Worten gemacht. Ich möchte den Geruch der Bücher einatmen, sie berühren. Ich möchte sie in Händen halten.«

Er spürte, wie ihn die eigene Übertreibung überwältigte, und verwirrt ließ er den Kopf auf die Brust sinken. Er klopfte auf den Stuhl neben sich. »Könnte es sein, dass Sie, mein junger Freund, einen Moment oder zwei Zeit zu erübrigen hätten, um sich zu mir zu setzen und mir etwas vorzulesen? Ich rufe mir die Worte dann aus dem Gedächtnis vor Augen.«

4

Elango vollendete sein Pferd, als dieser Sommer zu Ende ging – anderthalb Jahre, nachdem er zum ersten Mal darüber nachgedacht hatte. Sein Bruder war während der letzten vierzehn Tage zweimal zum Blitzbaum gekommen, mit Fragen über Fragen, die Elango mit den Worten abgewehrt hatte, er mache das Pferd, um es zu verkaufen. Er überzeugte seinen Bruder, dass Sudhakar ihm einen hohen Preis dafür versprochen habe und die Eigner der Deccan-Gold-Kette, wenn ihnen dieses eine Pferd gefiel, auch noch weitere für ihre anderen Hotels bestellen würden. Er spürte, wie sich sein Atem erst wieder beruhigte, als Vasu nickte und die Geschichte schluckte, wobei das Schwein im Weggehen nach Chinna trat.

Aber selbst jetzt war das Pferd noch alles andere als fertig. Elango musste die letzten Tage des Ramadan abwarten – der Kalligraf konnte in der Hitze nicht arbeiten, wo er doch fastete und kein Wasser trinken durfte. In der Dunkelheit vor Sonnenaufgang hörte er die strenge, hohe Stimme des Mannes, der durch die Straßen lief und die Muslime weckte, damit sie vor Sonnenaufgang ihre Morgenmahlzeit zu sich nahmen. Er dachte an Zohra, ohne Essen, ohne Wasser, und die vielen fremdartigen Aspekte ihres Lebens. Er wusste sehr wenig über das Fasten und das nachfolgende Schlemmen, obwohl er im Viertel doch Tür an Tür mit Muslimen lebte. Er dachte an die kleine Fauzia, die er zur Schule fuhr. Fastete sie? Und würden sie es mit ihren Kindern auch so halten?

»Werden unsere Kinder fasten müssen?«, wollte er von Zohra wissen.

Sie habe als Kind gefastet, sagte sie, und sie tue es immer noch. Sie trinke Wasser wie ein Kamel, bevor um vier die Sirene der Moschee losginge, die ihnen Essen und Trinken verbiete. Vom Fasten bekomme sie Kopfschmerzen, und ihr werde schwindelig.

Elango zählte die Tage mit Sirenengeheul herunter. Mit jedem Mal rückte der Moment näher, zu dem das Pferd endlich fertig wurde. Schließlich, als auch das Opferfest vorüber war, ging der blinde Kalligraf an die Arbeit. Der Töpfer hatte im Teeladen zwei hölzerne Hocker für sich und den alten Mann ausgeliehen, damit sie die Seiten und den Widerrist erreichten. Der Kalligraf hielt bei der Arbeit nicht lang durch, seine Arme wurden müde, und er verlor die Kontrolle über seine Finger. Es war furchtbar mühsam, den Ton in der Hitze feucht zu halten. Elango holte eimerweise Wasser aus dem Teich und besprenkelte das Pferd damit, und anschließend bedeckte er es mit einem nassen Tuch, mit triefenden Zeitungen und einer Plane, die er aufgetrieben hatte. Jeden Tag legte er nur den Teil frei, an dem der Kalligraf arbeiten würde. Von der Idee kunstreicher Schriftzeichen hatte er sich bereits verabschiedet, und er fragte nicht mehr, was die Urdu-Worte bedeuteten. Der alte Mann sagte, es seien Verse eines berühmten Dichters, und das reichte.

Die Schrift wirkte zart und doch kraftvoll und stieg von den Fesseln auf, die der Kalligraf auf der Erde liegend beschriftet hatte. Sie führte hoch zu Schulter und Flanke, bedeckte Rücken und Lende und kam von der Stirn mit einer Verzierung hinunter zum Maul. Der Kalligraf zog einen Strich, befühlte die Vertiefung mit den Fingerspitzen und setzte den nächsten, ohne Elango zu bemerken, der stumm ein Stück entfernt stand, zusah und sich immer noch wunderte, warum der alte Mann zurückgekommen war, strahlend vor Zuversicht, nachdem er nur ein, zwei Tage zuvor davongelaufen war.

»Aus welchem Brunnen haben Sie diesen Zaubertrank geschöpft, alter Mann?«, fragte er den Kalligrafen, der laut gackerte und sagte: »Aus dem Brunnen der Erinnerung, Elango, für den dir noch die Tiefe fehlt.«

»Und was gedenken Sie zu schreiben?«, hatte ihn Elango vorsichtig gefragt. Darüber hatten sie bereits gestritten. Usman Alam hatte nur Verachtung für die Idee des Töpfers gehabt, Zohras Namen überall auf das Pferd zu schreiben, und ihm eine Predigt über die Herrlichkeit der Literatur gehalten.

»Ist es ein Gedicht?«, versuchte Elango es wieder, ohne eine Antwort zu bekommen.

»Das erfährst du noch rechtzeitig«, sagte der Kalligraf. »Erst hatte ich an Ghalib gedacht … doch dann kam mir eine bessere Idee. Nur Geduld. Störe mich jetzt nicht.«

Es war, als hätte der Kalligraf seinen Händen die Sicherheit des Sehens übertragen. Ohne ein Zögern bewegten sie sich über die Oberfläche des Pferdes, liebkosten es und zogen Linien, die seinen Wölbungen und Vertiefungen folgten. Seine runden Handknöchel glänzten wie Beeren, und seine trockene braune Haut war wie die Rinde eines uralten

Baumes. Elango drehte die eigenen Hände und betrachtete sie, als hätte er sie nie zuvor gesehen. Er starrte seine rauen Handflächen an und die gelben tonverkrusteten Nägel. Die Vorstellung, dass diese klobigen Dinger an seinen Handgelenken kiloweise Ton zu riesigen Gefäßen drehten und lange, enge Hälse für Krüge formten, hatte Zohra gesagt und eine ihrer Hände in seinen Nacken gelegt. Solch eine Behutsamkeit, solch eine Kontrolliertheit, hatte sie gesagt und ihn auf die neckende Art, die sie manchmal besaß, durch ihre Wimpern angesehen. Seine andere Hand hatte sie genommen und über die Linien darin gestrichen – zu viele Linien, wie das in eine Hand gedruckte Labyrinth eines Gehirns, sagte sie. Es zeuge von einem komplizierten Geist. Einem gefährlichen, hatte er gebrummelt.

Am Ende einer Woche nicht nachlassender Arbeit sagte Usman Alam, es sei geschafft. Er kletterte von seinem Hocker, legte die Werkzeuge zur Seite und wollte sich mit einem Seufzer hinsetzen, aber Elango sagte, er solle nach Hause gehen und sich ausruhen – und Zohra mit etwas Essen und Wasser schicken. So geht es mit den jungen Leuten, grummelte der Kalligraf unterwegs, kaum ist die Arbeit getan, haben sie keine Zeit mehr für dich. Sie benutzen dich und haben keine fünf Minuten für Nettigkeiten und Dank. Zu seiner Zeit … Aber als er Zohra aufhalten wollte, um ihr zu erzählen, wie es zu seiner Zeit gewesen war, hatte auch sie es eilig wegzukommen und rief ihm über die Schulter zu: »Ich bin bald wieder da. Dein Essen und der Tee stehen auf dem Tisch bereit.«

Es war bereits halbdunkel, als sie auf dem Umweg, den

sie immer nahm, zum Teich kam. Elango hörte sie leise aufschreien, als sie umknickte oder komisch auftrat. Vielleicht konnte sie sein Herz wummern hören, ein dumpfer steter Trommelschlag. Er hatte von dem Gedanken Abstand genommen, ihr das Pferd erst zu zeigen, wenn es fertig war. Was, wenn es beim Brennen in der Hitze in tausend Stücke zersprang? Man wusste nie, was geschah, wenn Feuer den Ton berührte.

Außerdem hatte er einen Plan.

Als sie kam, bat er sie, das mitgebrachte Essen abzustellen. Er trat nahe zu ihr und fuhr ihr mit einem Finger das Rückgrat hinunter. Sie erschauderte. Komm näher, sagte er, und sie wollte nicht, weil er nach Erde und Schweiß roch. Das Thema hatten sie bereits gehabt, und er sagte ihr gereizt, sie solle sich daran gewöhnen. Sie wolle einen Töpfer heiraten, und der werde immer so riechen.

Er ging zum Baum, holte Streichhölzer aus dem Loch und entzündete die Petroleumlampe. Sie beschattete die Augen mit der Hand gegen den grellen Schein.

»Bist du verrückt? Das Licht kann man von weit weg sehen«, sagte sie.

»Das sind sie gewöhnt. Ich arbeite hier jeden Abend.«

Er zog sie auf die Seite und sagte, sie solle die Augen zumachen. Er zog die Plane, die Zeitungen und den Stoff vom Pferd und sagte, sie könne sie wieder aufmachen. Er folgte ihrem Blick. Als er es mit ihren Augen sah, Augen, die keinen Blick in seine Träume oder auf das Vorbild für dieses Tier erhascht hatten, da sah er zu seiner Überraschung, dass es nicht wie ein Esel oder Maultier aussah oder irgendein Klumpen Erde, nein, es war zu dem stattlichen Pferd seines lang zurückliegenden Traumes herangewachsen, genau so, wie sein Großvater es vor all den Jahren erschaffen hatte. Er sah, wie sich ihre Lippen öffneten, hörte, wie sie nach Luft schnappte, und dann waren ihre Hände überall auf dem Pferd, sie umrundete es, hielt die Lampe dicht daneben und murmelte die Worte, die ihr Großvater darauf geschrieben hatte.

Hör genau zu,
Weder der Veda
Noch der Koran
Wird dich das lehren:
Leg ihm das Zaumzeug an,
Den Sattel auf den Rücken,
Setz deinen Fuß in den Steigbügel
Und reite mit deinem ungestüm fliehenden Verstand
Bis hinauf in die Himmel.

Er hatte das Pferd mit schwarzem Morast eingefärbt, bevor der Kalligraf die Worte hineingeschnitten hatte, die jetzt im ursprünglichen Kaki des Tons aus dem Schwarz herausstachen. Das Kaki würde beim Brennen rot werden, der Rest des Pferdes blieb schwarz, erklärte er Zohra. Aber erst müsse sie noch etwas erledigen.

Er gab ihr ein Messer und sagte: »Siehst du, dort habe ich eine Stelle freigelassen? Ich halte jetzt die Lampe, und du schreibst unsere Namen, deinen, meinen und Chinnas, in das Pferd. In deiner Sprache.«

Sie hielt die Hände ruhig, konzentrierte sich und schrieb ihre drei Namen in den Ton. Am Ende betrachtete sie ihr Werk und warf verdrossen das Messer zu Boden. Ihre Buchstaben sahen neben der eleganten Schrift ihres Großvaters unbeholfen und gedrängt aus. Aber ihre Einfachheit hatte etwas Intimes, das Elango hinter sie treten, sein Kinn auf ihre Schulter legen und ihr sagen ließ, dass ihre Schrift nicht so schön war wie sie, aber ebenso kostbar.

Sie verdrehte die Augen. »All diese Schmeicheleien«, entgegnete sie. »Wenn wir erst ein paar Monate verheiratet sind, wirst du mich anschreien wie alle anderen auch.«

5

»Warum sehe ich die Kleine dieser Tage nicht beim Töpfer? Lernt sie nicht mehr bei ihm?«

Meine Mutter hatte nie viel Zeit für Akka und traf sie nur selten. Für gewöhnlich war sie bei der Arbeit, wenn Akka ihre Runden drehte. Sie gab ein paar Münzen in ihren Korb und trat von der Tür zurück.

»Ich glaube, er hat zu tun«, sagte sie. »Sie fangen wieder an, wenn es kühler wird.« Sie drehte sich um und verschwand im Haus.

Von der Veranda aus sah Akka mich zu Fauzia gehen und rief, ich solle warten. Vorsichtig kam sie die Stufen herunter, den Korb gegen die Hüfte gedrückt. Sie trug einen Sari so grellgelb wie die Sonne, und ihre Haut leuchtete in seinem Glanz. Das verwischte Bindi auf ihrer Stirn starrte mich an wie ein drittes Auge. Ich musste an den Tag denken, an dem ich gehört hatte, wie sie Elangos Niedergang plante, und verspürte einen Stich. Sie wischte sich mit einer Ecke ihres Saris den Schweiß aus dem Gesicht und hielt mir ein süßes Laddu hin. »Nimm«, sagte sie. »Ich weiß, du magst so etwas.«

Ich biss widerwillig etwas ab, da ich wusste, dass Süßes mehr Pickel bedeutete, traute mich aber nicht, Nein zu sagen. Sie stand da und betrachtete mich. Und sagte dann, als hätte sie einen Entschluss gefasst: »Warum kommst du in letzter Zeit nicht mehr zu uns herüber? Es war schön, sich mit dir über die Mauer zu unterhalten.«

Ich murmelte, den Mund voller süßem Laddu: »In einigen Tagen bin ich wieder da. Er hat zu tun.«

»Zu tun? Mehr als sonst? Warum?«

»Er macht etwas anderes. Etwas Großes. Er hat zu viel Arbeit.«

»Ach ... der arme Junge, er hat keine Hilfe. Er tut mir leid. Als er klein war, da verbrachte er den ganzen Tag mit mir. Seine Mutter hatte nie Zeit für ihn ... Er ist für mich wie der Sohn, den ich nie hatte. Ich wünschte, er würde in dieser Hitze nicht so hart arbeiten. Wo ist er denn, wenn nicht zu Hause?«

»Am Teich.«

»Warst du da?«

Diese müßige Frage rutschte ihr beiläufig heraus, während sie die Falten ihres Saris zurechtzupfte und mit dem Reis und den Münzen in ihrem Korb herumklimperte.

Bevor es mir bewusst wurde, hatte ich bereits mit den Schultern gezuckt und ihr geantwortet: »O ja, natürlich. Ich gehe überallhin.« Und dann, da es zu spät für einen Rückzieher war: »... also, nicht bis ganz dorthin, aber ich wollte ihn sehen, und da bin ich ein Stück in die Richtung gelaufen. Mit dem Hund.«

»Du lügst, Kleine, das sehe ich.«

Ihre Stimme ließ mich im Kauen innehalten und etwas zurückweichen. Sie formte ein leise schmatzendes Kussgeräusch mit dem Mund und sagte: »Ach ... komm, komm. Ich habe meine Sara ihr ganzes Leben gesegnet und gesund gehalten, und wenn ich dich schützen soll, muss ich wissen, wo du bist.«

»Ich war nur ein- oder zweimal da ...«

Der Staub des Platzes schien aufzusteigen und mir die Luft zu nehmen. Ich wünschte, jemand würde mich rufen und dieses Gespräch unterbrechen, aber überall waren die Vorhänge gegen die Hitze zugezogen und die gewohnten Wochenendhändler mit ihrem Fisch und Gemüse noch nicht aufgetaucht. Selbst Gauris Mann, der eben noch sein Auto gewaschen hatte, war verschwunden.

Sie muss die Angst in meinen Augen gesehen haben, denn sie lächelte jetzt freundlich und berührte sanft meine Wange. »Du bist mein Lieblingskind, nicht wahr? Und du würdest doch mir und meinen Gefühlen nicht wehtun wollen. Sag mir, hast du noch jemanden am Teich gesehen? Außer Elango?«

Ich sah Zohra vor mir, wie sie nach dem Amulett griff, dachte an den Blick, den wir getauscht hatten, an die

Skizze einer Frau, die ich in seinem Buch gesehen hatte, den Buchstaben Z, den er wieder und wieder hineingeschrieben und ausgeschmückt hatte. Ich überlegte, wie wenig Zeit Elango für mich gehabt hatte, nachdem sie in sein Leben getreten war. »Es gab da nur eine Person, eine Frau …«

»Was murmelst du da, Kind? Hast du etwas gesagt?«

»Nur den Hund«, sagte ich laut und sah Akka unschuldig in die Augen. »Elango-Anna wollte mir etwas zeigen, also hat er mich dorthin bestellt.«

Sie schien plötzlich alles Interesse an mir zu verlieren und hob ihren Korb etwas höher an die Taille. »Ach herrje, da stehe ich hier und plappere vor mich hin, wo ich doch tausend Dinge zu erledigen habe. Und du lauf los, wohin du wolltest.«

Sie ging die Straße hinunter auf das Haus zu, in dem Taathas Verwandte wohnte, drehte sich aber nach ein paar Schritten noch einmal nach mir um.

»Was ist das für ein großes Ding, das er macht? Ich könnte mich auf den Weg machen und es mir jederzeit selbst ansehen, oder?«

»Es ist noch nicht fertig. Ich habe es noch nicht gesehen.«

»Aber was soll es sein? Ein Gott oder eine Göttin für den Tempel?«

Er hatte mir gesagt, ich solle nichts von dem Pferd erzählen, und so tief sich Akkas Blick auch in mich grub, ich würde kein Wort sagen. Ich glaube, ich stammelte meine Antwort heraus.

»Ich weiß es nicht. Ich habe nur etwas von dem Ton vorbereitet.«

Jetzt drehte sie sich endgültig um und ging entschlossen auf das nächste Haus zu. Kaum, dass sie weg war, rannte ich los zu Fauzia und wurde nicht langsamer, bis ich da war. Vom Tor aus rief ich keuchend ihren Namen. Wir klingelten beide nie, sondern riefen lieber und warteten draußen. *Warum brauchte sie so lange, um die Tür zu öffnen?* Obwohl mir, wenn ich es noch einmal überdachte, kein Wort zu Zohra über die Lippen gekommen war, konnte ich nicht länger einschätzen, ob ich nicht doch zu viel verraten hatte. Ich brauchte Fauzia, die mir sagte, dass alles gut war. Dass alle wussten, dass Elango am Teich arbeitete, dass er sehr beschäftigt war und es nichts machte, wenn ich gesagt hatte, dass er an etwas Großem saß. Wir versteckten uns in einem uneinsehbaren Winkel bei einem Haus ein Stück die Straße hinunter, und setzten uns auf eine Treppe, die zu einem verschlossenen Tor führte. Dort konnte uns niemand belauschen. Fauzia stimmte mir zu, dass ich nichts verraten hatte, was Akka nicht auch selbst hätte herausfinden können. Der Teich gehörte Elango nicht, wer wollte, konnte dort aufkreuzen – sogar völlig grundlos. Und wenn sie wusste, dass er an etwas Großem arbeitete, wen kümmerte das? Er töpferte alles Mögliche.

Nachdem wir den Sachverhalt analysiert und jedes Detail unter die Lupe genommen hatten, blätterten wir durch die letzte Ausgabe der *Sportsworld.* »Ruhe in Frieden, indisches Cricket«, stand auf dem schwarz umrandeten Titel, gefolgt von qualvollen Worten Pataudis. Ein paar Seiten weiter stand eine Geschichte über unseren neuesten Helden, John McEnroe. Wir tauchten augenblicklich völlig darin ein, und jegliche Fragen von Schuld und Verschulden wurden aus unseren Köpfen gelöscht.

Liebe Mrs Vanamala Reddy,

nein, die Zeit bringt keine Heilung. Lassen Sie mich Ihnen sagen, dass sich manche Wunden niemals schließen. Haben Sie je eine solche Wunde gehabt? Sie höhlt einen von innen aus wie Termiten den Fuß eines Sessels, der zusammenbricht, sobald Sie sich hineinsetzen, obwohl er doch unbeschädigt und neu aussah. Die Termiten sind in meinem Kopf, Mrs Reddy, manchmal wache ich nachts auf, und mein Kissen ist ganz sandig von Knochenmehl. Aber sie sind noch nicht in mein Gehirn gedrungen, und ich werde ihnen dort keinen Zugang gewähren. Dort drinnen bin ich aus Feuerstein. Wenn man mich zweiteilt und die beiden Hälften gegeneinanderstreicht, fliegen die Funken. Und dann wird es nach brennendem Stein riechen.

Heute war ich in Basuri Nagar, dem Vorzeigeviertel: Da gibt es die ganze Hässlichkeit moderner Architektur zu sehen und keine ihrer Annehmlichkeiten. Braune Hunde dominieren die Straßen dort. Sie kommen zu mir wie alte Freunde, sie wissen, ich werde ihnen nichts tun. Ich werde niemals aufhören, nach meinem Tashi zu suchen. Das versichere ich Ihnen.

SECHS

1

Als das Pferd völlig durchgetrocknet war, ging Elango an seinen geduldig angesammelten Holz- und Gestrüppvorrat und die Dunghaufen, die er vom Halter der Büffelherde gekauft hatte. Als Erstes verteilte er den Dung kreisförmig um das Pferd. Elango ging systematisch vor: Dung, dann das Holz, das er aus dem Wald geholt hatte, obenauf alte gebrannte Töpfereien. Seine letzten noch ungebrannten Schalen, Krüge und Tassen kamen unter den Rumpf des Pferdes. Denk daran, dort unter den Rumpf ebenfalls Dung hinzupacken, sagte er sich. Und denk auch daran, wenn du fertig bist, alles andere, was Feuer fangen könnte, wegzufegen. Wie oft er auch schon Ton gebrannt hatte, es gab Dinge, die er sich immer wieder ins Gedächtnis rufen musste.

Mehr Dung, mehr Holz, mehr alte gebrannte Töpfereien, bis er das Ende des Halses erreicht hatte. Dann häufte er Stroh auf die von ihm errichtete Pyramide. Am Ende war kein Pferd mehr zu sehen, es war unter etwas versteckt, das wie ein Heuhaufen aussah. Er machte eine Pause, rauchte eine schnelle Zigarette und trank etwas Wasser. Kaute auf einem Stück Palmzucker und warf Chinna eines der Idlis hin, die er mitgebracht hatte.

Er hatte in mehreren Eimern Tonschlamm angerührt, um das Stroh damit zu bedecken. Das war der lästige Teil, den er noch nie gemocht hatte, auch wenn es nun mal zum Brennen dazugehörte, also machte er sich an die Arbeit und summte dabei eine monotone Melodie, die ihm seit Tagen durch den Kopf ging. In dem Lied hieß es, alle Menschen kämen weinend auf diese Welt und nur wenige würden sie lächelnd verlassen. Die Gewinner des Schicksals. Die immer gleichen Zeilen wie einen feierlichen Gesang wiederholend, klatschte er den nassen Schlamm auf das Stroh, bückte und streckte sich ohne Pause, als wäre er zu einer Maschine geworden, die keine Müdigkeit kannte.

Er näherte sich dem Ende, als er die Eule rufen hörte – als frage sie ihn, wie es ginge. Er sah, dass sich die Dunkelheit schnell herabsenkte, und war dankbar für die Gesellschaft der Eule und den Gedanken, dass die Arbeit bald getan sein würde. Heute wollte er sich ein großes Essen gönnen. Nicht zu Hause. Er würde einen Teller von Rajus Ziegenfleisch kaufen, die der wahrscheinlich mit Motoröl und Chilipaste kochte. Das Öl trieb oben auf der feuerroten Brühe und trug Teile von Curryblättern in sich. Dazu würde es eine große Schüssel weichen, prallen Reis geben. Der Gedanke ließ ihm das Wasser im Mund zusammenlaufen. »Wir haben uns ein Festmahl verdient, meinst du nicht auch, Chinna?«, sagte er zu dem Hund, der in der Nähe nach Fliegen schnappte. »Wir können unsere Bäuche nicht allein mit Insekten und Teichwasser füllen.«

Er strich den Tonschlamm auch auf die Oberseite seines Haufens, ließ die gewohnte Öffnung frei und musste in dem Moment an seinen Traum denken. Den Traum von dem großen Flammenpferd, aus dem er in Panik hochgeschreckt war, weil er dachte, keine Öffnung für die Hitze und die Gase gelassen zu haben. Jener Tag hatte zu dem heutigen geführt, und doch fühlte es sich an, als wäre er Teil eines anderen Lebens gewesen, genau wie all die Jahre vor Chinna und Zohra.

Als das Pferd fertig bedeckt war und er rundherum alles weggeräumt hatte, zündete er eine Fackel an, umkreiste den Haufen und fuhr damit über den unteren Rand. Kleine Flammenzungen erschienen, es begann, an etlichen Stellen zu brennen, und Elango warf seine Fackel ins Feuer. Rauchranken wanden sich aus dem Haufen und wurden dicker. Den Gedanken an das Ziegenfleisch hatte er aufgegeben, breitete stattdessen einen Lungi auf der Erde aus und legte sich mit Chinna neben den Teich. Sein Körper glänzte vor Hitze und Schweiß, und er fiel in den Schlaf des Erschöpften, dem ein Stein als Kissen reichte und der sich weder rührte noch träumte.

Das Feuer weckte ihn auf – sein Rauschen, sein Leuchten. Der Haufen loderte. Er saß da, hielt Chinna in sicherer Entfernung und sah zu, wie die orangefarbenen Flammen in die schwarze Nacht hinaufschlugen. Der Hund zitterte in seinen Armen, und er murmelte ihm beruhigende Worte zu. Ein Stück Holz platzte, ein Teil des Haufens brach ein, und Chinna begann zu keuchen. Elango packte ihn am Nackenfell, schüttelte ihn und sagte, er solle kein Feigling sein.

Bis zum Morgen war das Feuer heruntergebrannt, doch

der schwarze Haufen Ton und Stroh rauchte noch immer. Elango beschloss, eine Abkühlung zu brauchen, zog sich aus und watete ins Wasser. Er seufzte, als die Hitze der Nacht von ihm gewaschen wurde. Chinna sprang hinter ihm her, seine Ohren flogen nach hinten, und er paddelte auf ihn zu, die Zunge aus dem weit offenen Maul hängend. Elango warf einen Stein für ihn, und der Hund bellte und machte Jagd auf ihn. »Sieh mal, Chinna«, rief Elango und zeigte zum wolkenschweren Himmel hinauf. »Wir sind gerade rechtzeitig mit dem Brennen fertig geworden. Der Monsun kommt.«

Nach einer Weile fiel etwas vom gehärteten Tonschlamm vom Brennhaufen und ließ den Kopf des Pferdes sehen. Die Asche kühlte aus. Als Elango am Abend zurück zum Teich kam, setzte der Regen ein, wusch Stroh und Asche weg, und das Pferd kam zum Vorschein, in rauchigem Schwarz und Rot. Der Töpfer stand lange sprachlos staunend da und betrachtete seine Schöpfung in ihrer endgültigen Form. War das wirklich sein Werk? Konnte ein Mensch so etwas erschaffen haben? Sich aus der Asche erhebend, richtete das Pferd den Blick weit vor sich hin, als könnte es Dinge jenseits des Irdischen sehen. Das von ihm geformte Pferd kam Elango wie ein göttliches Wesen vor. Er neigte den Kopf vor ihm, als wäre es ein Gott, und sandte ihm ein geflüstertes Dankesgebet dafür, unversehrt auf die Erde gelangt zu sein. Er ging erst, als die Dunkelheit ihren Schleier über alles legte.

Den Abend und die Nacht über fiel stetiger Regen. Elango lag zu Hause in seinem Schuppen und lauschte dem

Trommeln auf dem Blechdach. Nichts sonst war zu hören. Umgeben von Wasser und Wind hätten Chinna und er die einzigen lebenden Wesen auf der Erde sein können. Wäre auch Zohra noch da gewesen, hätte er sich nichts anderes mehr gewünscht, nur noch, dass der Regen nie aufhören möge.

Noch hatte niemand das Pferd gesehen. Bis jetzt gehörte es nur ihm. Kurz erfasste ihn die Sorge, dass es im heftigen Regen zerfallen könnte, doch er tat den Gedanken ab – es war ein robustes, gut gebranntes Werk und würde Stürme, sogar Hagel überleben. Er begann sich zu fragen, was er damit machen sollte. Wie dumm, nicht darüber nachgedacht zu haben, dass er es irgendwo würde unterbringen müssen, sicher vor der Habgier seines Bruders. Von Beginn an hatte er beschlossen, dass dieses Pferd nicht zum Verkauf stehen würde. Mit den Versen und ihren Namen darauf war es ein so machtvolles Symbol ihrer Verbindung, wie sie nur dieses eine besitzen würden, er und Zohra. Er wollte hinaus in den Regen laufen, durch das Gebüsch zum Teich, nur um es wieder anzusehen, sein eigenes Werk zu bewundern. Er lächelte ins Dunkel. Sein Kopf fühlte sich an, als wäre ein Bienenstock darin geöffnet worden. Du bist ein Töpfer, sagte er sich, erlerne Geduld. Er wusste aber, dass er niemals geduldig sein würde, obwohl das Töpfern es erforderte, denn Ton brauchte Zeit. Er sollte mittlerweile daran gewöhnt und seine Eile versiegt sein, doch noch immer litt er Qualen in den letzten paar Stunden, Qualen der Spannung, ob seine Krüge, Vasen, Schalen vom Feuer verändert worden waren. Und nach dem Brennen –

warum fühlte es sich an, als könnte sein Terrakotta-Pferd vom Teich weggetrottet sein?

Um sich zu beruhigen, legte er eine Hand auf Chinna und spürte dessen tiefen, ebenmäßigen Atem. Er zwang sich, die Augen zu schließen, und nach und nach kühlte das Geräusch des fallenden Regens sein fieberndes Hirn ab, sodass er einschlief.

2

Der blinde Kalligraf war der Erste, der am nächsten Tag zum Teich kam. Kaum, dass der Regen zu einem Nieseln wurde, hatte er sich mit Zohra auf den Weg gemacht. Seine Kleider waren durchnässt, seine Kappe klebte ihm auf dem Kopf, aus dem Bart tropfte Wasser. Er fuhr mit den Händen über die Linien auf dem Pferd und rief, die Urdu-Worte seien so schön und direkt aus Persien auf das Pferd geflossen. Verstohlen, denn sie wusste nie, wie gut ihr Großvater gerade sah, drückte Zohra Elangos Hand.

Vielleicht konnte der Kalligraf nach all den untätigen Jahren dem Wunsch nicht widerstehen, von seiner Arbeit zu erzählen, oder die Neuigkeit verbreitete sich auf den ihr eigenen Wegen. Jedenfalls strömten später am Tag die Leute aus dem Moti-Block herbei. Der Töpfer beobachtete, wie sie sein Werk betrachteten, und wieder kehrte sein Blick zu seinem Pferd zurück. Er konnte nicht recht glauben, dass es da stand, aus seinen Träumen in die Welt gekommen. Die einstmals stumme Tochter des Steinmetzes starrte es mit offenem Mund an, und zu seiner Überraschung verspürte er nichts von der gewohnten Unsicherheit in ihrer Nähe. An diesem Morgen sah sie wie jedes andere Kind aus, klein und entgeistert, die glänzenden Augen voller Fragen. Er erinnerte sich, wie er als Junge auf die Pferde des Großvaters geklettert war, kaum dass sie im Feuer ausgehärtet waren, und unversehens nahm er das Mädchen und schwang es auf den Pferderücken. Die Kleine hielt sich am Hals fest und wiegte sich vor und zurück, als seien sie in ihrer Vorstellung in einen leichten Galopp gefallen.

Der Regen wurde wieder stärker, und die Leute zerstreuten sich. Wann immer während der nächsten Tage die Wolken aufrissen, kam eine langsam wachsende Menge durch Matsch und Buschwerk zum Teich getrottet. Es hatte sich herumgesprochen, dass Elango ein Pferd für den Tempel erschaffen habe, eins von der alten Sorte, von denen sein Großvater wusste, wie man sie herstelle. Die Jungen hatten so etwas noch nie gesehen. Die Alten begannen in Erinnerungen an die heiligen Prozessionen zu schwelgen, als geschmückte Tonpferde durch die Straßen gefahren wurden, und alle wollten einen Blick darauf werfen.

Raju vom Teeladen witterte die Gelegenheit und schickte seinen Bruder mit einem rußschwarzen Topf und einem Vorrat Tontassen. Am vierten Tag kam ein Mann mit Spielzeugen, Bällen, Ballons und Süßigkeiten. Elangos Freund Giri brachte seine Schildkröte und sagte grinsend: »Du kannst Eintritt nehmen.« Er setzte sie auf die Erde. »Ich habe Hema Malini dabei, damit sie es auch sehen kann.

Aber warte, sie wird den ganzen Tag und Abend brauchen, um bis zum Pferd zu kommen.«

Elango sah die Leute und staunte. Normalerweise kam niemand bis hierher an den Teich, diesen Ort der Einkehr und Arbeit, und doch strömten sie nur so herbei, es war eine wahre Prozession von Gaffern, die seine Zuflucht wie einen Jahrmarkt betrachteten. Sie traten zwischen den Bäumen hervor, aufs offene Land, wo sich das Licht im Teich spiegelte, und blieben abrupt stehen. Mit seinen fast zweieinhalb Metern überragte das Pferd sie alle. Es trug einen Kopfschmuck und eine Halskette aus hervortretenden Tonperlen, die Nüstern gebläht. Es war massig und stark, und wenn es auch nicht wie ein wirkliches Pferd aussah, strahlte es mit seinen geblähten Nüstern, den aufgerichteten Ohren und hohen Säulen der Beine doch etwas Urwüchsiges, Machtvolles aus.

Am fünften Tag kam Vasu mit einem Fremden. Man konnte seine Stimme hören, bevor man ihn sah. »Es ist für ein Hotel, wissen Sie. Sie sind bereit, mehr als fünftausend dafür zu bezahlen. Es wird auf ein Podest direkt vor den Eingang gestellt. Ja, natürlich kann er große Elefanten machen, sogar Kamele. Mein Bruder ist einer der großen Künstler dieses Landes. Er hat seine Arbeiten bereits in Delhi gezeigt. Die Leute kommen zu seinen Ausstellungen. Sie denken, er macht nur Tassen und Krüge? Da liegen Sie falsch.«

Später an dem Tag kam Sudhakar, fragte nach dem Weg zum Teich und trat behutsam durch das Gestrüpp.

»Es kostet neuntausend, das will ein großes Hotel dafür

zahlen«, sagte Vasu. Sudhakar wechselte einen Blick mit Elango und schob sich auf ihn zu.

»Was soll es in einem Hotel?«, fragte jemand von weiter hinten. »Es ist ein heiliges Pferd. Es kann nicht einfach in ein Hotel gestellt werden!«

Alle redeten nun durcheinander und machten Vorschläge: Sammeln wir Geld für ein Fest, genau hier. Jeder kann etwas dazugeben. Lasst es uns mit Blumen schmücken und eine Prozession wie früher veranstalten.

Elango hörte ihnen eine Weile zu. Er war äußerst gut gelaunt, jetzt, da die Arbeit getan war, konnte ihn nichts aus der Ruhe bringen. Er hatte das Gefühl, einen hohen Berg erklommen zu haben, oben auf dem Gipfel zu stehen und Herr über alles zu sein, was er sah. Er wusste, und Zohra wusste, wofür das Pferd stand, und allein darauf kam es an, so sah er es mittlerweile. Wenn sie es in den Tempel bringen wollten, würde er es akzeptieren. Das Pferd würde neben denen seines Großvaters leben. In gewisser Weise, dachte er, war der Tempel das Heim der Vorfahren seines Pferdes.

An diesem Abend saß er unter dem Meerrettichbaum, rauchte und fuhr Chinna mit den Fingern durchs Fell. Alles sah grün und frisch gewaschen aus. Der Regen war für ihre dürre Gegend außergewöhnlich heftig gewesen, und er genoss den kühlen, feuchten Windhauch. Die Schauer hatten aber auch Unschönes gebracht: Schwarzer Dreck drückte aus manchen Gullys, ausgewaschene Straßen standen voll mit schlammigem Wasser. Aber Schlamm hatte den Töpfer noch nie gestört.

Er schloss die Augen und seufzte. Er hatte das Gefühl, als hätte er sich von einer großen Last auf seiner Brust befreit. Sein Werk kam seiner ursprünglichen Vorstellung recht nahe, was nur selten der Fall war. Er fragte sich, was sein Vater davon halten würde, hatte er doch so hart dafür gearbeitet, seine Söhne aus den Niederungen des Schlamms ins lichthelle Reich von Deckenventilatoren, Füllfederhaltern und Tinte zu bringen. Wie alt wäre er heute? Ihm wurde bewusst, dass er keine genaue Vorstellung vom Alter seines Vaters hatte – er war der Sohn älterer Eltern gewesen, die den Tod vieler Kinder erlitten hatten, und als er auf die Welt kam, hielt sich die Begeisterung über eine weitere Geburt in Grenzen, dokumentiert wurde nichts.

An diesem Abend war auch Vasu guter Laune. Seine gewohnte Grobheit gegenüber Elango hatte sich in Bewunderung verwandelt. Das Pferd rufe Kindheitserinnerungen an die Arbeit ihres Großvaters wach, sagte er. Er habe nie gedacht, dass Elango in der Lage sei, etwas so Majestätisches zu schaffen. »Mach auch weiter diese großen Dinge, Pferde, Elefanten«, sagte er. »Vergiss die Teetassen und Krüge. Du warst ein Narr, all die Jahre damit zu verschwenden. Wenn die Leute erst zugeben, dass du ein Künstler bist, können wir Geld ohne Ende verdienen.«

Er grinste, nannte Elango einen heimlichtuerischen Mistkerl, und sie tranken Rum. Giri hörte sie und kam mit Hema Malini. Kaum, dass er die Schildkröte auf die Erde setzte, kam Chinna angetapst, fasziniert und verunsichert. Er stieß mit einer Pfote auf den ungewohnten

Gast. Die Schildkröte wurde zu einem reglosen Panzer, den der Hund verwirrt und mit zuckender Nase anstarrte, die Ohren zuckten hin und her. Vasu feuerte ihn betrunken an. Angeregt von den Festivitäten, drehte Revathi einem der älteren Hähne den Hals um. Federn flogen, und er landete im Topf, mit Zwiebeln, Knoblauch, Meerrettich, Chilis, Tamarindenmark und allem, was sie finden konnte. Dennoch hatte die Großzügigkeit ihre Grenzen, und sie behielt die Füße für sich selbst zurück. Die paar winzigen Federn würde sie vorm Kochen abflämmen. Sie liebte es, wie die Klauen knackten, eine nach der anderen, und nicht zu vergessen die pikante Brühe.

Als sie ihr Huhn mit Reis aßen, war es fast Mitternacht, und niemand sagte etwas gegen den Hund, der dabeistand und aufmerksam auf jeden herabfallenden Bissen lauerte. Akka, auf der anderen Seite der Mauer, saß allein da. Ihr dunkelgrüner Sari bauschte sich um die Knie, und ihre Finger banden mechanisch Limetten und Chilis zu Amuletten zusammen, während sie den lauten Worten und dem Gelächter von nebenan lauschte. Wenigstens zehntausend, sagte Vasu. Nein, mehr noch, meinte Giri. Wenn es Elango schaffte, noch mehr Pferde mit einer so wunderschönen Schrift zu machen, die niemand lesen konnte, war alles möglich. Alles sei möglich mit Geld, krächzte Revathi von etwas weiter weg. Womöglich könnten sie ja die alte Wachtel nebenan aus ihrem Haus herauskaufen und mehr Platz für ihre Hühner und vielleicht sogar ein, zwei Büffel schaffen. Lautes Gelächter. Vasus Stimme sagte, darauf müssten sie trinken. Die Hexe mit dem üblen Mundwerk loszuwerden. Das sei ein Traum, der nach Alkohol verlange, um sich wahr anzufühlen.

Akka spürte schwarze brennende Säure aus dem Magen in den Hals aufsteigen, in den Mund. Sie spuckte aus und wischte sich den Mund mit einer Ecke ihres Saris ab. Sie täuschten sich, wenn sie dachten, sie könnten ihr Angst machen, einer Frau, die allein durch die Nachbarschaft zu dieser Bande mehr übers Überleben gelernt hatte, als die da drüben es sich vorstellen konnten. Am nächsten Tag schon würde sie ein paar Besuche machen, erst beim alten Taatha, dann im Tempel, um den Priestern von dem heiligen Pferd zu erzählen, das mit fremden Worten entweiht worden war.

3

Es war einmal vor langer Zeit, hätte Elango begonnen, wenn er uns davon erzählen würde.

Es war einmal vor langer Zeit, als sich ein einfacher Töpfer in eine Frau verliebte. Sie wohnten im selben Viertel, und er sah sie jeden Tag, aber er konnte nicht zu ihr gehen und ihr sagen, wie es in seinem Herzen aussah. Der Mann und die Frau gehörten unterschiedlichen Volksgruppen an, und er wusste, dass sie niemals zusammen sein könnten. Dann, eines Nachts, erschien ihm im Traum ein tönernes Pferd, dem Flammen aus den Nüstern schlugen, die Augen waren glühende Kohlen, und es sprach zu ihm so klar, dass er jedes Wort verstehen konnte. Wenn er lerne, auf dem brennenden Pferd zu reiten, auf der Erde und unter Wasser, werde die Frau ihm gehören. Und er erwachte mit der Gewissheit, dass dieses Pferd erschaffen werden musste und es seine Aufgabe war, dies zu tun.

Ich sah Elangos Pferd am sechsten Tag, nachdem es gebrannt worden war. Als der Himmel aufklarte. Der Regen hatte den Staub von den Straßen geschwemmt, jedes einzelne Blatt reingewaschen und jahrealten Schmutz von Zäunen, Toren, Stufen gespült. An einem kühlen, hellen Morgen gingen wir in einer Gruppe aus unserer Sackgasse hin – Mrs Khambatta, meine Mutter, Tia, Gauri, auch mein Vater und noch ein paar andere. Wir blieben dicht beieinander, als wären wir eine Armee, die sich auf fremdes Land vorwagte. Wir mussten drei Straßen hinunter, an Kummarapet vorbei, immer weiter, dann über ein Stück Ödland mit Gestrüpp, bis wir den Teich erreichten. Es gab einige Leute aus den Slums, die in dieselbe Richtung gingen und Saris und Lungis anhoben, um sie vor dem Matsch zu schützen. Ich war als Einzige von uns bisher schon einmal am Teich gewesen, aber das konnte ich nicht gestehen, und so tat ich überrascht bei jedem bereits bekannten Anblick.

Als wir näher kamen, sah ich ein rauchgeschwärztes Pferd mit Beinen so wuchtig wie Baumstämme. Ich hatte nicht damit gerechnet, dass es so groß sein würde. Ich suchte nach Elango, fühlte mich als Teil des Ganzen. Er war mein Lehrer. Ich war schon hier gewesen, als das Pferd nichts weiter als Ton aus dem Teich gewesen war. Ich hatte geholfen, den Ton vorzubereiten – nicht mal Zohra konnte das von sich behaupten. Ich wollte damit herausplatzen und es jemandem erzählen, aber das war unmöglich. Meine Mutter würde sich an den Kopf fassen, dass ich ohne Erlaubnis so weit weg von zu Hause gewesen war. Mein Vater, der dazu neigte, nachsichtiger zu sein, unterhielt sich gerade ein Stück von uns entfernt mit Elango.

Um das Pferd herum gab es Gedränge, und während wir in der Nähe standen und es uns ansahen, kamen zwei Priester in weißen Lungis. Ein dünner, dem der Widerwille fest ins Gesicht geschrieben stand, und ein kahlköpfiger mit Hängebacken, dessen nackter Rücken mit schwarzen Malen gepunktet war. Akka folgte den beiden auf dem Fuß und bot ohne ihren Almosenkorb einen ungewohnten Anblick. Sie nickte meiner Mutter kurz zu, mich würdigte sie im Vorübergehen keines Blickes. Dass sie mir keinerlei Beachtung schenkte, fühlte sich wie ein Stich mitten in meine Stirn an. Meine Gedanken rasten zurück zu ihren Fragen vor ein paar Tagen. Sie musste mittlerweile herausgefunden haben, dass ich gelogen hatte, und ich war sicher, dass sie sich eine grauenvolle Hexerei gegen mich ausdenken würde.

Sie erreichte die Priester, die vor dem Pferd standen und sich gegenseitig erklärten, dass es die Neubelebung einer untergegangenen Tradition sei. Sie besprachen, wie man es am besten in den Tempel bringen könnte. Akka begann, um das Pferd herumzugehen, als umkreise sie ein Heiligenbild, und blieb zwischendurch stehen, um es genauer zu betrachten. Schließlich hielt sie vor Brust und Flanke des Pferdes inne.

»Was steht da geschrieben?«, fragte sie den dünnen Priester nach ihrer langen Begutachtung.

Die Priester tauschten murmelnd ein paar Worte. Es stimmte, sie hatten sich das Muster der Linien angesehen, aber es schien tatsächlich eine Schrift zu sein. Jemand aus der Menge kam ihnen zu Hilfe. »Ich habe gehört, der alte Usman hat es geschrieben. Obwohl er blind ist. Was für ein Wunder.«

»Dann ist es Urdu«, sagte der kahlköpfige Priester.

»Die Sprache der Dichter!«, rief jemand von weiter hinten.

»Die Sprache der Mullahs«, sagte der dünne Priester.

Wie konnte es sein, dass ein heiliges Tempelpferd so verunstaltet worden war? Akka stellte die Frage einmal, dann noch einmal und machte schließlich einen Gesang daraus. Unversehens sank sie mitten auf der Lichtung zu Boden, achtete nicht auf den Matsch, der ihren Sari durchnässte, schlug sich gegen den Kopf und riss sich an den Haaren, bis sie wild zerwühlt waren. Der rote Kumkum-Kreis auf ihrer Stirn war verwischt, sodass er wie ein Wundmal aussah. Sie saß auf der Erde, die Schenkel unter dem Sari weit gespreizt, und als sie zum Himmel aufsah, war ihr Blick leer, bis auf den Bruchteil einer Sekunde, als sie ihn auf mich richtete, aber schon wanderte er weiter. Ihr Mund öffnete sich zu einer riesigen schwarzen Höhle, die schrie: »Tötet den Töpfer. Zerschlagt das Pferd. Ein jeder schlage darauf ein – Gott wird mit euch sein, Gott wird mit euch sein!«

Ein paar Augenblicke lang war alles reglos still, nur die

Schildkröte kroch voran, dann rief Akka die Worte ein weiteres Mal, lauter. Und das genügte, um die Leute zu einem Mob werden zu lassen, sie schrien, schoben, skandierten Akkas Worte, rempelten, fielen übereinander.

Ich fühlte, wie mein Arm gepackt wurde. Meine Mutter. Ich wurde weggezogen, aber wir kamen nicht durch die Menge, die von allen Seiten herandrängte. Akka sei von einem göttlichen Geist besessen, rief jemand in der Nähe. Einem zornigen Geist. Sie war jetzt wieder auf den Beinen, wirbelte im Kreis, taumelte, torkelte und zitterte, als erlitte sie einen epileptischen Anfall. Um sie herum hatte sich ein Kreis gebildet, obwohl die Menge brodelte und zum Teich drängte. Meine Mutter mühte sich, in die entgegengesetzte Richtung zu gelangen. Sie hielt meinen Arm so fest gepackt, dass ich nach meinem Vater rief, aber wir konnten ihn nirgends sehen, auch Tia nicht.

»Zerschlagt das Pferd, es ist das Böse«, sang Akka und wankte davor hin und her.

»Zerschlagt das Pferd, zerschlagt das Pferd«, rief jetzt auch die Menge.

»Ihr Dummköpfe«, hörte ich Giri irgendwo in der Nähe sagen. »Wollt ihr nicht wissen, was darauf steht? Es ist ein Gedicht von Kabir.«

»Ich gebe dir gleich Kabir, du mieser Fotzenficker«, brüllte eine Stimme. Ich sah einen Fuß vorschnellen, Giri treffen und zu Boden strecken. Noch ein Tritt in den Magen, einmal, zweimal, und wieder.

Meine Mutter zog mich weg. Im wilden Durcheinander der Leute sah ich Elango im Schlamm, um sich schlagend, er versuchte, auf die Beine zu kommen. Ein Schuh trat von oben herab auf eine seiner Hände.

Seine Hände. Er lebte in ständiger Furcht, sie zu verletzen, und da trat ein Schuh auf sie ein. Ich riss mich von meiner Mutter las und rannte zu ihm. Chinna war vor mir schon bei ihm. Eine schwarzbraune Rakete, die Nackenhaare wie Stacheln aufgestellt. Ich sah, wie sich seine Zähne in die Waden des Mannes gruben, der Elangos Hände zu brechen versuchte. Ein Knüppel fuhr auf Chinna herab. Er heulte vor Schmerz auf.

Dann wurde ich erneut am Arm gepackt, meine Mutter zog mich weg. Sie hatte jetzt auch Tia bei sich. Wir schafften es an den Rand, wo wir den gebeugten, runzeligen Taatha sahen, umgeben von Männern, die ihn halb verdeckten. Sie hielten Eisenstäbe in den Händen, wie man sie beim Bau von Häusern braucht. Er murmelte ihnen etwas zu, und sie begannen, sich auf das Pferd zuzubewegen. Meine Mutter hielt uns an sich gepresst, ihre Arme wie Schilde über uns. Die Leute wichen zur Seite, als die großen, stämmigen Männer vorrückten. Sie hoben ihre Stangen und ließen sie krachend auf das Pferd niedergehen. Es war stabil und hart, nur eine Ecke brach weg, aber es war ein Zeichen, das alle als eine einzige wilde Meute vorsprengen ließ. Taatha stand da, und der Anflug eines Lächelns raffte seine Falten, als andere in der Menge, die sich bisher mit Rufen zufriedengegeben hatten, nach Steinen und anderen möglichen Waffen scharrten. Jemand entdeckte Elangos Brechstange und seinen Spaten und fiel darüber her. Mehr Männer kamen, die Menge schwoll an und machte sich daran, das Pferd in einem Zornesrausch zu zertrümmern. Der Schweif fiel herunter. Ein Bein zerbrach, und das Pferd neigte sich zur Seite.

»Ein jeder schlage darauf ein – Gott wird mit euch sein, Gott wird mit euch sein!«, schrie Akka mit ihrer furchterregenden neuen Stimme.

Ein Mann ein Stück weiter entdeckte Elangos Versteck im Blitzbaum. Als Erstes fand er ein Stück einer Tonfigur und ein paar Scherben. Er schleuderte sie weg. Er wühlte tiefer, und unter einem Stück Stoff kam die Uhr zum Vorschein.

»Seht, seht euch das an! Der Töpfer ist auch noch ein Dieb«, rief er.

»… eine Uhr! Was sonst noch hat er gestohlen?«

»Durchsucht den Schuppen!«

»Durchsucht ihr Haus!«

»Tötet den Töpfer!«

»Ein jeder schlage darauf ein – Gott wird mit euch sein, Gott wird mit euch sein!«

Taathas scharfes Tremolo schnitt durch das Geschrei: »Wir können hier keine Diebe brauchen. Das hier ist ein Viertel für anständige Leute.«

Inmitten des ganzen Aufruhrs sahen wir Giri davonhumpeln, der sich sein blutiges Kinn mit einer verletzten Hand hielt. Ich konnte Elango nirgends entdecken und schluchzte verzweifelt. Ich versuchte, meine Hand aus dem Schraubstockgriff meiner Mutter zu befreien. Durch die wogenden Menschenwände sah ich, wie einer Giris Schildkröte hochhob und gegen das Pferd schleuderte. Sie traf auf den harten Ton und fiel zu Boden. Man konnte kaum sagen, ob es ein Stein oder etwas Lebendes war. Jemand stieß meine Mutter zur Seite, sie packte mich noch fester und rief mit einer Stimme nach meinem Vater, wie ich sie nie wieder gehört habe, aber da war nur ein wildes Gebrüll nicht zu unterscheidender Stimmen, das noch tagelang in meinen Ohren nachhallte.

Schließlich kamen wir nach Hause, einzeln und zu mehreren. Mein Vater hatte ein blaues Auge, und seine Kleider waren zerrissen. An Tias Kleid fehlte ein Ärmel. Niemand wusste, wie das passiert war. Ich habe nur noch eine verschwommene Erinnerung daran, zu rennen, zu fallen und erneut zu rennen. Und an einen fürchterlichen Hunger und Durst, als wir wieder zu Hause waren. Ich erinnere mich, dass ich in mein Bett gefallen bin, gewaschen, umgezogen, ich hatte gegessen. Ich erwachte in einem unirdischen, ozeanhaften Leuchten. Die untergehende Sonne schien mir durch meine blauen Vorhänge ins Gesicht, und das Erste, was ich sah, als ich sie zur Seite zog, war, dass die Guaven am Baum vor meinem Fenster, deren Reifen ich seit Wochen beobachtete, von zwei braunen Vögeln leergepickt worden waren.

4

Abends lag unsere Nachbarschaft ruhig und dunkel da, nur hier und da flackerte Fernsehlicht. Ein Stück entfernt jedoch konnten wir das leise Dröhnen erhobener Stimmen hören, dazu Geräusche von Dingen, die zerschlagen wurden. Wenn man nicht die Straßen nahm, sondern einfach über die Mauern sprang, zwischen den Bäumen hindurch, gab es zwischen unserem Platz und dem Moti-Block nur eine Reihe Häuser, und dort schien etwas vor sich zu gehen. Meine Mutter fing an, Fenster und Türen zu verschließen, als könnte das den Mob fernhalten. Elango lag in Tias Zimmer. Er trug einen Verband um den Kopf, die rechte Hand und das linke Bein. Nichts sei gebrochen, sagte er mit einem schwachen Lächeln, als ich zu ihm ging. Mein Vater saß bei ihm, ein Auge zugeschwollen, einen Arm verbunden. Zohra lief auf und ab, nahm Bücher aus Tias Regal, öffnete sie, klappte sie wieder zu und stellte sie zurück. Ich konnte mich nicht erinnern, dass ein Arzt da gewesen wäre oder wie alle zu uns ins Haus gekommen waren.

»Wir werden sie diesen Hyänen niemals ausliefern«, hörte ich meine Mutter meinem Vater erklären, der gesagt hatte, dass Taathas Henker sicher bald schon auftauchen und nach ihrer Beute suchen würden.

Eine Weile später hörte ich Mutters Stimme erneut aus dem Zimmer nebenan. »Wie sagen wir es Elango?«

»Mach du das, ich schaff es nicht«, sagte mein Vater. »Es geht nicht anders.«

Mit seiner unverletzten Hand kraulte Elango Chinnas Nacken. Das blutverklebte, von Jod purpurn verfärbte Fell auf dem Kopf des Hundes, der zwischen dessen Pfoten lag, rührte er nicht an. Sobald er langsamer kraulte oder gar innehielt, hob Chinna den Kopf, um zu sehen, was los war. Meine Mutter erschien in der Tür, stand eine Weile da und sah herein. Der Ventilator quietschte, während er die feuchte Luft verquirlte. Aus dem Zimmer nebenan klang Musik durch die offene Tür. Lange, satte Noten. Mein Vater musste seinen Ventilator ausgestellt haben und lag wahrscheinlich flach auf dem Rücken mit geschlossenen Augen auf dem Steinboden. Er besaß die Fähigkeit, in seiner Musik zu verschwinden, was immer geschah – wenn er seine ischämischem Schmerzen hatte, und auch bei Ärger mit der Arbeit oder sonst irgendeiner Krise.

Zohra hob den Blick, sah meine Mutter und blieb stehen. Elango versuchte, sich zu bewegen.

»Chinna …«, begann meine Mutter.

Chinna legte den Kopf auf die Seite, als lausche er jedem einzelnen ihrer Worte. »Wenn der Hund bellt, wenn die Leute nach euch suchen … Das geht nicht. Alle kennen ihn. Wir müssen sehr ruhig sein.«

Elango wandte sein Gesicht ab.

»Es ist zu eurer Sicherheit. Ich bringe ihn nach nebenan. Da kümmert man sich um ihn«, sagte meine Mutter, und Elango nickte. Den Arm leicht verdreht, kraulte und streichelte er Chinna.

Ich begleitete meine Mutter, als sie den Hund hinten über den Rasen brachte und an Mrs Khambattas Fenster klopfte. Chinnas lohfarbene Augen schienen verwirrt. Die Wunde auf seinem Kopf blutete wieder. Er stemmte die Pfoten in den Boden und wollte zurück. Aber gemeinsam waren wir stärker als ein verletzter Hund. Meine Mutter murmelte ihm Koseworte zu und brachte ihn so, nach und nach, in Mrs Khambattas Haus.

Zohra hockte neben dem Fenster in Tias Zimmer und schluchzte tonlos in ihre Armbeuge. Nur ihre bebenden Schultern sagten mir, dass sie weinte. Tia ging zu ihr und stellte sich dicht neben sie. Elango beachtete sie nicht, starr und erbittert lag er da, als hätte er sich völlig verschlossen. Später am Abend teilte meine Mutter Essen aus, das Lakshmi gekocht und zurückgelassen hatte. Als Elango nicht überredet werden konnte, etwas davon anzurühren, setzte sich mein Vater neben sein Bett und fing an, ihm von dem Buch zu erzählen, das er las. Ich erinnere mich genau, was er sagte, weil er uns das alles schon so oft erklärt hatte.

Das Buch handelte von vulkanischem Gestein, das aus Lava entstand. Der Großteil des Dekkan-Plateaus, auf dem wir lebten, bestand aus flüssigen Felsen, die aus dem Bauch der Erde explodiert und über Hunderttausende Kilometer geflossen waren, bis sie sich mit der Zeit verhärtet hatten. So lange hatte das gedauert, dass es der Mensch kaum begreifen konnte. Dieses Land war ein Teil des ältesten Kontinents des Planeten Erde, wusste Elango das? Er hatte einst Gondwanaland geheißen und war vor dem Verschieben der Erdplatten ein Teil von Afrika, der Antarktis und Australiens gewesen. Vor mehr als sechzig Millionen Jahren waren hier Vulkane ausgebrochen, einer nach dem anderen, in epischem Ausmaß, und hatten Sedimente abgelagert, Lavaschichten, Basalt, Granit, flach wie eine Tischplatte. Womöglich hatten die Ausbrüche die

Dinosaurier getötet und eine ganz neue Phase des Lebens auf der Erde ausgelöst. Derartige geologische Aktivitäten produzierten Kali, Feldspat und Quarze, den Ton, aus dem Elangos Töpferwaren bestanden. Eines Tages – wenn dieser Wahnsinn vorüber war – würden sie gemeinsam weit hinaus aufs Land fahren, um das gigantische Plateau zu erkunden, auf dem sie lebten und nicht einmal ein Zwinkern im Auge der Erdzeit waren.

Vielleicht hörte er nicht zu, aber diese Geschichten von Steinen, Fossilien und Plattentektonik schafften es immer wieder, Tia und mich zu beruhigen und einschlafen zu lassen, und ich sah, dass auch Elango allmählich wieder wie er selbst aussah. Er setzte sich auf, sein Kissen im Rücken, und aß ein wenig, unbeholfen mit der linken Hand. Er hob den Metallbecher und versuchte, sich Wasser in den Mund zu schütten, aber es landete auf seinem Hemd.

Und dann sagte ihm mein Vater sehr behutsam, dass er und Zohra nicht über Nacht bleiben könnten, sondern zu ihrer eigenen Sicherheit sofort wegmüssten. Sudhakar komme und bringe sie in sein Hotel. Für ein, zwei Tage sollten sie dort bleiben, während er organisiere, dass sie die Stadt verlassen könnten – vorübergehend, bis der Aufruhr abgeklungen sei.

»Aber wo sollen wir hin?«, fragte Elango. »Mein Zuhause … meine Arbeit … und das Hotel wird Chinna nicht wollen …«

Regen prasselte herunter, als explodiere der Himmel. Durch das Rauschen konnten wir hören, wie Dinge zerschellten, lautes Geschrei aus Richtung des Moti-Blocks. Brandgeruch wurde durch den Regen herübergetragen.

»Es ist besser, Chinna nachzuholen«, sagte mein Vater. »Lasst ihn im Moment noch mal hier bei uns.«

»Wie können wir weggehen?«, sagte Zohra. »Mein Großvater, ich habe ihn im Moti-Block gelassen. Was wird mit ihm? Er kann nicht sehen. Er braucht mich.« Mit ihren stummen Schluchzern war es vorbei, sie schnappte wie wild nach Luft, als ersticke sie. Meine Mutter, die nicht unbedingt die große Umarmerin war, zog sie unbeholfen an sich und sagte: »Das Hotel ist hier in der Stadt, nicht in einer anderen. Wir gehen später zu euch hinüber und holen ihn her ... und bringen ihn morgen zu euch. Aber ihr seid hier nicht länger sicher.«

»Es wird nicht lange dauern«, sagte mein Vater. »Ein oder zwei Wochen. Die Leute vergessen ...«

Ich lauschte mit stetig wachsender Panik den hin und her fliegenden Worten, sah die schluchzende Zohra, sah, wie Elango vom Bett aufstand und zur Tür humpelte. Du musst nicht gehen, hörte ich mich zu ihm sagen, was soll ich ohne dich die Straße hinunter machen? Wir beschützen dich in unserem Haus. Ich dachte, ich sagte all diese Dinge, und wiederholte sie noch einmal lauter, weil Elango sie nicht zu hören schien. Er mühte sich mit seinem verletzten linken Bein ab, den Fuß in seinen Slipper zu bekommen. Geh nicht, glaubte ich zu flehen. Bitte, geh nicht. Ich bückte mich und hielt den Slipper, damit er hineinschlüpfen konnte. Er strich mir sanft über den Kopf, als er beide Slipper anhatte, und fand hinaus.

Autotüren waren zu hören. Gesenkte Stimmen, als Zohra und Sudhakar ins Auto stiegen. Elango blieb stehen und zauderte lange. Humpelte zurück zu unserer Tür, als hätte er etwas vergessen, hielt inne, ging zurück und drehte wieder um. Was in seinem Kopf vorging, weiß ich nicht zu sagen, vielleicht dachte er, dass er seinen Hund wie diese Leute an der Schnellstraße zurückließ. Er hatte uns während einer unserer Rikschafahrten erzählt, wie er den kleinen Chinna zufällig im Dämmerlicht gefunden und erst gedacht habe, sein Wimmern käme von einem Waldgeist. Wie oft hatten wir diese Geschichte gehört, als könnte sein freudiger Unglaube, die Liebe seines Lebens mitten im Wald gefunden zu haben, diese nur noch wachsen lassen, je öfter er davon erzählte. Es hatte für uns längst etwas Mythisches, genau wie das Versprechen, das er dem Hund gemacht hatte, dass sie niemals getrennt werden würden.

Ich stand beim Auto. Der Regen prasselte auf mich herab und lief mir in die Augen, rann auf meine Lippen und schmeckte salzig. Tia sagte: »Ich glaube, sie kommen nie wieder zurück.« Meine Mutter sagte: »Sara, komm herein, du bist tropfnass.«

Sudhakar trat aufs Gas und rief Elango zu, er solle kommen. Zohra steckte den Kopf aus dem Fenster und sagte auch etwas. Die letzte Tür wurde zugeschlagen. Die Reifen wühlten die Pfützen auf. Die Wischblätter quietschten. Und dann war es still.

5

In Mrs Khambattas Haus hob Chinna den Kopf, und seine Ohren bewegten sich vor und zurück. Die kastanienbraunen Flecken auf der schwarzen Stirn zuckten wie Augenbrauen. Er setzte sich auf und winselte. Er tapste durchs Haus, kratzte an beiden Türen, die nach draußen führten, knurrte sie an, damit sie sich öffneten. Er lief zurück zum Bett, stand und winselte mit flatternden Ohren, wie er es tat, um den Töpfer zu wecken.

Noch benommen von der abendlichen Schlaftablette und dem Fernsehen schüttelte sich Mrs Khambatta, tätschelte Chinna gedankenverloren, sagte: »Ruhig, ruhig«, und als das Winseln nicht aufhörte, streichelte sie ihn und murmelte ein Gedicht, das sie als Kind hatte auswendig lernen müssen. »Brich, brich, brich auf deinem kalten grauen Gestein, o Meer«, sagte sie. »Ich wünschte, dass meine Zunge die Gedanken formen könnte … und die prächtigen Schiffe … wie geht's weiter? … und die prächtigen Schiffe ziehen vorbei und, oh … hmmm … oh, für die Berührung einer versunkenen Hand und den Klang einer Stimme, die schweigt.«

Heute wundere ich mich über die Sicherheit dieser Menschen, dass ihre Welt innerhalb von Wochen heilen würde. Versteckten sie sich vor den Gräueln, die geschehen waren? Es war keine Frage von Wochen, nicht einmal von Jahren. Als die Stadt erneuert wurde, schmolz Kummarapet zurück in die Erde. Neue Straßen und Gebäude traten an die Stelle von Teichen, Buschland, Hütten, Mietshäusern, vom Blitzbaum und der Lichtung des Töpfers, bis am Ende selbst noch der Name des Dorfes von den Karten gelöscht wurde und ins stumme Vergessen des Dekkan-Plateaus schmolz, auf dem es gestanden hatte.

Unsere eigene kleine Gemeinschaft sollte schon viel früher zerfallen. Als wir Zohra versprachen, nach ihrem blinden Großvater zu sehen, wussten wir nicht, dass wir ihn im Moti-Block nicht finden würden – dass er die Nacht nicht überleben würde. Und wir wussten auch nicht, dass Gauri, die ihrem Mann Liebeslieder vorzusingen pflegte, ihn in zwei Jahren verlassen und mit Mr Wilson von oben im Haus nach Kanada ziehen und ihre beiden Söhne mitnehmen würde. Dass Mrs Khambatta in sechs Jahren eine sie aufzehrende Krankheit bekommen würde, die von allen Akka zugeschrieben wurde. Und dass Taatha in sieben Jahren den Moti-Block durch ein Hochhaus ersetzen würde.

In fünf Jahren würde mein Vater sterben, und uns blieben nur die Chemikalien seines Fotolabors, seine Kleidung, seine Schallplatten, Steine und Fossilien und eine geöffnete Zigarettenschachtel, hinter allerlei Gerümpel im Schrank versteckt, die immer noch den Geruch von Tabak und altem Papier verströmte, der für mich der Geruch meines Vaters war.

In fünf Jahren und zwei Monaten würde ich meine Mutter, Tia und Chinna verlassen, in ein Flugzeug steigen und einen anderen Kontinent betreten.

Mein Vater würde gesagt haben, Veränderung sei das Werk der sich drehenden Welt, jener Welt, die sich drehe, wie sie sich immer schon gedreht habe.

SIEBEN

Mittwoch, 7. November

Ich habe ein einfaches Zimmer in meinem College, aber es hat einen Teppich und weiche graue Vorhänge an den beiden Fenstern. Zur einen Seite hin blickt man auf den Hof mit einer Rasenfläche und Bäumen, zur anderen auf den Parkplatz. Wenn ich den warmen Heizkörper sehe, der es mir möglich macht, im T-Shirt dazusitzen, die federleichte, zerwühlte Daunendecke auf meinem Bett und das riesige Poster aus Stratford-upon-Avon mit einem grimmigen, seinen bloßen Oberkörper zeigenden Coriolan, frage ich mich, wie es Fauzia in ihrem Wohnheim an der medizinischen Hochschule geht. Sie will mir nicht erzählen, warum sie gleich in der ersten Woche wieder zurück nach Hause geflogen war – meine Mutter sagt, sie hat völlig apathisch und ungewöhnlich ruhig dagelegen und sogar das Essen musste ihr hineingezwungen werden. Jetzt ist sie wieder im College, schreibt fröhliche Briefe mit schaurigen Einzelheiten zu Leichen und Organen und erzählt theatralisch langweilig von endlosen Mahlzeiten mit Rasam-Reissuppe, den Wanzen, mit denen sie sich das Zimmer teilt, und ihrer eigentlichen Zimmergenossin. In ihrem letzten Brief verschwendete Fauzia eine ganze Seite für ihre Mitbewohnerin und was sie zusammen machen, als wären sie die besten Freundinnen. Ich habe ihr nett geantwortet und von Karin und der Spätvorführung erzählt, die wir uns im Kino angesehen haben, und dann noch, dass wir hinterher im Pub ein Bier trinken waren. Ich weiß, dass Fauzia keinen Zugang zu Pubs oder Bier hat. Ich hab den Brief eingeworfen, bevor ich meine Meinung ändern konnte, und erschauderte wegen meiner Engherzigkeit kaum, dass der Kasten ihn verschluckt hatte.

(Später.) Ich saß in meinem Zimmer und kritzelte in meinem Tagebuch herum, während ich darauf wartete, dass mir durch irgendein Wunder ein erster Satz für einen umwerfend brillanten Aufsatz einfiel, als die Tür aufflog und *Auftritt Karin*, mit gerötetem Gesicht und feuchten Haaren. Sie knallte ihren Rucksack auf den Boden, schob mein Fenster hoch, ließ einen Schwall kalte Luft herein und reckte den Kopf nach draußen.

»Komm«, sagte sie und sah über die Schulter zu mir her. »Ich hab Lust zu singen, komm.«

Ich folgte ihr, bereits zu gewöhnt an ihre Eigenheiten, als dass mich noch irgendetwas verwundern würde. Draußen vor dem großen Fenster hatte ein milchiger Nebel alle Farbe aus Bäumen und Gebäuden gesaugt. Ich konnte die Schatten von Leuten sehen, die über die Wege liefen. Es war zu spät für Vögel, aber noch zu früh für studentische Stereoanlagen. Karin fing an zu singen, und ihre raue Stimme erfüllte den Hof. Wir standen da, eingerahmt vom breiten Fenster, die Köpfe in die eisige Luft gereckt, und sangen jedes Lied, das wir beide kannten. Bald schon kam noch eine Stimme dazu, und noch eine. Und dann begann die Bewohnerin des Zimmers hinter der Buche im Rhythmus des Gesangs ein rotes Licht hin und her zu schwenken.

»Das ist Miranda«, sagte Karin. »Sie trainiert mit mir. Muss gerade aus dem Tutorium gekommen sein.«

Ich bin jetzt seit knapp über einem Monat hier, wobei sich die Zeit so stark ausgedehnt hat, dass es sich deutlich länger anfühlt. Die meisten Leute sind mir noch fremd. Ich kenne diese Miranda-die-mit-Karin-trainiert nicht, doch ich konnte sehen, dass Karin die Erwähnung ihres Namen mit Energie erfüllte. Sie knallte das Fenster zu und zog mich aus dem Zimmer. Während ich noch lachte und protestierte, ich müsse wenigstens meine Jacke und meinen Schlüssel mitnehmen, war sie schon weg, lief den Gang hinunter und war nicht mehr zu sehen.

Ich kann absolut nicht sagen, was sie zu dieser Art Mensch gemacht hat, der völlig beliebig auftaucht und wieder verschwindet. Tagelang kommt sie nicht, und dann platzt sie ohne Erklärung herein, vielleicht, weil mein Zimmer auf den Hof hinausgeht und sie in ihn hineinsingen will. Vielleicht wird sie wegen der Härte ihres körperlichen Trainings ungestüm, sobald sie frei hat. Die Tage werden dunkler und kürzer, und wenn ich frühmorgens an mein zweites Fenster trete, sehe ich, wie sie mit dem Rad die regennasse Straße zum Fitnesscenter hinunterfährt. Die Kapuze tief über dem Kopf, eine wasserdichte Jacke, die Beine in einer blauen Regenhose. Ich weiß, dass sie zu einem langen Workout aufbricht, wobei mir diese Seite ihres Lebens, wie vieles andere vielleicht auch, völlig unbekannt ist. Erst kürzlich habe ich herausgefunden, dass sie auch Mundharmonika spielt und nicht mehr zum Töpfern kommt, weil sie dem Chor beigetreten ist. Letzte Woche lag sie auf dem Boden in meinem Zimmer, flach auf dem Rücken, und machte mit geschlossen Augen Stimmübungen, wieder und wieder dieselben Noten. Neben Elango ist sie die einzige andere töpfernde Person, die ich kenne, aber während er nur so zu leben verstand, ist das Töpfern für sie lediglich eins von hundert Dingen, die sie tun kann. Für Karin ist alles möglich, und sie findet ihre Flatterhaftigkeit amüsant. Sie flirtet mit neuen Interessen und wird sie leid, wenn sie ihre Geheimnisse durchschaut. Der Boden unter ihren Füßen verschiebt sich wie eine tektonische Platte, und sie bewegt sich darauf voran, ohne eine Spur zu hinterlassen, und versteckt auch keine einzige Scherbe in einem hohlen Baum.

Montag, 12. November

Karin hat mir vor ein paar Tagen erzählt, dass sie jemanden im Chor kennengelernt hat. Einen Astrophysiker, der wunderschön aussehe, sagte sie, wie ein Engel singe und Sachen erforsche, die unsere Art, die Sterne zu betrachten, verändern werde. Heute hat sie uns bekannt gemacht. Er heißt Darius. Parsen heißen alle Cyrus oder Darius, hat er ihr erklärt, und wenn nicht, dann Navroz oder Feroze.

Als Karin uns einander vorgestellt hat, stichelte sie ein bisschen. Das Problem sei, meinte sie, dass Parsen sich nur mit anderen Parsen paaren dürften, und wenn irgendwer seinen Verwandten in Bombay berichte, sie beide zusammen gesehen zu haben, werde er für immer geächtet. Die

Sonne schien hell und wirkungslos vom blau gefrorenen Himmel, ein Junge und ein Mädchen kamen vorbei, je eine Hand gemütlich in der Gesäßtasche des anderen versenkt, doch Darius, das fiel mir auf, hielt brav Abstand zu Karin, auch dann, wenn er sie milde anlächelte. Ich musste daran denken, dass sich Elango und Zohra hatten verstecken, abwarten und am Ende davonlaufen müssen, um zusammen sein zu können. Sie hatten den Tod gefürchtet, nicht nur soziale Ausgrenzung.

Darius' Stimme klingt ein bisschen heiser, und er scheint jedes seiner Wort abzuschmecken, wenn er spricht, und seinem langsamen, zögerlichen Verhalten wohnt eine verführerische Schüchternheit inne. Er ist wenigstens einen Kopf größer als Karin, aber nicht annähernd so muskulös, und wirkt leicht unbeholfen, fast so, als hätte er mehr Gelenke als nötig und müsste jeden Augenblick über seine langen Glieder stolpern, wie eine Marionette, die sich in den eigenen Fäden verfängt. Sein dunkles Haar ist länger als Karins, es reicht ihm bis auf die Schultern – und die Finger der einen Hand klopfen ständig auf den Rücken der anderen, als spiele er Klavier. Sein Blick weicht nie weit von ihr weg. Er betrachtet sie mit der entrückten Konzentration eines Vogelbeobachters, der eine seltene Spezies entdeckt hat. Ich habe mich gefragt, wann oder ob, mich auch mal jemand so ansehen wird.

Seine Familie wohne in einem Hochhaus in der Cuffe Parade mit Blick aufs Meer, sagt er, und er spaziere jeden Abend durch Colaba zum Gateway, bewundere die Lichter auf dem Wasser und trinke in der Sea Lounge einen

Cocktail, bevor er wieder nach Hause ginge, um Yo-Yo Ma Bach spielen zu hören. Er hat selbst gebaute Lautsprecher aus Holz, die anderthalb Meter hoch sind, und die Röhren für seinen Verstärker kommen aus Russland. Es ist offenbar die reinste Art, Musik zu hören, mit dieser mittelalterlichen Technologie und den gläsernen Röhren, die im Dunkeln rot glühen. Wenn er mit seiner Promotion hier fertig ist, will er zurück und nichts anderes tun als Musik hören, nur mit einem Glas Wein als Gesellschaft, und die Wohnung verlässt er nur, um durch die Straßen zu flanieren, der *Flâneur* von Kala Ghoda, und das so viele Monate lang, bis seine Batterien wieder aufgeladen sind.

Ich habe ihm nichts von meinem Besuch in seiner Stadt erzählt, in Bombay, auch nicht von dem Abend, als ich zum Gateway gegangen bin und versucht habe, den Paniksturm in mir auszublenden, weil mein Vater plötzlich weder für mich noch für sonst jemanden erreichbar war. Darius' Heimweh und Sehnsucht nach jener albtraumhaften Stadt waren unerträglich, aber mir gelang eine freundliche, unverbindliche Antwort.

Ich werde widerlich, werde gemein, lass mein wahres Gesicht hinter einem Lächeln sein.

Radfahrer rauschten an uns vorbei. Auf dem Gelände der Kirche mit dem Töpferstudio unten im Keller gab es einen Markt mit allerlei Kunsthandwerk, zu dem die Leute scharenweise hinüberliefen. Ich dachte an meine beiden dickbäuchigen Krüge unten auf dem Regal, die auf mich warteten, um ihnen den letzten Schliff zu geben, und wurde unruhig.

Seit Karin Darius kennengelernt hat, sehe ich sie viel seltener. Wir unterhalten uns kurz im Vorübergehen, wie Ameisen, die sich mit entgegenkommenden Artgenossen austauschen. Karin kommt nicht mehr ins Studio und isst kaum noch im College.

Samstag, 17. November

Ich muss mich revidieren. Karin hat mich zum Abendessen mit den beiden in ihr Zimmer eingeladen, mit festem Datum und Uhrzeit. Es klang formell genug, dass ich am Tag vorher zu einem Laden gefahren bin und eine Flasche Rotwein gekauft habe. Den Hals der Flasche fest im Klammergriff, war ich mir sehr wohl bewusst, dass man mich jetzt so in ein Zimmer eingeladen hatte, in das ich doch sonst immer einfach so hineingestürmt bin. Karin machte auf, trat zur Seite, und ich sah, dass sie sich herausgeputzt hatte. Sie trug eine seidene Hose, eine schwarze Bluse und eine Halskette mit glänzenden Perlen. Und sie hatte ihr einfaches College-Zimmer in einen exotischen Ort mit Kerzen und Düften verwandelt. Über der schwenkbaren Schreibtischlampe hing ein dünner Stoff, um ihre bloße Funktionalität zu kaschieren. Die Bücher waren weggeräumt, und sie hatte den Tisch, an dem sie lernte, mitten ins Zimmer gezogen. Er war mit etwas Blauem und Goldenem bedeckt. Darius saß da und war bereits high. Er hob sein Glas in meine Richtung, und ich antwortete mit einem Nicken und fragte mich gereizt, ob er in Zukunft immer, wenn ich Karin traf, mit zum Inventar gehören würde.

Sie servierte uns Reis mit gebratenem Ei und Sojasoße, in Streifen geschnittenes Zitronenhuhn und Suppe. Sie hielt eine Schüssel in Darius' Richtung und sagte feierlich: »Diese Schüssel ist aus Porzellan, das ich speziell für dich geformt habe, für diesen Abend.« Sie rauchte, trank und sah uns beiden beim Essen zu, ohne selbst etwas anzurühren. Anschließend legten sie und Darius sich auf ihr Bett, küssten und befummelten sich und schienen mich nicht mehr wahrzunehmen. Aller Vorsicht durch Wein und Gras entledigt, versuchte er immer wieder, die Hand unter ihre Bluse zu schieben, bis sich Karin unversehens von ihm losmachte, als erinnere sie sich plötzlich an etwas, und ein paar weiße Blumen aus ihrer Kochnische holte. Sie kamen aus keinem Blumenladen, sahen nackt und schutzlos aus, und ihre Knollen hingen noch dran, mit Erdresten an den aus dem Boden gerissenen Wurzeln.

»Da du keine Schüsseln brauchst, habe ich die für dich«, sagte sie, warf sich zurück aufs Bett, bündelte Darius' Haar mit den Händen und küsste ihn.

Die Blumen lagen wie Leichen neben dem Sitzkissen, auf dem ich hockte. Sie sahen aus, als welkten sie in der stickigen Wärme des Zimmers mit jeder verstreichenden Minute weiter dahin. Ich hatte keine Ahnung, warum Karin sie mir gab, wo sie wohl herkamen und wie sie es geschafft hatte, sie so unheimlich wirken zu lassen. Sie dufteten widerlich süß, und mir war ganz schwindelig von all dem Wein, den wir getrunken hatten. Als ich endlich in der Verfassung war aufzubrechen, ging ich durch den Garten statt durch die geschützten Gänge. Ich brauchte die kalte, saubere Luft und wollte die Blumen so weit hinaus aufs schwarze Gras werfen, wie ich nur konnte.

Seit gestern verbringe ich jede Stunde, die ich nicht zur Uni oder in die Bibliothek muss, in der Töpferei. Ich bin sicher, dass Karin nicht herkommt. In der Werkstatt bin ich wieder mit meinem Vater zusammen, seinen Steinen und Mineralien, und mit Elango. Ich habe seine Stimme in meinen Ohren, als ich einen Krug aus dem Regal nehme, den ich am Tag zuvor gemacht habe. Ich klopfe vorsichtig darauf, das Modellierwerkzeug in der Hand.

Sieh, wie der Ton fest genug ist, dass er die Form hält, aber noch weich genug, um ihn zu bearbeiten. Das ist der Zeitpunkt, da du ihn gestalten kannst. Mach ihn dir zu eigen.

Ich stelle den Krug auf die Scheibe, er beginnt, sich zu drehen, und als ich mit meinem Werkzeug außen über ihn fahre, löst sich der Ton Käsespänen gleich von ihm ab. Der Krug ist hart wie Leder – weder feucht noch trocken.

Du bist genau wie der Ton. Alt genug, um Dinge zu verstehen, und jung genug, um zu lernen – wie alt bist du? Dreizehn? Eines Tages wirst du so erwachsen sein, dass du denkst, du weißt alles, und deine Hände werden sich in gewohnten Bahnen bewegen. Lass uns mal sehen, wie lange du jung genug sein kannst, um zu lernen.

Ich überlege, wie alt Elango war, als er mich in die Lehre genommen hat. Wie jung ist er in den fünf Jahren geblieben, seit ich ihn das letzte Mal gesehen habe? Lernt er noch, oder lehrt er nur?

Und ich frage mich, ob ich ihn je wiedersehen werde.

Dienstag, 20. November

Die Neuigkeiten meiner Mutter beschränken sich wie immer aufs Alltägliche, den Garten, den Nachbarschaftstratsch, Geschichten aus der Redaktion ihrer Zeitung, Dinge, die sie für ungefährlich hält, was mein seelisches Gleichgewicht betrifft, während ich (wie sie denkt) mit diesem fremdländischen Stipendium in einer Sprache zu kämpfen habe, von der ich wohl dachte, dass ich sie kenne. Sie ist eine gelernte Reporterin und Nachrichtenredakteurin, und ihre gewohnte Zwangsjacke aus Faktentreue und Sachlichkeit hindert sie daran, sich in die gefährlichen Sumpflandschaften von Gefühlen, Kummer und Vertraulichkeiten zu begeben. Wie groß auch immer ihre eigenen Kämpfe mit Einsamkeit, Trauer oder Tia sein mögen, und auch damit, dass mein Vater nie ein Testament gemacht hat und ihr seine Pension verweigert wird, darüber verliert sie kein Wort. Ich kann mir vorstellen, dass ihr wohlmeinende Leute raten, in einen Handarbeitsclub einzutreten, sich einen Finanzberater zu suchen oder Gesangsunterricht zu nehmen. Ich bin sicher, dass sie solche Ratschläge ignoriert und sich stur immer mehr im Alleinsein einrichtet, um ihrem Mitleid zu entgehen, den alten Schallplatten meines Vaters lauscht, mit Tia Fertiggerichte isst und eisern arbeiten geht.

Sie schreibt, dass Chinna ein paar Tage nach meiner Abreise zum ersten Mal zu ihr ins Bett gekrochen ist. Als sie ihn daraufhin streichelte, ist er an den Rand des Bettes geflüchtet, um ihrer Berührung zu entgehen, aber nicht zu weit. Später dann kam er zurück, hat an ihrem Kinn geschnüffelt, sich neben ihr zusammengerollt und die Nacht durchgeschlafen. Meine Mutter hat das als einen Triumph dargestellt.

Chinna hat sich verändert, seit Elango unser Viertel verlassen hat. Nicht sofort. Zunächst ist er noch losgezogen und hat seine gewohnten Stationen abgeklappert: Sharma-jis Laden, den Teich, Elangos Haus. Aber seine Nase sagte ihm, dass sich die Orte verändert hatten, die Gerüche waren anders, angefangen mit dem Essbaren, den Meerrettichbäumen über Erde und Wasser bis zum Gestank von Brand und Zerstörung. Der Teich war nichts als ein Chaos aus zerschlagenen und verkohlten Dingen, und Taatha hatte Vasu und Revathi rausgeworfen, sich ihres niedergebrannten Hauses bemächtigt und die Ruine abgerissen. Die beiden sind aus dem Viertel geflohen, auf die andere Seite der Stadt, und haben nur ein paar Hühner mitnehmen können, ihre Kleidung und den Tischventilator.

Zunächst ist Chinna nach Elangos Verschwinden wie dement herumgewandert, nicht mal zum Fressen nach Hause gekommen und dann blutig von Kämpfen mit anderen Hunden zurückgekehrt. Verdreckt und geschlagen ist er in einer Ecke unseres Gartens zusammengebrochen. Wir haben ihn mit warmem Wasser gewaschen, seine Wunden mit Jod behandelt und ihm weiches Futter gegeben. Am nächsten und übernächsten Tag ging es genauso. Chinna war unermüdlich in seiner Suche, und wir wussten nicht, wie weit er lief. Er konnte nicht wissen, dass sein Freund entschieden hatte, nicht zurückzukehren. Elango rief aus dem Hotel an, um zu sagen, dass Sudhakar ihn nach Delhi schicke und einen offiziellen Keramikerkurs bezahle, damit er eine Stelle in einer Werkstatt finden könne.

»Aber du kommst und besuchst uns, bevor du fährst ... wenigstens wegen Chinna ...?«, sagte meine Mutter.

»Ich kann ihn nicht mitnehmen ... Warum ihm Hoffnung machen? Ich komme nicht mehr.« Er legte abrupt auf.

Mir kam es unglaublich grausam von ihm vor, sich nicht zu verabschieden, und ich fragte mich, ob er den Hund je geliebt hatte. Und seit ich in der Leichenhalle des Krankenhauses darauf gehofft habe, dass mein Vater seine Augen noch einmal öffnen würde, damit ich ihm all das sagen konnte, was ich ihm noch so unbedingt sagen wollte, kenne ich die Qual der Trennung ohne eine Möglichkeit, sich zu verabschieden.

Am Ende hörte Chinna auf, nach Elango zu suchen, er ging nicht mal mehr zum Moti-Block. Er war nicht länger ein Hund der Stadt, den alle für sich beanspruchten und der so heftig nach der Welt draußen roch, dass er jeden Tag mit Seife und Wasser gewaschen werden musste.

Über Nacht bekam seine Nase weiße Flecken, und seine Schritte wurden ein wenig langsamer. Immer öfter fanden wir ihn den ganzen Tag vorn auf der Veranda, wo er lag und nach Elango Ausschau hielt, falls er zurückkam. Umhergewandert, um nach ihm zu suchen, ist er nicht mehr.

Nur des Nachts verließ er die Veranda und kam herein. Hatte er bis dahin immer Distanz bewahrt, kroch er jetzt zu meinem Vater ins Bett. Die beiden schliefen eng beieinander und atmeten den Atem des anderen ein. Ich nehme an, er hatte mit Elango abgeschlossen.

Und als mein Vater nicht mehr war, musste er sich an meine Mutter gewöhnen.

Als wahres Kind meiner Mutter erzähle ich ihr vielleicht auch nicht viel. Meine Briefe nach Hause sind begeisterte Berichte aus einer neuen Welt, Tagebücher unendlicher Möglichkeiten. Beschreibungen von Orten und Menschen. Amüsante Berichte von meinen Töpferversuchen und den Eigenheiten meiner Lehrer. Der Monotonie des Mensaessens. Nichts darüber, wie ich neulich einem Mann durch die Straßen gefolgt bin, weil seine Schultern und sein Rücken so sehr denen meines Vaters glichen, dass ich nicht aufhören konnte, ihm hinterherzulaufen, bis er sich umdrehte, mich anstarrte und der Zauber brach. Ich schreibe Amma auch nicht, dass ich Mühe mit meinem Studium habe und was für ein Schreck es war, feststellen zu müssen, hier nur Durchschnitt zu sein, während ich zu Hause doch zu den Besten gehört habe. Zu Hause waren Shakespeare oder Sylvia Plath für alle gleichermaßen unerreichbar und exotisch, hier falle ich damit aus der Reihe – die anderen im Literaturseminar sind entweder Briten oder Amerikaner, und sie scheinen bereits von Geburt an Chiffren zu kennen, die mir für immer verschlossen sein werden. Herzukommen war ein fürchterlicher Fehler, und ich verschwende das Geld der Abdulali-Stiftung. Ich sollte etwas anderes tun. Töpfern, mir ein Pferd einfallen lassen. Alles, um mich vor Miltons schauerlicher Vision seines verdammten *Verlorenen Paradieses* zu schützen. In gewisser Weise ist hier alles einfach, es ist ein Ort, an dem du tun und lassen kannst, was du willst, die Leute sind fast alle nett, aber da ist noch etwas anderes: Sie laden dich ein, aber scheinen dich im selben Atemzug auch wieder auszuladen, einmal lächeln sie dir bei einer Vorlesung zu, beim nächsten Mal sehen sie durch dich hindurch. Ihre Stimmen und Körper sind darauf abgestimmt, dir das Gefühl zu geben, ausgeschlossen zu sein. Es ist kein verlorenes Paradies, sondern eins, dass auch das Fegefeuer ist.

All das sind ungeordnete, unbestimmte Empfindungen, niemandem mitteilbar, schon gar nicht in einem Luftpostbrief nach Hause. Vor allem erzähle ich meiner Mutter nichts von dem Film, der sich in einer Endlosschleife in meinem Kopf abspult. Er zeigt mir Szene für Szene einen Streit mit meinem Vater in den Tagen, bevor er ins Krankenhaus kam. Er wollte, dass ich ihm bei der Katalogisierung seiner Fossilien half, aber ich war nicht in der Stimmung, um über Geologie zu reden. Ich sagte, das könne warten.

»Das kann es nicht, weil ich nach Bombay muss«, sagte er. »Bring die Kartons hinunter. Es wird nicht lange dauern, ich muss sie vorher noch aufnehmen. Sag auch Tia Bescheid.«

»Ich muss Hausaufgaben machen und in einer Stunde mit meinen Freundinnen in einen Film, da kann ich jetzt nicht dasitzen und mir ein paar *Steine* angucken! Verstehst du das nicht? Die Steine laufen doch nicht weg! Wir machen das ein andermal, wenn du wieder da bist.«

»Vielleicht komme ich nicht zurück«, hatte er so leise geantwortet, dass ich es nicht hätte hören sollen.

Seine Worte und seine Stimme haben mich gestern Abend in der Mitte eines Konzerts wieder eingeholt, und ich spürte Tränen auf meinen Wangen, obwohl doch nichts passiert war, was ein Grund dafür gewesen wäre. Ich hatte kein Taschentuch dabei und musste mir Nase und Augen mit dem Ärmel und dem Handrücken abwischen. Die Frau neben mir beugte sich so weit weg, wie sie konnte. Die Kapelle strahlte und schimmerte im Schein von Kerzen und Kronleuchtern, ich war von Abendkleidern und Anzügen umgeben, und die Leute schienen einander zu kennen. Ich war allein gekommen, auf Einladung von Karin. Eine tolle Karte in der ersten Reihe bei Händels *Messias* in einer der College-Kapellen, und sie wollte kein Nein hören. Sie sagte, wir sähen uns dort, aber als ich zum Eingang kam, war sie nirgends zu entdecken, und ich bin hinein und habe mich auf meinen Platz gesetzt. Ich nahm an, sie würde schon gleich neben mir auftauchen. Aber sie kam nicht.

Ich wollte schon wieder gehen, als angekündigt wurde, dass vor dem eigentlichen Programm ein Nachwuchschor singen würde. Die Lieder wurden aufgezählt, und dass es ein Novum sei, Schuberts »Ave Maria« von einem Chor zu hören, wo es doch für eine Solostimme geschrieben sei. Dann kam noch etliches zu den verschiedenen Versionen, aber ich hörte nicht hin, sondern sah die Sänger hereinkommen, darunter Karin, kaum erkennbar in einem dunkelblauen Seidenkleid. Sie hatte gesagt, sie sähe mich dort, und sie hielt Wort und blickte mir beim Singen in die Augen. Darius stand in der Reihe hinter ihr. Ihre Stimmen erfüllten die Kirche und verwebten Decke, Wände und Buntglasfenster zu einem Ganzen. Sie sangen, als hätten sie immer schon ihren Atem geteilt. Wie viele Tage hatten sie gemeinsam geübt, gelacht, geredet, gesungen, um diesen Punkt zu erreichen? Nach den Proben müssen sie hinaus auf die eiskalte Straße geströmt sein, laut Pläne gemacht und sich leise Geheimnisse zugeflüstert haben, ihren Weg in einen Pub gefunden und Songs geschmettert haben, die nichts mit Schubert zu tun hatten, bevor es zurück ins College ging, leise vorbei an den erleuchteten Fenstern der Bibliothek, wo sie mich über Bücher gebeugt gesehen haben mögen, wie ich das Gedruckte zu verstehen versuchte … Die einzelnen Worte hatten Bedeutungen, die ich kannte, aber so, wie sie in meinen neuen Büchern zur kritischen Theorie zu Sätzen und die Sätze zu Absätzen zusammengefügt waren, brachen sie aus und weigerten sich, einen Sinn zu ergeben.

Donnerstag, 22. November

Gestern musste ich in der Werkstatt plötzlich an meine Termine denken und begriff, dass ich am nächsten Tag meinen wöchentlichen Aufsatz abzugeben hatte, zum Thema Tragödie, ohne auch nur einen Satz geschrieben zu haben. Ich geriet in eine Art Paniktrance und war nicht in der Lage, aufzustehen und in die Bibliothek zu gehen. Ich saß über meine Scheibe gebeugt da, formte Schüsseln, Zylinder, Flaschen, was immer meinen Händen einfiel, während mein Kopf *Die Glasmenagerie* aus *Elektra* und *Antigone* herauszulösen versuchte. Am Ende bewegten sich meine Hände ohne Gedanken und Plan immer weiter, der Ton wuchs aus eigenem Antrieb, wuchs und fiel und gab sich Form. Ich konnte das Tropfen des Wasserhahns hören, den ich nicht richtig zugedreht hatte, und ein Sprecher im Radio sagte Frost und gefährliche Straßenverhältnisse voraus und drängte die Zuhörer, zu Hause zu bleiben. Die Nachrichten kamen, und es ging um Margaret Thatcher und die Bombe in ihrem Hotel in Brighton in der letzten Woche. Mit einem tapferen Zittern in der Stimme hatte sie gesagt: »Das Leben muss weitergehen«, was immer wieder im Radio gebracht wurde, wie um uns davon zu überzeugen, wie knapp sie dem Tod entgangen war.

Und dann kam jemand in die Werkstatt.

Ich hatte mit einem Mal das seltsame Gefühl, der Raum würde vibrieren, als besäße jedes Werkzeug, jede Vorrichtung, jedes getöpferte Teil eine elektrische Lebensenergie, als atme und warte alles. Ich konnte niemanden sehen, nahm aber eine Anwesenheit wahr. Ich traute mich nicht, mich umzudrehen, bewegte keinen Muskel und fühlte mich doch unerklärlich wach, als besäße jedes meiner Nervenenden sein eigenes Leben. Ich wurde mir eines rhythmischen Quietschens der Scheibe, an der ich arbeitete, bewusst, konnte sehen, wie sich meine Hände innen und außen an der Schale darauf bewegten, bis sie am oberen Rand aufeinandertrafen, und die ganze Zeit wagte ich nicht, mir über die Schulter oder sonst wohin zu blicken, da ich Angst hatte, die unsichtbare Person mit mir im Raum zu verlieren. Die leise Stimme im Radio war zu einem geheimnisvollen, gemurmelten Unsinn gewechselt: … in Kürze ein Hoch 1800, zweihundert Meilen westlich von Bailey, erwartet 1027, nördlich von Shetland. Hoch Plymouth 1027, abschwächend. Tief Fitzroy 1011, in Auflösung …

Der Seewetterbericht endete, die Vibration um mich herum ließ nach, und der Keller begann sich wieder normal anzufühlen. Ich hielt die Scheibe an und legte meine Hände auf den kühlen, festen Ton, schaltete die Scheibe erneut ein, und drei perfekte Schalen wuchsen zwischen meinen Händen heran. Ich hatte mir ein Maß gefertigt, wie Elango es mir gezeigt hatte, mit zwei dünnen, zu einem Kreuz verbundenen Stäben, und ich stellte fest, dass es mir völlig mühelos gelungen war, den Schalen exakt den gleichen Durchmesser und die gleiche Tiefe zu geben. Ich war während der letzten fünf Jahre aus der Übung gekommen, und meine neu gefundene Fertigkeit machte mich so froh, dass ich beim Saubermachen und Waschen zur Musik aus dem Radio tanzte und meine neuen Schalen in einer ordentlichen Reihe ins Regal stellte.

Als ich am frühen Abend zurück an die Erdoberfläche stieg, kam etwas vom Himmel gefallen, das wie Regen aussah, aber keiner war. Ein feiner weißer Nebel bedeckte meinen Sattel und legte sich eiskalt auf mein Gesicht. Ein Mann schloss neben mir sein Fahrrad los, und ich fragte ihn: »Ist das Schnee?«

»Graupel«, sagte er, setzte die Kapuze auf und radelte davon.

Ich stand reglos in dem, was, wie ich nun wusste, Graupel war, und spürte, wie er mich, mein Fahrrad und meine Kleidung bedeckte. Die Straßen waren leer, und es war fast dunkel, die Leute eilten schnell voran, die Köpfe gesenkt. Autoscheinwerfer warfen ihr Licht über die Fahrbahn. Ein scharfer Wind schnitt durch meine Jacke. Nichts hatte sich geändert, und doch wirkte die Kälte unerklärlicherweise anregend und nicht betäubend, die Dunkelheit versprach lange Stunden Wärme und Lektüre, und der Weg führte zwar bergauf, aber weder Lunge noch Beine protestierten.

Ich fuhr den Berg hinauf und dachte nicht an meinen noch ungeschriebenen Aufsatz, sondern an einen bestimmten Abend, ein paar Wochen nachdem Elango aus seinem Zuhause vertrieben worden war. Wir waren in den Tagen danach zum Teich hinausgegangen und hatten so viel vom zerschlagenen Pferd gerettet, wie wir konnten. Jeden Tag nach der Arbeit setzte sich mein Vater an den Esstisch und fügte vor ihm ausgebreitete Terrakotta-Stücke neu zusammen. Gewöhnlich half ich ihm, es war ein großes Puzzle. An dem Abend sagte mein Vater, während er behutsam Kleber aus einer Tube drückte: »Tia sagt, du wachst nachts auf und weinst im Schlaf.«

»Nein, tu ich nicht«, sagte ich. »Sie redet solchen Unsinn.«

»Tut sie das?«

»Sie muss aus allem ein Drama machen. Ich hab vielleicht mal schlecht geträumt.«

»Und was ist mit dem Töpfern? Damit hast du ganz aufgehört. Vielleicht könnte ich dir eine neue Scheibe bauen, damit du hier zu Hause üben kannst. Sonst vergisst du alles, was du gelernt hast.«

»Ich will nicht mehr töpfern. Nie mehr.« Ich spürte Tränen in den Augenwinkeln kribbeln, und meine Nase begann zu laufen.

Er sah mich nachdenklich an und bat mich dann, ihm ein weiteres Teil des zerschlagenen Pferdes zu geben. »Wo, glaubst du, kommt das hin? Könnte es ein Stück vom Ohr sein …?«

Während wir den Kopf zusammensetzten, begann mein Vater zu erzählen. Erst von diesem und jenem. Seinen Wanderungen in den Bergen, der Suche nach Mineralien. Einem Elefanten, der ihrem Zelt mit seinem massigen Rüssel einen sanften Schlag versetzt und es umgekippt hatte. Dann kam er auf die Unruhen, vor denen die Menschen bei der Teilung hatten fliehen müssen, die Tötungen nach einfachen Cricketspielen. Ich spürte, wie ich mich innerlich darauf gefasst machte, dass er mich daran erinnerte, wie ich Tia in der Schule vergessen hatte und nach Hause gerannt war. Aber dann begriff ich, dass er zu erklären versuchte, was mit Elango und seinem Pferd passiert war. Es sei so eine Sache mit der Religion, sagte er: Sie könne zu einer Art Wahnsinn führen. Fanatiker bräuchten keine Provokation, und Akka hätte auch ohne mich herausgefunden, was Elango da am Teich machte, und wäre es nicht das Pferd gewesen, hätte sie andere Wege gefunden, um sein Leben zu zerstören. Und hätte nicht sie ihm und Zohra den Krieg erklärt, hätte es jemand anders getan. Muslime und Hindus – da ging es weniger um Religion als um eine Blutfehde wie in *Romeo und Julia*.

Mein Vater tauchte Streichhölzer in eine Kleberpfütze, fand heraus, wie die Teile zusammenpassten, und bis zum Ende des Abends schafften wir es, fast den gesamten Kopf wiederherzustellen. Wir stellten ihn auf, und als meine Mutter aus der Redaktion zurückkam, schnappte sie staunend nach Luft. Es fehlte noch ein Auge und eine Wange, und der Kopf beanspruchte fast eine ganze Fensterbank im Wohnzimmer. Wie ein leicht beschädigter, aber entschlossener Wächter stand er da. Meine Mutter platzierte eine Hängepflanze daneben, um das kaputte Ohr zu verstecken, und ich fing an, mich wieder leichter, glücklicher, mehr wie ich selbst zu fühlen. Für ein paar Stunden vergaß ich, mir die Schuld zu geben. Ich schob mein Essen nicht auf dem Teller herum, sondern aß es, und in dieser Nacht schlief ich zum ersten Mal wieder tief und fest ohne Albträume von Akka und dem Teich, in denen ich ihr hinterherrannte, um sie aufzuhalten, und über Elangos Hand fiel, damit sie nicht zertreten wurde. Am Morgen wachte ich freigesprochen auf.

Das gleiche Gefühl hatte ich gestern auf dem Rückweg von der Werkstatt. Das Gefühl einer neuen Leichtigkeit und Klarheit. Als hätte sich ein Nebel gelichtet und ich könnte den Erzähler der *Glasmenagerie* sehen, wie er mich anstachelte, meine Gedanken über ihn aufzuschreiben und den Aufsatz abzugeben. »Das Stück spielt in der Erinnerung«, sagt er, als spräche er mich direkt an. »Als Spiel der Erinnerung ist es gedämpft beleuchtet, es ist sentimental, und es ist unrealistisch. In der Erinnerung geschieht alles mit Musikbegleitung. Deshalb die Geigen hinter der Bühne. Ich bin der Erzähler des Stücks und spiele auch eine Figur darin.«

Dienstag, 27. November

Dr. Golde hatte einen Ausraster bei unserer Betreuung. Wir sind fünf – sie fixierte uns nacheinander und sagte, sie sei gleichermaßen unbeeindruckt von den Tiefgründigkeiten, die wir zum Thema »Wildes Lachen in der Kehle des Todes: Erörtere …« hingerotzt hätten. Unsere Aufsätze lagen in einem unordentlichen Haufen auf ihrem Kaffeetisch. Sie stieß mit einem Stift danach und sagte: »Ich sehe da fünf kaum noch ausreichende Noten.«

Sie ist eine Frau von (wenigstens für uns) immensem Alter – älter als irgendjemand, den ich je gekannt habe. Sie war Krankenschwester im spanischen Bürgerkrieg, ihr Geliebter kämpfte auf Seiten der Republikaner und wurde von einer Bombe getötet. Das ist für mich Geschichte, kein wirkliches Leben. Ich frage mich, ob sie Neruda oder Lorca gekannt hat, aber sie erzählt nichts von alldem, allein die Asche in ihren Augen glüht vor lauter ungesagten Dingen. Es heißt, sie war mal eine große Schönheit, und trotz ihres asthmatischen Keuchens besitzt sie nach wie vor eine strenge Eleganz – eine Haut wie rissiges Porzellan und nahezu unwahrscheinliches kastanienbraunes Haar, das ihr bis zur Taille hinunterwallt. Heute hat Annikas Bemerkung, dass sie das »dumme, alte Puppenspiel« in der *Glasmenagerie* langweilt, eine Art Schalter in Dr. Golde umgelegt, und sie schlug auf unsere Aufsätze und keuchte: »Das alles hier ... jede einzelne Seite ... ist reine Papier- und Tintenverschwendung. Was können Sie darüber schon wissen, bis Sie ein Leben gelebt haben? Was können Sie über Tod, Leben und Lachen wissen? Nichts – können – Sie – wissen. In Ihrem Alter!« Sie musste zwischen den einzelnen Worten Luft holen, und sie kamen tief aus ihr heraus, wie ein weicher, hoher Schrei. Hinterher konnte sie nicht aufhören zu husten.

Ich machte mir schon Sorgen, dass sie vor uns zusammenbrechen würde, aber (während sie noch hustete) antwortete Annika, dass Tennessee Williams bei der Premiere der *Glasmenagerie* erst dreiunddreißig gewesen sei, er sei also alt, aber nicht *uralt* gewesen. Dr. Golde erholte sich ausreichend, um etwas Scharfes zu erwidern, und die hitzige Diskussion ging bis zum Ende der Stunde weiter.

Als ich vom College zurückfuhr, versuchte ich, mir vorzustellen, mit Begum Tasneem in Streit zu geraten. Ich dachte an die Lilien in ihrem Büro, ihren kühl taxierenden Blick und unsere Ehrerbietigkeit ihr gegenüber. Ich wusste, wie angriffslustig Annika auch klingen mochte, wie bedrohlich der Stecker in ihrer Lippe und die Lederjacke auch wirkten, Begum Tasneem hätte ihr kein weiteres Wort erlaubt. Sie wäre wegen Insolenz sofort hinausgeschickt worden. Zum ersten Mal seit zwei Monaten begann ich auf dem Fahrrad zu singen und spürte, wie mich der reine blaue Morgenhimmel erfüllte. Die Tage vor mir waren unendlich, sie waren voller grenzenloser Möglichkeiten, ich musste nicht tugendhaft, dankbar oder anspruchslos sein, ich konnte mir eine neonfarbene, eng anliegende Laufhose wie Karins kaufen, und ich konnte Dr. Golde alles sagen, was ich über das Lachen in der Kehle des Todes wusste.

Mittwoch, 12. Dezember

Die Weihnachtspause hat angefangen, das College ist so gut wie leer, und der Wind scheint direkt aus den Gulags herüberzuwehen. Vor ein paar Stunden hat Karin die Kälte mit von draußen hereingebracht – sie kam im Mantel, mit Mütze und Stiefeln, und während sie noch die verschiedenen Schichten ihrer feuchten Wintersachen ablegte, schaltete sie den Wasserkessel für einen Tee ein. Sie lief mit ihrer Tasse herum und verschüttete jedes Mal etwas auf ihre Sachen, wenn sie zu heftig lachte. Sie erzählte von St Ives, wo sie gerade gewesen war, dem Laden, in dem sie einen Schlüsselanhänger mit dem Namen Karen gekauft hatte, weil es keine Karin gab, dem Meer, das ohne Unterlass auf die Küste donnerte, und dass sie zum ersten Mal in ihrem Leben süßes Popcorn gegessen habe.

Nach einigen Minuten dann hielt sie inne und verkündete, dass sie mit Darius Schluss gemacht habe – nach knapp über einem Monat war sie ihn wieder los. Sie sagte, sie habe immer noch nicht mit ihm geschlafen – es hätte auf ihrem gemeinsamen Wochenendausflug passieren sollen. Doch bereits auf der Hinfahrt, wo er für den Fall, dass Parsen mit im Zug waren, die Dinge über ihn nach Hause berichten mochten, in umsichtigen Abstand zu ihr gesessen und sich eine Serviette über den Schoß gebreitet habe, damit keine Sandwichkrümel darauf landeten, bereits da habe sie gespürt, wie sich ihr Sich-zu-ihm-hingezogen-Fühlen unerklärlicherweise in das Gegenteil verwandelte. Je mehr er den dunklen Himmel über dem Bodmin Moor gepriesen und über das moderne elektrische Licht geklagt habe, dass die Sterne überstrahlte, desto absurder sei er ihr vorgekommen. Sie machte seinen Tonfall nach, seine unschlüssige Art zu sprechen.

Konnte ich mir den Graus vorstellen, sagte sie und kicherte krampfhaft, ein versautes Wochenende mit Darius, dem Tugendhaften? An den beiden Tagen am Meer hatte er alle anderen Parsen vergessen und sich an sie geklammert, sich verliebt gegeben und gehofft, dass sie die Unterhose für ihn fallen ließ. Wie der letzte Fitzel Klebeband, den man einfach nicht von den Fingern bekam, sei er gewesen, sagte sie, schlang die Arme um sie und schnüffelte an ihren Ohren, bis sie dachte, sie würde durchdrehen. Alles, was er tat, auch das, was sie bis dahin so gemocht hatte, fing an, ihr auf die Nerven zu gehen, dann wütend zu machen, bis sie es nicht länger aushielt. Sie wäre erstickt, hätte sie noch länger die gleiche Luft wie er atmen müssen.

Ich hörte ihr zu und dachte, das alles bestätigte meine Vorstellung von der Natur des Kosmos – dass er ganz versessen darauf ist, Dinge zu tun, die wir weder voraussehen noch verhindern können. Wenn die Sterne guter Laune sind, senden sie Zeichen, weißer Graupel fällt aus schwarzem Himmel, graue und rosafarbene Mineralien werden zu einer flachen, blaugrünen Glasur, Unterwasserpferde galoppieren über den Meeresgrund und atmen Feuer. Aber hauptsächlich schicken die Sterne Stoppschilder und Pannenmeldungen.

Karin warf einen Stapel Fotos auf mein Bett und sagte: »Ich hätte zusammen mit dir fahren sollen. Da gab es so viele Töpferläden. Und die berühmte Leach Pottery, mit dieser Ausstellung im Freien. Ich wollte sie mir ansehen, aber der verdammte Darius hat mir keine freie Minute gegönnt.«

Sie hätten ein Doppelzimmer gebucht, sagte sie, und ihr habe das Geld für ein eigenes gefehlt. Dazu verdammt, das Bett mit ihm zu teilen, habe sie sich von ihm weggedreht, um zu schlafen, aber er habe ihr T-Shirt hochgeschoben und seinen feuchtkalten steifen Penis an ihren Hintern gepresst. Am Ende habe sie ihn auf Chinesisch angeschrien – seit sie aus Malaysia hergekommen war, hatte sie die Sprache nicht mehr benutzt – und mit beiden Händen weggestoßen, ohne an die Kraft zu denken, die sie durch ihr jahrelanges Training erlangt hatte, und wie dünn und leicht er war. Er sei stöhnend und fluchend aus dem Bett gefallen, habe sich den Bauch gehalten und geschrien, sie habe ihn umgebracht. Sie seien mit verschiedenen Zügen zurückgefahren.

Während Karin immer weiterquasselte, sah ich mir die Fotos an. Es waren keine typischen Urlaubsfotos, keiner der beiden war darauf zu sehen, weder zusammen noch einzeln. Ich sah ein graues aggressives Meer, zerklüftete Felsen, Licht-und-Schatten-Kompositionen und ein kleines Art-déco-Dorfkino mit märchenhafter Weihnachtsbeleuchtung. Und eine Szene mit riesigen Tieren, arrangiert wie eine Terrakotta-Armee. Ein Elefant, ein Alligator. Ein Hund. Der Hund sah zu einem Pferd auf. Ihre stilisierten Formen und die Muster auf ihren Körpern hatten etwas Elegantes und Machtvolles. Auf einer der Aufnahmen des Elefanten war ein Mann zu sehen, schlank und dunkelhäutig. Er war offenbar aus reinem Zufall mit auf das Foto geraten. Das Haar war zu kurz, um beurteilen zu können, ob er noch Locken hatte, aber das Gesicht und der seltsam eindringliche Blick … Ich hätte ihn überall erkannt. Es war Elango.

Sie sah mir über die Schulter. »Oh, ja«, sagte sie. »Ich habe mir gedacht, dass sie dir gefallen würden. Sie waren wunderschön beschriftet. Darius sagte, es sei Arabisch.«

Ich stand auf und ging zu meinem Regal. Zwischen den Büchern lag ein Stück gebrannter Ton. Es war eines der Stücke von Elangos zerstörtem Pferd, die wir gerettet hatten. Abgesehen von dem von meinem Vater und mir wieder zusammengesetzten Kopf hatten wir etliche andere Teile geborgen und in unseren Garten geholt. Zwei Beine standen neben der Guave, und der Schweif diente als Dach für das Vogelbad. Tia benutzt einen der Hufe als Türstopper.

Ich nahm das Stück vom Regal und eine andere Scherbe, die ich ständig als Talisman in der Tasche mit mir herumtrug. Darauf waren zwei Striche des Kalligrafen zu sehen.

»Sahen die Muster auf den Tieren etwa so aus? War der Mann ein Inder? Wo ist er jetzt? Kennst du seinen Namen?«

»Woher soll ich wissen, ob er Inder war? Ich habe

irgendwo einen Prospekt von ihm … falls ich ihn nicht verloren habe.« Sie zuckte mit den Schultern, als langweile sie die Sache bereits.

Ich sagte, sie solle sich mal ein paar Minuten hinsetzen, und dass ich ihr etwas Wichtiges erklären müsse. Und ich erzählte ihr von Elango, von Zohra, von dem Pferd und wie es fast dazu geführt hatte, dass die beiden umgebracht worden wären. Ich erzählte ihr, wie mein Vater im Krankenhaus gestorben war, außer Reichweite, allein auf einer Intensivstation. Ich sagte, dass ich gedacht hätte, ich trüge die Schuld an dem, was mit Elango passiert war, mein Vater mich aber davon überzeugt hätte, dass es nicht so sei.

Als ich fertig war, stand sie vom Bett auf und ging mehr Tee kochen. Ich hörte Tassen und Löffel klirren und dann ihre ungewöhnlich schwermütige Stimme: »Hätte ich deinen Dad gehabt und nicht meinen, wäre ich glücklich wegen der guten Jahre mit ihm. Auch wenn es nur sehr wenige waren.«

Sie drehte sich mit einem fröhlichen Grinsen und zwei Bechern Tee zu mir um. »Ich weiß, es wird dich entsetzen«, sagte sie. »Aber ich kann schon nicht mehr zählen, wie oft ich mir gewünscht habe, mein Dad würde den Löffel abgeben. Der verdammte Kerl ist unsterblich. Der bleibt mir erhalten, bis ich ihm eine Goldmedaille gebe, die er mit in den Sarg nehmen kann. Aber jetzt … Wie finden wir deinen Pferdeschöpfer? War er tatsächlich der Typ in St Ives? Wie kriegen wir das raus?«

Ich nahm ein gerahmtes Foto oben von meinem Schrank. Tia und ich in der Autorikscha. Elango guckt über die

Schulter zu Chinna, der zwischen uns eingequetscht sitzt. Mein Vater hat das Foto irgendwann von vorne nahe am Rückspiegel der Rikscha aufgenommen, damit wir alle mit draufkamen.

»Ich glaube schon, dass er das ist«, sagte Karin. »Moment, ich suche den Prospekt. Du musst Elango finden.«

Donnerstag, 13. Dezember

Das war gestern, und da uns meine Mutter fünfeinhalb Stunden voraus ist, war es zu spät, um sie noch anzurufen. Ich musste bis nach Mitternacht warten. Sie war gerade aufgewacht. Ich sah sie vor mir, die Haare wild vom Kopf abstehend, wie sie in Panik zum Telefon lief, weil es so früh klingelte. Sie beruhigte sich, als sie meine Fragen hörte. Sie habe mir bereits geschrieben, dass Elango in England sei, sagte sie im Ton selbstgerechter Entrüstung. Ja, gab sie schließlich zu, sie hätte (wieder einmal) vergessen, den Brief aufzugeben, aber ehrlich, jetzt sei er unterwegs, mit der Neuigkeit, dass Sudhakar nach einer Ewigkeit ein paar Tage zuvor angerufen und gesagt hätte, ihre Zeitung solle eine Geschichte über Elango bringen, er habe es zu etwas gebracht. Jemand von der französischen Botschaft hätte seine Terrakotta-Tiere in einer Ausstellung in Delhi gesehen, was zu einer Festivaleinladung nach Frankreich führte. Danach hätte er einen Workshop in Schweden gegeben und den Töpfern da gezeigt, wie sie diese Art Skulpturen schaffen konnten, und im Moment sei er in England. »Sudhakar ist so stolz«, lachte meine Mutter, »genau wie ich, wenn ich von dir erzähle. Wenn du ihn findest, mach ein Foto von ihm. Und schimpf ihn gehörig aus. Warum hat er sich nie gemeldet?«

Laut Karins Prospekt ist er von Freitag an in London. Seine Arbeiten werden in einer Galerie ausgestellt, und er gibt einen Workshop, für ein paar Wochen. Das Geld vom Stipendium für das erste Trimester geht zur Neige, und ich spare, um im Sommer reisen zu können. Aber ich weiß, ich muss ihn sehen. Zum Glück habe ich einen Reisekostenzuschuss vom College bewilligt bekommen, und ich kann sofort an das Geld heran.

Später am Vormittag bin ich mit dem Fahrrad zur Bank und habe nachgesehen, wie viel noch auf dem Konto ist, bin dann weiter zum Bahnhof und habe mir eine Fahrkarte gekauft. Auf dem Rückweg bin ich an einer Reihe Schaufenster vorbeigekommen, und in einem trug eine Puppe einen dunkelblauen Anorak mit Kapuze. Er war weich gefüttert, hatte viele Taschen, matte Metallknöpfe, und die Kapuze war innen aus Fleece. Ich bremste, sprang vom Rad und griff nach meinem Portemonnaie voll mit dem frischen Geld von der Bank. Es fühlte sich wie eine warme Versicherung an. Ich wusste, ich muss lange damit auskommen, und dachte, ich würde besser nicht … aber ihn sich anzusehen, konnte nicht schaden. Ich schloss mein Rad an einen Ständer, ging hinüber, sah den Preis, drehte gleich wieder um und lief fast bis ans Ende der Straße. Ich konnte ihn mir nicht leisten. Sekunden später, bevor ich zu lange überlegen konnte, war ich zurück, ging hinein und kaufte ihn.

Montag, 17. Dezember

Er ist zu groß. Aber das Blau ist gut: Als Elango ihn anzog, passte er bestens zu seiner Gesichtsfarbe – wie schönes, poliertes Holz – und den neuen grauen Flecken in seinem Haar.

»Ich wusste nicht, was für eine Größe ich nehmen sollte«, sagte ich.

In dem dunkelgrauen Mantel, den er trug, als ich ihn rauchend draußen vor der Galerie antraf, hätte er in einen der düsteren Filme gepasst, in denen dem Helden Ärger ins Haus steht. Der Anorak setzt ihn irgendwie herab mit seinen hübschen Knöpfen und so weiter. Die Ärmel sind zu lang, und die Schultern hängen herunter. Für mich war Elango immer groß und kräftig, in meiner Erinnerung war er der Mann, der mich, als ich klein war, wie ein leichtes Bündel in seine Autorikscha geschwungen hatte. Wenn ich jetzt neben ihm stehe, reiche ich ihm bis zu den Schultern, und er ist dünn, sein Körper wirkt wie aus Draht zurechtgebogen.

Erst hatte unser Zusammentreffen etwas Verlegenes, Abtastendes. Da ich keine Möglichkeit hatte, ihn zu erreichen, hatte ich ihm nicht sagen können, dass ich kommen würde, und ich wusste nicht, ob es ihn störte oder freute, mich zu sehen. Er erkannte mich gleich und trat seine Zigarette aus, als wäre ich noch ein kleines Mädchen, vor dem er nicht rauchen durfte. Er löste sich von der Mauer, an der er lehnte, und sagte etwas, das ich nicht wirklich mitbekam, konfus, wie ich war. Und noch bevor wir zwei Sätze gewechselt hatten, gab ich ihm den

Anorak, um den Raum zu füllen, für den es keine Worte gab.

Sein Gesicht verriet nichts, als er ihn nahm. Er tat damit herum, zog hier an einem Band und an einer Taschenklappe dort. Ich dachte schon, ich hätte das Falsche gekauft. Ich fühlte mich beobachtet und nervös mit seiner Terrakotta-Menagerie um uns herum, einer Tierversammlung, die mit blinden Augen vor sich hin starrte. Ihre Beine sind lang, die Körper grob und primitiv, und die Schrift, die sich über sie zieht, wirkt wie ein uralter Code. Ein paar Leute kamen an uns vorbei, wurden langsamer und traten näher an die Tiere heran, als würden sie von einem unsichtbaren Kraftfeld angezogen. Ein Mann sagte, die Schrift sei Hebräisch, sein Freund widersprach und behauptete mit viel Autorität in der Stimme, es sei Tibetisch. Der erste meinte, die Tiere hätten einen Hauch von den alten Mayas, seien aber epigonenhaft. Nein, nein, sie sind mehr wie ein trojanisches Pferd, sagte sein Freund.

Ich muss sie angestarrt haben, denn Elango sagte: »Sara kriegt Wutanfälle, sie stampft mit dem Fuß auf, das hat deine Schwester immer gesagt. Hat sich das in den fünf Jahren nicht geändert?«

Er zog sich die Kapuze über den Kopf. Sein Gesicht verschwand wie in einer Höhle. »Nur eine Frau würde ihren Kopf zu Hause so bedecken.« Er fing an zu lachen, Augen und Wangen zerknitterten wie früher, und er sagte: »Ich hätte mir niemals selbst etwas so Teures gekauft, und du hättest es auch nicht tun sollen.«

Die Leute, die sich um uns herum gedrängt hatten,

bewegten sich weiter, zum Hund und dem Panther. Die Zahnreihe des Alligators und sein geschuppter Rücken, das muss Tage in Anspruch genommen haben, hörte ich jemanden sagen. Eine andere Stimme meinte, der Hund sehe nicht aus wie ein Hund und die Katze eher wie ein Leopard. Ich zog die Kapuze meines eigenen Anoraks über den Kopf, wandte mich von den Skulpturen zu ihm um und stellte fest, dass er sich im selben Moment zu mir hingedreht hatte. Wir sahen einander aus unseren warmen Umhüllungen an. Etwas schien sich zu verschieben, zu seufzen und seinen richtigen Platz finden. Er sagte: »Er ist groß genug, um mich ganz damit zuzudecken. Ich werde ihn tragen, darin schlafen und leben.«

Ich zog eine kleine von mir getöpferte Schüssel aus meinem Rucksack.

»Ich übe wieder ... Zu Hause habe ich nichts mehr gemacht, als du nicht mehr da warst. Ich dachte schon, ich hätte alles vergessen, aber ich fange an, mich zu erinnern.«

Ich sah zu, wie er mit dem Finger über die Innenseite fuhr, um zu sehen, wie ebenmäßig ich sie hinbekommen hatte. »Wer hätte das gedacht«, sagte er. »Unsere kleine Sara ist eine richtige Töpferin geworden. Nein, das kannst du nicht vergessen, du hast so früh angefangen. Es ist wie Atmen für dich ... Dein Körper weiß, was er tun muss.«

Elango erschafft zwei zweieinhalb Meter große Pferde in der Galerie, mit etwa fünfzehn Schülern. Es sind auch zwei Archäologen da, die das Ganze beobachten, weil sie bisher nur alte Terrakotta-Scherben gesehen haben, und sie wollen den Prozess verstehen, wie man so etwas herstellt. Elango hat einen Dolmetscher, der zwischen Telugu, Hindi und Englisch hin und her übersetzt. Er hat mich in die Werkstatt mitgenommen und sich, bevor es losging, bis auf T-Shirt und Shorts ausgezogen, so wie ich mich an ihn erinnere. Vier Stunden lang war er ein herumwirbelnder Derwisch, schoss von einem Schüler zum nächsten, leitete drinnen die Vorbereitung des Tons an und überwachte draußen den Aufbau einen speziellen gasbetriebenen Brennofens. Eines der Pferde wird aus Steingut-Ton gemacht statt mit Elangos gewohnter Terrakotta und soll das Herzstück des Galeriegartens werden. Es wird mit fast 1300 Grad Celsius gebrannt werden müssen. Um die Temperatur zu erreichen, muss der zimmergroße Ofen zwei vollständige Tage brennen, glaubt Elango, und wer weiß, ob das Pferd eine so lange Einkerkerung übersteht? In Nebenbemerkungen zu mir, die der Übersetzer nicht ins Englische übersetzen durfte, sagte er: »Wenn es danebengeht, bin ich am Ende. Was, wenn es explodiert? Was, wenn der Ofen die Temperatur nicht erreicht? Dann brauche ich mehr als ein Pferd, um davonzukommen.«

Freitag, 21. Dezember

Es gilt, viel zu behalten und aufzuschreiben, bevor ich es vergesse. Ich bin gerade erst zurück in meinem eigenen Zimmer. Am Ende blieb ich fünf Tage in London. Die Nächte verbrachte ich im Schlafsack im Hostelzimmer einer Freundin am Russell Square, und morgens ging ich bereits sehr früh in die Galerie, meine Notizbücher in der Tasche. Wenn Elango reden wollte, machte ich Notizen.

Wenn er arbeiten musste, habe ich mir die Ärmel aufgekrempelt, eine Schürze umgebunden und die Hände im Ton versenkt. Wollte er eine Pause, sind wir durch die vollen Straßen zu einem nahen Park gegangen, der nicht mehr als ein Platz mit kahlen Bäumen unter einem Himmel wie gefrorene Limonade war.

An den zwei, drei sonnigen Tagen, die wir hatten, haben wir unsere Sandwiches im Park gegessen. Wir brauchten die Luft und die Leere nach seinen vollgepackten Stunden des Unterrichtens. Er wollte eine Flasche Ribena nach der anderen trinken, er denkt, es wärmt ihn auf. Ich habe gesehen, wie er Messer und Gabel auf die amerikanische Weise benutzt: Erst schneidet er das Essen systematisch klein, spießt die einzelnen Stücke dann mit der Gabel auf, steckt sie sich in den Mund und grummelt dabei: »Warum können die Leute hier nicht mit den Fingern essen? Streicheln sie sich gegenseitig auch mit Messer und Gabel?« Wir haben Pizza gegessen, damit er mit den Fingern zulangen durfte. Ich habe ihm Chili-Flakes gekauft, die er daraufstreuen konnte. Nach einem langen Arbeitstag war er völlig ausgehungert, und ich musste lächeln, als ich ihn sein Essen wie ein Kind hinunterschlingen sah. Mir wurde bewusst, dass ich ihn für so viel älter als mich gehalten habe, dabei kann er höchstens Mitte zwanzig gewesen sein, als ich zu ihm in die Lehre gegangen bin. Als mir das klar wurde, stand ich von meinem Stuhl auf, ging auf die Damentoilette, wusch mir das Gesicht mit kaltem Wasser, band mir das Haar zurück und begutachtete mich mürrisch im Spiegel, bevor ich wieder zurückkehrte.

Wir haben auch Touristen gespielt. An einem Nachmittag sind wir mit dem Schiff die Themse hinunter nach Greenwich gefahren. Weihnachtsbeleuchtung glitzerte in den Bäumen entlang des Ufers. Elango trug seinen neuen Anorak, hatte die Ärmel bis über die Handgelenke hochgeschlagen, die Kapuze auf dem Kopf und stand am Bug des Schiffes, bis ihm gesagt wurde, er solle sich setzen. Wir haben Keramiksammlungen in Museen besucht, und ich habe die Beschriftungen erläutert, wenn er Schwierigkeiten mit dem Englischen hatte. Wir sind am Fluss entlangspaziert, und er hat jede einzelne Laterne auf dem Embankment berührt, als wolle er ihnen sagen, dass er da war. Wenn er nicht unterrichtet, sondern herumwandert, hat er etwas von einem Heimatlosen an sich, einem Jungen, der womöglich von nirgends gekommen ist und nie aufgehört hat, an Zeichen und Wunder zu glauben. Zurück in meinem Zimmer hier, mit dem trostlosen Poster von Coriolan an der Wand und dem Stapel ungelesener Bücher aus der Bibliothek, kann ich nicht aufhören, im reinen, unkomplizierten Glück der letzten Woche zu schwelgen, und wünschte, ich wäre länger geblieben.

Als ich vor all den Jahren bei Elango in den Unterricht gegangen bin, habe ich sein Können für normal gehalten. Er ließ es leicht aussehen, als wäre das Formen von Gefäßen eine natürliche Funktion des menschlichen Körpers. Wenn ich ihn heute betrachte, scheint das Braun des Tons und seiner Hände ein und dasselbe zu sein – als gäbe er sich selbst auf die Scheibe und nähme jede gewünschte Form an. Seine Handflächen, seine Daumen, Fingerspitzen scheinen den Ton zu liebkosen, zu unterstützen, zu halten, in die Höhe zu ziehen und dabei genau zu wissen, was sein Material in den verschiedenen Stadien braucht und wünscht. Er ist dann völlig vertieft in seine Arbeit, und selbst, als ich direkt neben ihm saß, war er sich meiner Anwesenheit kaum bewusst. Er kann allein sein – ist es –, wo immer er sich aufhält, und ich frage mich, wie Zohra damit umgeht. Er hat mir ein Foto von ihr gezeigt. Sie sieht noch so aus, wie ich mich an sie erinnere: das schmale Gesicht, die riesigen Augen, das vorstehende Schlüsselbein, dazu die Narbe durch eine Braue und der kleine Anhänger um den Hals. Sie waren beide auf dem Foto, das direkt nach ihrer Trauung auf dem Standesamt aufgenommen wurde, von Sudhakar, der als Zeuge, Fotograf und einziger Gast dabei war.

In der Galerie in London hat er ständig mit Leuten zu tun – Lieferanten, Mechanikern, Schülern, den Besitzern der Galerie. Wenn ich hereinkam, sagte mir das Summen der Scheiben und die Art des gedämpften Gemurmels gleich, in was für einer Stimmung Elango war. Seine Gemütslage bestimmte das Betriebsklima und schien noch größeren Schwankungen unterworfen zu sein, als ich es von früher in Erinnerung hatte. In den paar Tagen, die ich da war, habe ich ihn so gut gelaunt und Lieder summend erlebt, dass sich selbst noch die verdrießlichsten seiner Schüler zu einem Lächeln hinreißen ließen. Aber wenn er jemanden anschnauzte, etwas auszusetzen hatte und er ihnen in einer Sprache, die sie nicht verstanden, sagte, sie sollten sich besser eine andere Beschäftigung suchen, zogen sich dunkle Wolken über ihm zusammen, und sein Ton machte unmissverständlich klar, was er meinte. Schwarze Tinte durchflutet ihn sodann, und er brummelt vor sich hin. Aus meiner Lehrzeit bei ihm weiß ich noch, dass seine bissigen Bemerkungen und sein hoher Anspruch mit seiner Überzeugung einhergehen, dass das nötige Talent vorhanden ist. Das wissen seine Schüler hier allerdings nicht.

Als wir für uns waren, hat er mir erzählt, wie schwer die ersten Jahre für sie waren. Die Tage im Deccan Gold Hotel, Zohra und er, isoliert in einem unangenehm hell glänzenden Zimmer, geplagt von den Bildern seines zerstörten Traumes, abhängig von Sudhakars Mitgefühl. Was für wunderbare Flitterwochen, könnte irgendjemand mehr verlangen! Er lachte nicht, die Erinnerung schmeckte immer noch bitter. Die Fahrt nach Delhi, Zohra in Tränen aufgelöst wegen ihres Großvaters. Die jahrelangen Keramikkurse. Sudhakar, der alles bezahlte.

»Warum bist du uns nie besuchen gekommen?«, fragte ich ihn. »Die Leute sind mit Ruten und Knüppeln bei uns eingedrungen und haben nach dir gesucht. Wir dachten, sie würden uns umbringen. Mein Vater hat dich nie wiedergesehen, und er mochte dich so.«

»Ich hatte Angst«, sagte er nach einem langen Schweigen. »Und dann die Jahre, in denen wir immer wieder umziehen mussten. Viele Leute wollten uns kein Zimmer vermieten, wenn sie erfuhren, dass sie Muslimin ist, andere nicht, wenn sie hörten, dass ich Hindu bin. Einige dachten, wir essen Schweinefleisch, andere, wir würden Rindfleisch kochen … Ich habe nie geahnt, wie schlimm es werden kann, bevor ich Zohra kannte. Wir sind ständig weitergezogen. Haben versucht, Arbeit zu finden. Ich hatte kein Geld für Fahrkarten, wir hatten kaum genug für Miete und Essen.«

»Aber wolltest du Chinna nicht sehen? Du hättest uns schreiben können.«

Kaum, dass ich Chinna erwähnte, war es, als hätte jemand in Elango einen Rollladen heruntergelassen. Er schindete Zeit, indem er sich eine Zigarette ansteckte und von seinem Ribena trank. Wir spazierten durch den St James's Park, und er sah mich an, um mich auf die schwarzen Schwäne aufmerksam zu machen, die unter der Brücke auf dem See dahinglitten. Er sagte, wir müssten gehen, wollten wir nicht zu spät zum Nachmittagsunterricht kommen.

»Und am Ende kommt alles zusammen …«, sagte er auf dem Rückweg. »Plötzlich hat uns auch Sudhakar hängen lassen. Keine Antwort auf Briefe, und im Hotel hieß es nur, er habe gekündigt … Ich hatte keine Ahnung, was los war. Es kam kein Geld mehr von ihm. Der Kurs, den er bezahlt hatte, war zu Ende. Ich hatte alles über richtige Brennöfen, Glasuren, Raku, Steingut und Porzellan gelernt. Kannte mich in Werkstätten aus. Aber ich hatte kein Geld, um auch nur einen Schuppen oder eine Brenngrube zu mieten.«

»Was hast du gemacht?«

Elango grinste. »Wenn es eines gibt, was ich kann, ist es arbeiten. Große Werkstätten stellen Hilfskräfte ein. Das wirst du sehen, wenn du irgendwo anfängst. Es sind unterernährte, blutrünstige Halunken mit brennenden Augen, die den Ton mischen, sauber machen, Lieferwagen entladen und die Schüler hassen, die kurze Gastspiele geben. So war es bei mir in einer großen Werkstatt in Delhi. Niemand hat mit mir geredet. Kein *Namaste*, kein Lächeln. Es war, als wäre ich unsichtbar.«

Zohra und er haben sich gerade so über Wasser gehalten, hauptsächlich mit dem Geld, das sie in einem Buchladen verdiente. In den Tagen haben sie immer wieder das gleiche Gespräch geführt.

»Ich will zurück ... in den Moti-Block. In meinen alten Job in der Bibliothek.«

»Sie werden uns umbringen. Und wer ist da noch, zu dem wir zurückwollen?«

»Meine Vögel. Meine Freunde. Meine Zimmer. Chinna.«

»Chinna ist glücklich, wo er ist. Dein Großvater lebt nicht mehr. Eure Zimmer waren angemietet. Deine Tanten und Cousinen hassen dich, weil du mich geheiratet hast. Was, wenn sie versuchen, dich fortzuschaffen?«

»Du bist verrückt. Wir sind verheiratet. Sie werden nichts mehr machen.«

»Sie kennen uns da. Taatha und Akka sind noch da. Denkst du, die warten mit Willkommensgirlanden auf uns?«

Und so ging es bis in die frühen Morgenstunden, bis sie zu müde waren, um noch weiterzureden.

»Die ersten Jahre waren nicht so wie im Kino.« Elango verzog das Gesicht zu einer sarkastischen Grimasse.

Die Dinge hätten sich erst vor zwei Jahren geändert, sagte er, als Sudhakar sich wieder gemeldet habe. Er war lange krank gewesen und hatte geglaubt, er würde sterben. Doch er hatte überlebt, um sich eine weitere Charminar anstecken und einen Rum trinken zu können. Nachdem Sudhakar ihn wieder unterstützte, wendete sich das Blatt für Elango. Wunder geschehen – das hatte er schon immer gewusst. Er wurde Ausbilder in einer Werkstatt in Delhi und fing erneut an, seine Arbeiten auszustellen. Er unterrichtete und produzierte seine riesigen Urnen und Tiere, in die Zohra je nach Bedarf Urdu-Worte eingravierte. Es waren immer die gleichen:

Und reite mit deinem ungestüm fliehenden Verstand
Bis hinauf in die Himmel.

Letztes Jahr haben sie ein Kind bekommen. »Ich werde dafür sorgen, dass er kein Töpfer wird«, sagte Elango, »und verdammt noch mal ein Atheist.«

Es hätte ihm peinlich sein sollen, mir all diese Dinge zu erzählen. Wie er und Zohra sich kennengelernt und verliebt haben, unter welchen Vorwänden sie sich getroffen haben. Wie sehr er Akka hasst, die sie den Wölfen zum Fraß vorgeworfen hat. Es war, als hätte er ein ganzes Leben in fünf Tagen zu erzählen, und ich habe zugehört, ohne ihn zu unterbrechen. Die Zeit, da er mich als Kind kannte, webt hier in diesem fernen Land, wo wir von Fremden umgeben sind, ein starkes, unsichtbares Netz zwischen uns. Ich weiß, hätte ich ihn in Delhi besucht, hätte er sich mir nie so geöffnet. Hier in der Fremde sind wir uns als zwei Menschen begegnet, die sich flüchtig über einen Fluss aus Jahren hinweg zu Gesicht bekommen, und wenn er mir von seiner Vergangenheit erzählt, macht er eine Geschichte daraus, die so weit hergeholt klingt wie ein Mythos und so vertraut wie ein Liebesbrief. Er erzählt sie sachlich und ohne Scham. Als rede er über jemand anderen, jemanden, den er kennt, den er aber nicht mehr schützen zu müssen glaubt.

Ich habe zugehört und wurde besser darin einzuschätzen, wann ich einem Schweigen anzudauern erlauben sollte, damit er das Bedürfnis empfand, es zu füllen, oder wann es angebracht war, ihm mit einer Frage einen Schubs zu geben. Ich habe beschlossen, über ihn zu schreiben – ich muss es, jetzt, da ich die nichtssagenden Texte über ihn gelesen habe, die diese Galerie produziert hat. Niemand kennt ihn und seine Arbeit so wie ich. Hier wissen sie nichts von der sehr alten Tradition der Terrakotta-Töpferei, der er entstammt, dass sie seiner Familie seit Generationen im Blut liegt und wie ungewöhnlich es ist, sich aus diesen Wurzeln heraus neu zu erfinden, so wie er es getan hat. Das alles habe ich ihm gesagt, um ihn von meinem Schreibprojekt zu überzeugen, und er hat es mit einem desinteressierten Schulterzucken und einem spöttischen Lächeln abgetan. Doch tags darauf hat er zugestimmt, ohne eine Erklärung.

Obwohl sich Elango an fast alles mit ziemlicher Klarheit erinnert, stellt ihm sein Gedächtnis hin und wieder ein Bein. Manchmal zögert er: »Ich bin nicht sicher. Erzähle es auf deine Art, aber erzähle es. Fülle die Lücken. Arbeite mit allem Ton, den du bekommen kannst. Eine Töpferin weiß, wie das geht.« Manchmal schweifte er ab und machte mich mit seinem perversen Darauf-Bestehen verrückt, alles andere als seine Vergangenheit zu erzählen und stattdessen seine »Es war einmal vor langer Zeit«-Geschichten zu erfinden. An einem der fünf Tage wollte er kein einziges Wort von sich geben, wollte nur arbeiten und verlangte, dass ich zur Abwechslung einmal ein paar ernsthafte Dinge produzierte. Krüge, Vasen. Ich widersprach nicht. Ich setzte mich an die Scheibe neben seiner, spürte, wie der Ton unter meinen Händen aufstieg und fiel, und wartete ab. Früher oder später, das wusste ich, würde ich über das Summen der Scheiben hinweg das Einsetzen seiner Worte hören. Wenn er das Bedürfnis verspürte, sich erzählend zu erinnern, lauschte ich ihm, merkte mir, was er sagte, und schrieb Dinge auf, selbst wenn es eine Stunde so ging. Einige Worte wählte er mit solchem Bedacht, dass ich sie nahezu einen gewundenen Weg aus seinem Herzen und seinem Hirn nehmen sah, hin zu seinen Stimmbändern, wie sie seine Zunge verformten und in eine logische Abfolge mit den anderen traten.

Heute Abend, während ich hier in meinem Zimmer meine Notizen ins Reine schreibe, versuche ich, die alte, in meinem Inneren abgespeicherte Version Elangos mit diesem neuen, unvertrauten, unbeständigen Elango abzugleichen. Obwohl ich alles in meiner Macht Stehende über ihn herauskriegen möchte, bin ich nicht sicher, ob es mir gefällt, den verspielten, strahlenden Fixpunkt meiner Kindheit gewandelt zu sehen. Wissen ändert Dinge dauerhaft, das weiß auch er, aber ihm scheint es egal zu sein. Vielleicht hätte er sich mir nicht mit dieser verstörenden Ehrlichkeit geöffnet, wäre er nicht fern von allem Bekannten, außerstande, sich irgendwem zu offenbaren – und plötzlich stand da ein Mädchen vor ihm, das seine Sprache spricht und bedeutsame Momente seiner Vergangenheit miterlebt hat.

So musste ich denn, oft elend und voller Gram, der Heimat beraubt, fern von Brüdern, meine innersten Gedanken in Fesseln legen.

Warum hat sich dieser Satz aus »The Wanderer« so tief in mich eingegraben, als ich das Gedicht für mein Studium durchackern musste? Liegt es daran, weil auch ich mich in dieser englischen Welt der englischen Worte wie eine Exilantin fühle?

Ich wünschte, ich könnte zurück nach London und beim Brennen von Elangos Pferd dabei sein. Jetzt, da wir uns wiedergesehen haben, hat er versprochen, in Verbindung zu bleiben. Aber wenn ich ihn treffen will, muss ich nach Delhi. Er schwört, er wird niemals nach Kummarapet oder an den Ort zurückkehren, der es einmal war.

Ich glaube, er hat sich entschieden, nicht zurückzukommen, weil schwarze Tinte durch seine Adern fließt, wenn er daran denkt, Chinna wiederzusehen. Er hat sich geweigert, das Foto von ihm anzuschauen, als ich es ihm zeigen wollte. Aber ich ließ es auf der Seite liegen, und als ich später zurückkam, war es weg.

Donnerstag, 17. Januar

Drei Wochen ist es her, dass ich zuletzt Zeit zum Schreiben hatte, aber der Abend heute war so komisch, dass ich einfach aufschreiben muss, was passiert ist. Ich bin spät aus einem Tutorium gekommen und war über die endlosen Gänge des Colleges unterwegs zu meinem Zimmer. Sie bilden die Innenseite einer Spiralform, konzentrische Kreise – hypnotisch, am Ende anfangend und am Anfang aufhörend. Vom Eingang aus sieht man eine endlose Reihe Glastüren, die entlang eines zimtfarbenen Teppichs immer kleiner werden. Die Türen schwingen schwer auf und zu, sind funktionell und wissen genau, wozu sie da sind – wissen, dass sie Feuer eingrenzen und Lärm dämmen müssen, was dazu führte, dass ich erst, nachdem ich eine von ihnen aufgedrückt hatte, dieses Geräusch vernahm, das ich nicht zu identifizieren vermochte. Dann sah ich jemanden flach auf dem Boden liegen. Karin. Sie lag bäuchlings lang ausgestreckt und weinend auf dem Teppich und schlug mit einer Faust auf den Boden, wieder und wieder. »Miranda, Miranda. Komm heraus. Ich hab's nicht so gemeint, wirklich.« Ihr Schluchzen war wie ein Nach-Luft-Schnappen.

Mittlerweile weiß ich, wer Miranda ist, ein dunkelhaariges Mädchen mit einer runden Brille, das Derrida und Cixous auf Französisch liest, zumindest glaube ich das, weil sie beide heute in der Bibliothek ausgeliehen hat. Sie stand vor mir in der Schlange. Wir haben uns schon ein paarmal unterhalten, und ich habe sie morgens in aller Frühe zusammen mit Karin mit dem Fahrrad losfahren sehen. Am besten kenne ich sie aber als die, die ein rotes Licht hat aufleuchten lassen – an, aus, an, aus –, als wir zu Beginn des Trimesters an unseren offenen Fenstern gesungen haben. Miranda sitzt mit im Ruderachter des Colleges. Ich habe sie einmal in einem Rennen erlebt und sehe noch vor mir, wie Karin geschrien und wie auf einem Trampolin in die Höhe gesprungen ist, als ihr Boot näher kam. Nach dem Rennen sind wir alle etwas trinken gegangen, und die beiden saßen nebeneinander, erhitzt und ausgelassen, und sich sehr nahe.

Heute Abend hat Miranda nichts hören lassen, keinen Ton, und auch ihre Nachbarinnen nicht. Karins Schreie hallten von den Wänden wider, aber niemand wollte wissen, was da los war. Mirandas Tür blieb geschlossen, genau wie alle anderen entlang des Gangs. Ich blieb eine ganze Weile wie erstarrt und unentschlossen einfach stehen und wandte mich dann ebenfalls ab. Sie hätte sich nicht von mir hochheben und zu ihrem Zimmer karren lassen wollen. Keine Retterin wäre unbeschadet davongekommen, die sie so vorgefunden hätte, dem Erdboden gleichgemacht durch eine so persönliche Trauer. Ich ging den Weg zurück, den ich gekommen war, durch eine ganze Reihe allwissender Glastüren, ums Gebäude herum auf die andere Seite des Colleges, um von dort durch mein Fenster zu klettern, das auf den Hof hinausging.

Freitag, 18 Januar

Bis ich mir heute Morgen einen Kaffee gekocht und die Zähne geputzt hatte, war ich im Grauen eines Traumes verfangen, in dem Karin, Elango und Chinna bei lebendigem Leib in einem Pferd verbrannten. Ich habe meine Tasse genommen, mich ans Fenster gestellt und mich zu beruhigen versucht. Das Licht zögerte noch, den Tag erwachen zu lassen, es war erst sieben. Nach ein paar Minuten tauchte Karin in meinem Blickfeld auf, wie sie ihr Rad hinaus in den kalten Nieselregen schob. Ihr stehen alle möglichen Wettkämpfe bevor, Fallgruben, um ihre athletischen Fähigkeiten auf die Probe zu stellen. Sie muss über Treibsand gleiten, will sie ihr Stipendium behalten. Jede Woche würden Briefe ihres Vaters in ihrem Postfach landen, sagt sie, und verlangen Auskunft über ihre Fortschritte, die Zeiten, die sie läuft. Sie läuft die 400 und die 800 Meter und kam vor ein paar Tagen ganz niedergeschlagen vom Training zurück und sagte, sie habe einen neuen Rekord aufgestellt. Ich kann nicht glauben, dass es sie nicht auch glücklich gemacht hat, aber falls doch, war das Glück nur von kurzer Dauer gewesen.

»Ich werde es meinem Vater nicht verraten«, sagte sie. »Er wartet nur darauf. Dann kommt als Nächstes die malaysische Olympiamannschaft mit ihm als meinem Trainer. Ich bin sein Ticket zu Geld und Ruhm. Lieber wäre ich tot.«

Heute Morgen sah sie irgendwie tot aus und ganz und gar nicht wie ein Rekordbrecher. Sie schlurfte, und ihre Schultern hingen herunter. So überraschte es mich denn nicht, als ich sie später allein in der Düsternis der Abenddämmerung in dem trostlosen Gang sitzen sah, der einen Flügel unserer Wohnheimzimmer mit einem anderen verbindet. Sie rauchte, obwohl ihr Trainer immer einen Aufstand macht, wenn er Tabakrauch an ihr riecht. Als ich näher kam, entdeckte ich Tränen in ihren Augen. Sie sah zu mir auf, und einen Moment lang starrte sie mich an, als würde sie mich nicht erkennen. Dann flüsterte sie etwas so leise, dass ich sie bitten musste, es zu wiederholen.

»Ich habe Angst«, sagte sie.

Ich stand neben ihr und fragte mich, was ich tun sollte – dass ich ihr vielleicht eine Hand auf die Schulter legen sollte, erinnerte mich dann aber an ihre Reaktion auf Darius' Berührung. Ich ließ mich mit etwas Abstand zu ihr aufs andere Ende der Bank sinken, auf der sie saß, und wartete.

»Ich habe Angst«, sagte sie wieder. »Ich weiß nicht, mit wem ich sprechen soll. Ich verstehe nichts mehr.«

»Wovon redest du?«

»Was mit mir passiert. Wenn ich zurück nach Hause komme und sie erfahren …«

»Erfahren was?«

»Bei mir zu Hause bringen sie einen für so etwas um …«

»Wie sollen sie es erfahren?«

»Eines von den anderen chinesischen Mädchen könnte … Sie lachen über mich. Miranda hat es einer erzählt … und jetzt wissen es alle. Wie konnte sie nur? War es ihr egal?«

»Du fliegst nicht nach Hause«, sagte ich. Mir wollte nichts anderes einfallen.

Wir saßen stumm da und rauchten. Ich konnte sie nicht einfach dort lassen, wusste aber auch nicht, wie ich ihr helfen sollte. Hatte sie mir erst noch unbedingt jede Einzelheit von sich und Darius erzählen wollen, so war sie jetzt wachsam und verschwiegen und wollte nichts mehr preisgeben. Wir hatten nie über sie und Miranda gelacht, und alles, was ich zu wissen glaubte, waren Vermutungen.

Die Kälte des offenen Gangs schickte ihre Tentakel durch meinen Anorak. Ich dachte an den glühend heißen Nachmittag in Elangos Garten, als ich meine erste richtige Tasse getöpfert hatte. Ich erinnerte mich an jede Einzelheit: die roten Chilis, die auf dem Dach des Schuppens trockneten, den Schmetterling, der sich kurz auf meine Wange gesetzt hatte, Akka, die mir ein Laddu mit Rosinen gab. Im Bemühen, mich aufzuwärmen, versuchte ich, mir die Hitze jenes Sommers vorzustellen – sie wirklich zu empfinden –, als wir wie ausgetrocknete Vögel nach Schatten und Wasser suchten.

Aber hier gab es nur diese feuchte, fremde Kälte, die so viele Finger hatte und durch jede Kleidungsschicht zu kriechen vermochte. Meine Gedanken waren noch in London bei Elango, und ich fragte mich, ob er in diesem Moment wohl in seinem zu großen Anorak durch die Stadt wanderte und nach Dingen suchte, die er nicht finden würde. Seiner Frau, seinem Baby. Dem Hund, den er verlassen hatte. Dem Blitzbaum bei seinem Teich. Das buschige lange Haar, das so unerlässlich zu ihm gehört hatte, war verschwunden und hatte die wilde Heiterkeit mit sich genommen, die uns Kinder in seiner Autorikscha infiziert hatte. Ich überlegte, wie unwahrscheinlich es gewesen war, dass ich ihn hier gefunden hatte, auf einem anderen Kontinent, wo ich doch geglaubt hatte, ihn nie wiederzusehen.

Auf dem Hof begann eine Art Nachtvogel zu rufen, und der Himmel glühte, als reflektierten die Wolken alles Licht. Gegenüber, durch die kahlen Äste einer Buche in Stücke geschnitten, leuchtete gelb Mirandas Fenster.

Nach einem langen Schweigen, als ich fast schon vergessen hatte, warum ich mit einem Zigarettenstummel zwischen den Fingern auf dieser Bank saß, sagte Karin: »Einmal ist mein Bruder von zu Hause weggelaufen, nachdem ihn mein Vater mit einem Bambusstock geschlagen hatte. Weißt du, warum er das getan hat? Weil mein Bruder mir eine Mundharmonika geschenkt hatte. Er hatte mich angewiesen, nicht zu spielen, wenn Dad da war, aber ich habe es vergessen, und als Dad mich erwischt hat, habe ich alles auf meinen Bruder geschoben. Er ist fünf Tage nicht nach Hause gekommen.«

»Ich bin einmal davongelaufen, aber nur die Straße hinunter. Es hat niemand gemerkt«, sagte ich mit einem traurigen Seufzer.

»Du musst gerade mal fünf Minuten weg gewesen sein.« Karin begann zu kichern und steckte sich die nächste Zigarette an. Mit einigen Schwierigkeiten, weil ihre Hände so zitterten.

Die Lichter in den Fensterreihen verloschen, als die Vorhänge zugezogen wurden. Aus verschiedenen Zimmern trieb Musik durch die Luft und vermischte sich zu einem Konzert. In Mirandas Fenster konnte ich eine Person sehen, die sich herumbewegte, Haare bürstete, Bücher aufstapelte und einen langen Moment innehielt, bis plötzlich ein schwarzes Rechteck an die Stelle des erleuchteten Rahmens trat. Ich sah, dass Karins Blick ebenfalls auf ihr Fenster konzentriert war. An einem Ende des offenen Gangs, in dem wir saßen, lagen Wäschezimmer, am anderen führte die Treppe zur Mensa hoch, mit der Pförtnerloge direkt daneben, und jedes Mal, wenn sich die Schwingtüren öffneten, wehte der Geruch von Reinigungsmittel und gekochten Kartoffeln herüber. Zitternde Studentinnen mit in die Ärmel gesteckten Händen erschienen allein und zu mehreren, um zum Abendessen zu gehen. Karin nahm ihr kleines Häuflein Zigarettenstummel, legte meinen dazu, und ging hinüber zum Mülleimer.

Als sie sich mir wieder zuwandte, schien sie eine Transformation durchlaufen zu haben. Sie vollführte ein paar technische Kicks mit ausgestrecktem Bein, ihr langer grüner Mantel schlug ihr gegen die Waden, und ihre Ponyfransen schwangen hin und her. Sie grinste. »Komm, wir gehen Chili con Carne und den verdammten Apple Crumble essen.« Sie setzte sich ihre Mütze auf und sang »Scarborough Fair«, mit Falsett-Stimme: *»Parsley, sage, rosemary and thyme …«* Zwei Jungen liefen den Gang herunter an uns vorbei, einer sprang hoch in die Luft und schaffte es, die Decke zu berühren. Er jauchzte vor Freude.

»Ich möchte deinen indischen Mann kennenlernen, deinen Töpfer«, sagte Karin. »Hast du ihn in London gefunden? Ich meine, warum suchen wir keinen Mann für dich? Du warst noch kein *einziges* Mal mit einem im Bett.«

Sie schwatzte immer weiter. Ein Trupp Jungs kam durch die Tür, und sie blieb kurz stehen, um sich mit ihnen zu unterhalten. Wir wandten uns der Treppe zur Mensa zu und wollten sie gerade hinaufgehen, als Joe Wintergreen, der diensttuende Pförtner, nach Karin rief. Er mochte sie nicht, das hatte sie mir zu Anfang des Trimesters bereits erzählt. Sie sagte, er halte ihre Briefe zurück und gebe ihr die Nachrichten nicht weiter, die Leute für sie hinterließen. Ich habe ihr nicht gesagt, dass er sie einmal Miss Wonton statt Miss Wang genannt hat, als er einen Anruf zum Telefon auf unserem Korridor durchstellte.

»Miranda Walker hat gerade darum gebeten, das Zimmer wechseln zu dürfen. Sie will rüber ins Wohnheim an der Rose Lane«, feixte Joe. »Sie haben keine Ahnung, warum, oder, Miss?«

Vielleicht gab Karin ihm eine Antwort, die ihn noch tagelang ärgern würde. Ich bekam sie nicht mehr mit. Ich war bereits unterwegs zu meinem Zimmer, um Geld und den Fahrradschlüssel zu holen. Es war mit einem Mal so völlig klar, und ich verfluchte mich, dass ich nicht früher daran gedacht hatte. Wir hatten Freitag, den Achtzehnten, und ich weiß, dass Elango früh am Neunzehnten zurückfliegt. Ich darf ihn nicht nach Hause zurückkehren lassen, ohne ihn noch einmal zu sehen. Ich bin den Berg noch schneller hinuntergeschossen als je mit Karin in den wilden ersten Tagen und habe in die Pedale getreten, als wären meine Beine Zylinderkolben. Wenn ich den letzten Zug noch erwischte, traf ich ihn womöglich noch in seinem Hotel an. Ich schmiss mein Fahrrad förmlich in den Abstellbereich des Bahnhofs und rannte zum Fahrscheinschalter.

Während ich das hier schreibe, starren mich meine großen, besorgten Augen vom Glas der Scheibe neben mir an. Ich sehe hinaus in die verschwommen vorbeiwischenden dunklen Bäume und blinkenden Lichter der Orte, die wir passieren, und ich wünschte, wir führen schneller und würden nicht in jeder noch so namenlosen Stadt halten. Als hinge mein ganzes verwirrtes Leben von dieser Fahrt ab. »Ich möchte deinen indischen Mann kennenlernen, deinen Töpfer«, hat Karin gesagt. Ich weiß nicht, ob ich es vor seiner Abreise noch zu ihm schaffe, und ich weiß auch nicht, ob er mich überhaupt wird sehen wollen. Aber nachdem ich ihn mit so viel Glück gefunden habe, wie kann ich ihn da einfach wieder so abreisen lassen? Wenn ich sein Zimmer rechtzeitig erreiche, kann ich ihm die Schachteln Schokolade für Zohra und meine Mutter mitgeben, die ich im Bahnhof gekauft habe. Das ist Grund genug, um zu ihm zu fahren. Vielleicht kann ich ihn zum Flughafen begleiten. Ein paar zusätzliche Stunden. Mehr will ich nicht.

Sonntag, 19. Januar

In der Dunkelheit des Autos auf dem Weg zum Flughafen gestern Nacht, habe ich kein Wort gesagt, Elango auch nicht. Und der Fahrer, der zu einer weniger gottlosen Zeit vielleicht mitteilsamer gewesen wäre, schwieg nach seiner anfänglichen Frage nach dem Terminal ebenfalls. Ich sah aus dem Fenster auf die einschüchternden himmelhohen Reklametafeln, benommen und schläfrig in der Wärme des Autos nach meiner überhasteten Fahrt. Zeilen eines Gedichts gingen mir in einer wiederkehrenden Schleife durch den Kopf: *Ich brach Früh auf – Nahm mei-*

nen Hund – / Und fand mich ein beim Meer – / Die Nixen stiegen aus dem Keller / Und schauten zu mir her. Vor ein paar Stunden war ich zusammen mit Karin auf dem Weg in die Mensa gewesen, und noch ein paar Stunden davor, morgens, im Lyrik-Tutorium. Ein ganzes Leben schien seitdem verstrichen. Ich war nicht mehr das Mädchen, das hinunter zu Dr. Farrell geradelt war, seinen Platz am Tisch eingenommen und zugesehen hatte, wie er fünf Stücke Kuchen, fünf Teetassen, eine gedrungene runde Teekanne mit Earl-Grey-Teebeuteln und fünf Blätter mit dem gleichen Gedicht verteilt hatte.

Kein Mann bewegte mich – bis Flut / Und Schwall den Schuh umfloß – / Zur Schürze stieg – zum Gürtel / Das Mieder mir begoß –

Jede Woche wartet Dr. Farrell auf unsere Reaktion auf das vom ihm ausgesuchte Gedicht, das er zu Anfang verteilt. Sein Kinnbart, seine zurückhaltende Art, der Umstand, dass er uns niemals in die Augen sieht, all das lässt mich manchmal überlegen, ob er mich wohl erkennen würde, wenn wir uns auf der Straße begegneten. Er hört uns mit gesenktem Kopf zu, als kämen unsere Worte aus der Tischplatte und schenkt uns ein kaum wahrnehmbares Lächeln, wenn wir etwas sagen, das er für intelligent hält. An diesem Morgen hatte es mich gefreut, ihm eines dieser Lächeln und ein Kopfnicken entlockt zu haben. Da hatte ich noch nicht gewusst, wie sich das Gedicht, das ich zerlegt und analysiert hatte, bis zum Abend in mir festsetzen würde. Ich muss es leise vor mich hin geflüstert haben, denn ich hörte Elango: »Hast du etwas gesagt?«

»Nein, nein … habe ich nicht.«

»Es ist sehr spät. Du hättest nicht mit zum Flughafen kommen müssen. Du wirst erst am Morgen wieder nach Hause kommen.« Er wandte sich ab und blickte aus dem Fenster. Es lag kaum verhüllter Unmut in seiner Stimme.

»Das macht nichts. Ich wollte nur …«

Ich hätte nicht kommen sollen, dachte ich, und das war mir schon in dem Moment klar geworden, als ich in die Hotelhalle hineingeplatzt war. Was für eine dumme Idee. Die Drehtür spuckte mich in Richtung Rezeption, und da stand er, in seinem blauen Anorak und mit einem Wollschal. Er war überrascht, mich zu sehen – auf keine gute Weise. Ich druckste mit der Schokolade und Erklärungen herum, bis wir im Wagen saßen, den die Galerie geschickt hatte, um ihn zum Flughafen zu bringen. Es war bereits nach ein Uhr früh, aus dem Freitag war Samstag geworden, und an den Straßenecken standen Gruppen von Leuten und tranken. Anfangs bemühten wir uns noch um ein verkrampftes Gespräch über die Stadt und die Galerie, in der er unterrichtet hatte, aber als wir die Autobahn erreichten, gab es nichts mehr als das Brummen des Motors und die vorbeirauschende Dunkelheit.

Und Er – mir nach – dicht hinter mir – / Den Silberabsatz merkte / Ich schon am Knöchel – meinem Schuh / Entquollen schon die Perlen –

»Es war nicht nötig zu kommen«, wiederholte er sich. »Trotzdem, es ist gut so. Ich hatte etwas vergessen.«

Er begann in seinem Rucksack zu suchen, drehte Dinge darin um und fluchte leise, als er nicht gleich fand, wonach er suchte, und dann plötzlich streckte er eine Hand in meine Richtung aus.

Und tat als wollt Er mich verschlingen – / Wie einen Tropfen Tau / Am Ärmel eines Löwenzahns – / Da – lief ich selber auch –

»Was ist das?«, fragte ich.

»Mach es auf und sieh selbst.« Er schaltete das Licht im Auto ein, und mit einem Mal konnte ich ihn sehen, wie er sich zu mir herüberbeugte. Der Blick wachsam. Der Ansatz eines Lächelns.

Eine elegante rechteckige Holzschachtel mit festen Messingverschlüssen, in deren Innerem in den dafür vorgesehenen Aussparungen Werkzeuge lagen – Modellierwerkzeuge mit scharfen metallischen Schlingen und schlanken, polierten Griffen, hölzerne Rippen in verschiedenen Winkeln, an einigen Ecken leicht abgenutzt. Da waren auch Werkzeuge dabei, die ich nicht kannte: hölzerne Messer, Paddel, Knöpfe, Pinsel. Schneidewerkzeuge mit spitzen Klingen. Ich berührte sie, nahm ein, zwei heraus und steckte sie zurück an ihren Platz.

Elango machte das Licht wieder aus und sank zurück in seinen Sitz. »Ein koreanischer Töpfer hat sie mir geschenkt, als ich etwa in deinem Alter war. Jetzt gehören sie dir.«

»Aber benutzt du sie nicht? Wie kann ich sie von dir annehmen?«

»Doch, aber ich habe andere … und ich kann neue bekommen … jetzt, wo ich reise. Usman Alam hat die Werkzeuge aus diesem Kasten für die Kalligrafie auf dem ersten Pferd benutzt. Zohra … Sie hat ihre eigenen. Sie möchte die hier nicht benutzen … Sie sind für sie mit unguten Erinnerungen verbunden.«

Auch ihn ließen diese Erinnerungen wieder verstummen. Ich fragte mich, was Zohra mit den anderen Werkzeugen gemacht hatte, die schmerzhafte Erinnerungen in ihr wachriefen: den Bambusfedern ihres Großvaters, seinen Tintenfässern. Ich hatte Elango all diese Fragen nicht stellen können, da ich fürchtete, ihn damit in eine seiner düsteren Stimmungen zu versetzen.

»Ein Lehrer sollte etwas Wertvolles an seine Schülerin weitergeben«, sagte er. »Das ist das Beste, was mir einfallen will.«

Das Auto fraß die Kilometer, zerkaute und verdaute sie. Keine Ampel hielt uns auf, keine Baustelle. Wir fuhren so schnell, dass es mir vorkam, als flögen wir ein paar Zentimeter über der Straße dahin. Wegweiser zum Flughafen blitzten an den Fenstern vorbei. Es war zu früh, zu früh für ihn abzureisen. Eine Welle der Verzweiflung, groß und schwarz, erfasste mich. In wenigen Minuten schon würde er von den Türen des Flughafens verschluckt werden, und ich würde ganz allein zurückfahren müssen und wusste nicht mal genau, wie. Ich wollte nicht zurück. Ich wollte mit in dieses Flugzeug steigen, mit ihm zurück nach Hause fliegen, zu den Menschen, die ich kannte. Meiner Mutter. Chinna. Tia.

Ich traute meinen eigenen Worten nicht, zu viel zu sagen, also murmelte ich bloß: »Ich werde gut darauf aufpassen.«

Elango lachte. »Sie sind nicht zum Darauf-Aufpassen. Sie sind dazu da, benutzt zu werden.«

Und dann, in dem Ton, in dem mein Vater Tia und mir die Plattentektonik erläutert hatte, begann Elango mir von der Ausstellung in Delhi zu berichten, wo er den koreanischen Töpfer kennengelernt hatte, von dem die Werkzeuge waren. Er beschrieb, wie er den Mann ein hüfthohes Gefäß hatte machen sehen, indem er es geduldig aufbaute, mit einer Tonschlange nach der anderen, jede so schwer wie ein Elefantenrüssel. »Onggi« nannte er diese Art des Töpferns. Elango sah zu, wie er seinem Werk mit einem Paddel die endgültige Form gab – die in meiner Schachtel waren im Vergleich Miniaturausgaben davon –, und anschließend tanzte der koreanische Töpfer zu lauter Musik und bewarf das lederharte, noch ungebrannte Gefäß wie in Trance mit farbigem, geschlämmtem Ton. Viel später, viele Farbschichten bedeckten mittlerweile sein Werk, war auch der Töpfer von Kopf bis Fuß in Ton, Schweiß und Farben getaucht. Elango hatte gebannt zugeschaut und verstand jetzt, dass man mit Körper und Seele in den Prozess eintauchen musste, im wörtlichen Sinne, um etwas Wertvolles zu schaffen.

Ich wusste nicht, wann ich diese Worte und Tonlagen, die so besondere Sprache meiner Kindheit wieder hören würde. Ich lauschte ihm, als hinge mein Leben davon ab, mich an jedes einzelne Wort zu erinnern.

Die Schilder wurden größer, Flugzeuge schwebten tief über uns hinweg, Anschlagtafeln säumten die Straße, Elango redete weiter. Wir luden seinen Koffer aus, das Auto verschwand, und wir informierten uns über Eincheckschalter, Abflugzeiten, Gate-Nummern und Gepäckwagen. Als wir zur Sicherheitskontrolle kamen, durch die ich nicht mit durchkonnte, war ich in der Lage, eine Art Lächeln aufzusetzen. Er ging davon, sein blauer Anorak und sein schwarzer Rucksack wurden Teil von vielen Mänteln, Jacken, Gepäckstücken und Goodbyes, und ich spürte einen mich erstickenden Tränenschwall tief in mir aufsteigen. Ich biss die Zähne zusammen und versuchte, mich auf praktische Fragen zu konzentrieren. Wie kam ich jetzt zurück – fuhr die U-Bahn um diese Zeit? Sollte ich auf dem Flughafen übernachten?

Ich spürte eine sanfte Hand auf meiner Schulter, und Elango war wieder da. Er nahm seinem Wollschal herunter und legte ihn mir um den Hals. »Du brauchst ihn dringender als ich in diesem kalten Land«, sagte er. Und dann war er weg.

Ich kam mit einem Morgenzug zurück zu meiner Universität, nachdem ich die Nacht auf Flughafensitzen verbracht hatte. Jetzt ist es Samstagabend. Die Stadt war ruhig heute Morgen, alle waren noch müde von gestern. Zu übernächtigt und benommen, um mich auf mein Fahrrad zu trauen, ließ ich es am Bahnhof zurück und trottete, Abkürzungen nehmend, zurück zum College. Ich schlingerte über eine der Brücken über unseren schmalen Fluss, legte eine Pause ein und stützte mich auf dem Geländer ab, als ich spürte, wie mir kurz schwindelig wurde. Die Weiden, die grün und dann gelb ins Wasser gehangen hatten, standen kahl im frischen Licht des bleichen Morgens. Weiter hinten waren Wasser und Himmel kaum auseinanderzuhalten. Fahrradklingeln ertönten, Stimmen riefen einander

Unverständliches zu. Ich hörte Schritte und drehte mich um. Darius war da, mit zwei anderen, von denen er sich löste, um zu mir zu treten.

»Was ist passiert? Alles in Ordnung?«

Seine Worte klangen so zögerlich wie immer. Er lehnte sich neben mir auf das Geländer, während seine Freunde ohne ihn weitergingen. Darius legte mir einen Arm um die Schultern und sagte: »Komm, wir gehen eine heiße Schokolade trinken, was meinst du?« Sein großer, ungelenker Körper beugte sich zu mir hin, und ich lehnte mich an ihn an, als wäre er eine Wand.

Mittwoch, 23. Januar

Karin kommt wieder täglich in die Werkstatt, zum ersten Mal seit der Anfangszeit, in der wir uns kennengelernt haben. Sie kommt herein, hängt ihren Mantel an einen Haken, wirft den Schal darüber, starrt auf ihre Fingernägel und geht mit den Zähnen darauf los. Für die nächsten zwei Stunden ist sie entschlossen ungesellig und töpfert und töpfert. Dann säubert sie ihre Scheibe, wäscht und trocknet ihre Werkzeuge, legt alles zurück an seinen Platz – und haut wieder ab. Ohne ein Wort zu reden, keine Frage, wohin ich an dem Abend verschwunden bin, als ich sie ohne jede Vorwarnung auf dem Weg in die Mensa habe stehen lassen, oder nach meinem indischen Töpfer. Keine weiteren Vertraulichkeiten in Sachen Miranda.

Donnerstag, 14. Februar

Viele Tage hintereinander kam sie zurück in die Werkstatt, hat ihr Kommen aber so plötzlich wieder eingestellt, wie es angefangen hat. Wie sich zeigte, hat sie identische dickbäuchige Vasen mit schmalen Hälsen produziert. Als sie lederhart waren, legte sie los, sie mit einem Graviermesser zu bearbeiten. Wenn sie ging, deckte sie ihr Regal mit einem nassen Geschirrhandtuch ab, um beim nächsten Mal weiterzumachen. Jetzt sind sie gebrannt und fertig, und ich sehe, dass sie die Vasen umgedreht und mit stereotypen chinesischen Gesichtszügen bedeckt hat: schmalen Augen und Stupsnasen. Sie hat eine gefärbte Glasur benutzt und ihnen rote Flecken auf die runden Wangen gesetzt. Obenauf hat sie richtiges Haar geklebt, ihr eigenes.

Ich nehme an, ich bin nicht die Einzige in der Werkstatt, die sich gefragt hat, was sie da macht. Ich habe gesehen, wie die anderen sie kurz mustern und dann schnell wieder weggucken. Zu Hause hätten ihr alle über die Schulter geschaut und Dutzende Fragen gestellt. Hier gilt Neugier als schlechtes Benehmen.

Vor ein paar Minuten hat einer von Mirandas Mitbewohnern in der Rose Lane, ein Amerikaner namens Jake, die Augen verdreht und mir erklärt, »meine Freundin Karin« sei eine »Irre«. Er sagte, die ganze Woche vorm Valentinstag habe Miranda schön verpackte Schachteln bekommen, in denen sich Gefäße in der Form von Köpfen befinden, mit Haaren und allem Drum und Dran. Papierrollen mit einer Nachricht sind beigelegt, die aus einem einzelnen aufgedruckten Wort besteht. Jiaying. Yingtai.

Dongmei. Qingzhao. Liling. Alles chinesische Frauennamen.

Samstag, 16. Februar

Heute Abend habe ich Karin auf einer Party im College nebenan getroffen – wir hatten uns eine ganze Weile nicht gesehen. Es war eine Party ohne besonderen Grund, einfach ein Wochenendding, eine simple »Mal an nichts denken«-Party, weil sich dieses Trimester schon eine Ewigkeit hinzieht, öde und unerbittlich, und übergangslos in die Prüfungen des nächsten mündet. Feenlichter hingen in den Bäumen, und aus dem Raum mit dem Essen und den Getränken strömten Musik und Wärme und jede Menge Leute. Der Alkohol und der rauschhafte Festtaumel sorgten dafür, die Kälte zu vergessen. Die Musik war so laut, dass man den Bass im ganzen Körper hören und spüren konnte, bis in die Knochen. Ich stand am äußeren Rand, hielt einen Plastikbecher mit Wein in der Hand und sah den Tanzenden auf dem riesigen, soliden Tisch zu, den sie nach draußen geholt hatten. Karin war mit dabei, sie tanzte mit Darius. Es war, als hätte es ihre erbitterte Trennung in St Ives nie gegeben. Zwischen ihren kniehohen Stiefeln und dem kurzen Rock gab es viel Haut, von der er die Finger nicht lassen konnte. Sie stolperte, kicherte und gab den Clown. Sie trank und sprang vom Tisch, um sich mit mir zu unterhalten. Es fiel kein Wort über Miranda oder chinesische Tonpuppen. Karin erinnert mich an einen jener farbigen Springbrunnen, deren Fontänen himmelwärts schießen, so dramatisch wie prachtvoll, anschließend bis auf ein Rinnsal aus ein paar unscheinbaren Düsen in sich zusammenfallen und kurz darauf schon wieder in die Höhe rasen. Es war, als hätte man sie aufgezogen und sie würde nicht nachlassen, bis sie kollabierte. Der smaragdgrüne Glitter auf ihren Lidern funkelte, der Schnee schimmerte blau und weiß. Mein erster echter Schnee.

Ich trug Elangos Wollschal zweimal um den Hals gewickelt, und sein Geruch von Rauch und Aftershave, der noch in ihm hing, machte mich schwindelig vor Sehnsucht, nicht hier, sondern wieder in London zu sein – obwohl ich doch wusste, dass er nicht mehr da war. Er war wieder in Delhi, frisch vereint mit seinem Kind und mit Zohra. Es musste kühl und sonnig dort sein, über ihnen Halsbandsittiche, die in Scharen über den glänzenden Gärten kreisen, die in der Stadt verstreut sind. Wahrscheinlich verbrachten sie den Tag in der Sonne, krochen zur Nacht unter dicke Decken und schworen, sich nie wieder zu trennen.

Ich nahm den Schal herunter und stopfte ihn in meine Tasche.

Karin hüpfte erneut vom Tisch, rief etwas über die Musik hinweg und lief in die entgegengesetzte Richtung. Wir trieben durch den Hof, durch die Zimmer drinnen, verloren uns auf den halbdunklen Teilen des Rasens aus den Augen und fanden uns wieder. Wir standen rauchend bei einer schneebeladenen Bank, als ein schlaksiger Junge an uns vorbeikam. Sein dunkles Haar war aufgebauscht wie ein gut aufgegangener Brotlaib, und er trug einen flotten blauen Schal um den Hals. Ich erkannte seine Stimme und seinen Akzent – er war ein Freund von Darius, den ich bereits kannte, ein knochiger Ungar, der wirkte wie einer, der nach Leuten suchte, die er mit seiner Güte tyrannisieren konnte. Einmal hatte er mich minutenlang vor einer Tür festgesetzt und alles über Hunger und Überschwemmungen in Indien wissen wollen, als wäre ich an beidem schuld. Und als Darius mich auf der Brücke gesehen hatte, auf dem Rückweg vom Bahnhof, da war er auch mit dabei gewesen.

Der Ungar sah mich besorgt an. »Ich habe Darius am nächsten Tag nach dir gefragt, ich hab mich so um dich gesorgt. Ich hoffe, er hat alles getan, damit es dir besser ging.«

Er wandte sich Karin zu und verbeugte sich mit der Hand auf dem Herzen. Seine Zähne leuchteten wie Phosphor in der Dunkelheit. Ich sah sein zu ihr hingeneigtes Gesicht, während er etwas sagte, verstand aber kein Wort, weil gerade der nächste Song losging, ohrenbetäubend laut. Darius kam auch und schob den Schnee mit seinen Stiefeln vor uns zu einem kleinen Hügel zusammen. Als sein ungarischer Freund gegangen war, sah er nicht zu Karin auf, und sie hat den restlichen Abend kein Wort mehr mit mir gewechselt. Ich weiß nicht, was sie denkt, was da zwischen ihrem Freund und mir gewesen sein mag, aber ich spüre, wie die Säure im Wein meine Kehle und Zunge zu Pappe werden lässt.

Mittwoch, 20. März

Das Trimester ist vorbei, und die Colleges haben sich geleert. Die englischen Studenten sind nach Hause gefahren und die unter den Ausländern, die es sich leisten können, sind ebenfalls weg und machen Urlaub in wärmeren Gefilden. Ich sitze zusammen mit einer Handvoll anderer in einem fast leeren College. Ich weiß, Karin ist da, und wir nicken einander im Vorbeigehen zu, aber sie besucht mich nicht mehr, lässt sich aufs Bett fallen und fängt nonstop an zu erzählen wie früher. Die Türen in meiner Nähe knallen nicht mehr zu, und auf dem Flur sind kaum mehr Schritte zu hören. Die Mensa ist geschlossen.

Ich war noch nie besonders geschickt, was Essen und Kochen angeht, aber um mit der geschlossenen Mensa zurechtzukommen, habe ich mir in einem Anfall von Heimweh ein indisches Kochbuch gekauft und Dal und Reis gemacht. Den ganzen nächsten Tag roch die Küche am Ende des Gangs nach zu Hause. Yutaka, der einsilbige Japaner, der ein paar Türen weiter unten wohnt, zog jedes Mal, wenn er in die Küche kam, die Nase kraus, wobei ich nicht sagen kann, ob er den Geruch hasste oder mal probieren wollte. Ich habe niemandem etwas angeboten, sondern alles aufgegessen, mit den Fingern und ganz allein in meinem Zimmer, und ich habe mir gewünscht, Elango wäre auch da, um die Befreiung von der Tyrannei von Messer und Gabel mit mir zu genießen.

Gestern, voller Optimismus wegen meines ersten erfolgreichen Kochexperiments, habe ich mich entschlossen, einkaufen zu gehen. Es gibt einen pakistanischen Eckladen bei einer Tankstelle, zu dem ich gelegentlich fahre, wenn ich zu ungünstigen Zeiten Zigaretten oder Kaffee brauche. Er ist ein ganzes Stück weit weg, außerhalb des Universitätsbereichs. Ich habe noch eine Weile gezögert, weil mein Fahrrad einen Platten hat, dann aber entschieden, nicht bis zum nächsten Tag warten zu können und trotz des Regens zu Fuß zu gehen. Ich schrieb eine Liste der laut Kochbuch benötigten Zutaten, zog meinen dicken Anorak und Stiefel an und machte mich auf den Weg. Mein Vater hätte gelächelt. Er hat gern gekocht und immer versucht, es mir beizubringen, aber ich wollte nie. Er hinterließ in der Küche stets ein wahres Schlachtfeld, und auf jede seiner Kochunternehmungen folgte eine spielerische Tirade meiner Mutter, während sie aufräumte und abspülte. Nach seinem Tod stellten wir fest, dass wir nicht länger am Esstisch sitzen und essen konnten – sein leerer Platz war zu einem unerträglichen Stück Ödland geworden. In unausgesprochener Übereinstimmung füllten von da an Tia, Amma und ich unsere Teller in der Küche und aßen mit ihnen auf dem Schoß vor dem Fernseher.

Der Laden war warm, hell und voller Leben. Reshma an der Kasse öffnete einen Edelstahlbehälter und bot mir Kababs an. Sie grinste und sagte: »Erinnerungen an zu Hause, wie, jetzt, wo das College leer ist?« Ich sah durch die Regale, kaute auf meinem Kabab und staunte über meine kulinarische Unschuld. Bisher hatte ich all dem Jeera, Dhania, den Masoor und Mung – dem Kreuzkümmel, Koriander, den Linsen und Mungobohnen – keinerlei Beachtung geschenkt. Sie hatten sogar Ghee. Ich füllte meinen Korb, bezahlte und ging. Draußen zog ich mir die Kapuze gegen den Nieselregen über den Kopf und machte mich auf den langen Rückweg. Dabei überlegte ich mir verschiedene Menüs für mich.

Ich ging über den Bürgersteig vom Laden zur Tankstelle an der Ecke, als ein untersetzter blonder Mann, der an der Kasse vor mir ein Bier bezahlt hatte, auf seinem Rad an mir vorbeifuhr. Als er neben mir war, wurde er langsamer und schlug mir heftig auf die Schulter. »Verfickte Fotze, dein Curry stinkt!«, rief er.

Er schüttete mir den Rest seines Biers über den Kopf, warf die Dose auf den Bürgersteig und fuhr mit erhobenem Mittelfinger davon.

Trotz der Wucht des Schlages und des Biers in meinem Gesicht bin ich nicht hingefallen. Ein paar Sekunden lang rührte ich mich nicht. Ich sah Kartoffeln über den abschüssigen Beton davonrollen, fragte mich, warum mein Gemüse da über den Vorstadtbürgersteig kullerte, und begriff dann, dass mir meine Tasche aus der Hand gerutscht war und mein Einkauf überall verstreut lag. Ich bückte mich, um alles wieder einzusammeln. Die Tomaten waren schon zu weit weg, die Reistüte aufgeplatzt, und ihr Inhalt lag wie Graupel auf dem Bürgersteig. Das münzgroße Fläschchen Safran, wertvoll wie Gold, konnte ich nicht finden.

Während ich dies schreibe, kann ich immer noch kaum atmen. Es ging so schnell. Er war weg, bevor ich mich wieder zu rühren vermochte. Wäre er auch zu Fuß gewesen, hätte ich meine Tasche geschwungen und ihm mit den Kichererbsendosen den Kopf eingeschlagen. Aber es war keine Zeit – er war weg, bevor ich begriff, was geschehen war.

Das ist das, was ich mir einrede – aber tief in mir drin, da sagte etwas, Nein, Sara würde so etwas niemals machen, sie ist feige, sie ist bei einem Aufruhr aus der Schule gelaufen und hat ihre kleine Schwester vergessen, weil sie so sehr damit beschäftigt war, ihr eigenes Leben zu retten.

Was sollte ich tun, wenn ich wieder eingesammelt hatte, was noch aufzufinden war? Ich musste systematisch vorgehen, um meine Angst unter Kontrolle zu halten. Er konnte ein Stück die Straße hinunter auf mich warten, oder auch auf dem einsamen Stück, bevor ich zurück am College-Tor war. Ich überlegte, ob ich zurück in den Laden gehen sollte, aber was würden sie dort unternehmen? Sicherlich nicht die Polizei rufen wegen so einer Belanglosigkeit. Ich war ja nicht verletzt.

Ich wischte mir mit dem Schal über das biernasse Haar, zog mir die Kapuze meines Anoraks so tief über die Stirn, dass man mein Gesicht nicht sehen konnte, und ging los. Aber es war merkwürdig kompliziert, weil meine zitternden Beine ständig gegeneinanderstießen. Ich roch nach Bier. Die Leute mussten mich für betrunken halten, wenn sie mich so herumtorkeln sahen. Es war schwer, nicht hinzufallen. Vorbei an der Tanksäule, über die Ampel, dann die Reihe Häuser mit den identischen Erkerfenstern und dem Licht hinter den Vorhängen hinunter. Der Geruch von Petersilie und gebackenem Käse waberte über einen Teil der Straße. Als Nächstes kam ein dunkles Stück mit einem Wäldchen, an dem ich allen Mut zusammenraffen musste, um daran vorbeizueilen. Ich hörte nur das Zischen von Autoreifen auf dem nassen Asphalt. Niemand sonst war an diesem regnerischen Abend zu Fuß unterwegs.

Ich dachte an das Pferd. Es schützte ganze Dörfer vor Unheil. Ich steckte eine Hand in die Tasche meiner Jeans und legte sie um das kleine Stückchen Terrakotta, das ich immer bei mir trug.

Ich bog um die Ecke und sah ein Stück weiter das Haus an der Rose Lane, in das Miranda Walker gezogen war. Mirandas Haus war ein dunkel sich abzeichnender Würfel mit geschlossenen Fensterläden. Die Bewohner mussten alle nach Hause gefahren sein. Es war eine ungeschriebene Regel, dass die, die die Ferien bei ihren Familien verbrachten, sich darüber zu beklagen hatten, für vierzehn Tage mit Geschwistern und Eltern zusammengesperrt zu sein, und Miranda hatte sich in der Mensa lautstark beteiligt, als das Thema aufgekommen war. Am nächsten Tag sah ich sie abfahren, mit einer Mutter in einer weiten Kaschmirstrickjacke, einem freundlichen Vater, der ihre Koffer ins Auto wuchtete und ihr dabei durchs Haar wuschelte, und einem völlig durchdrehenden Spaniel hinten im Auto, der versuchte, aus dem Fenster zu klettern. Miranda hat keinen einzigen Blick zurückgeworfen, obwohl Karin am Tor stand und viel zu lange mit Schlüssel und Schloss ihres Fahrrads herumwurstelte. Seitdem sitzt sie wild entschlossen in der Bibliothek und paukt bis spätabends. Sie ist ein Jahr über mir und hat ihre Abschlussprüfungen vor sich.

In der Rose Lane stehen noch mehr Häuser von unserem College, aber an allen waren die Fensterläden zu. Wieder zischte ein Fahrrad zu nahe an mir vorbei, und mein Herz wummerte. Ich hielt so viel Abstand von der Straße wie nur möglich, auch wenn mir von der Mauer hängende

Ranken ins Gesicht schlugen und Wasser von ihnen rann. Irgendwie schafften es ein paar Tropfen bis in meinen Kragen. Im letzten Trimester hatte ein kahlköpfiger Skinhead Karin diese Straße hinuntergejagt, ohne zu ahnen, dass sein Opfer eine Athletin auf Olympianiveau war. Die Erinnerung daran brachte mich zum Lächeln. Dann kam die Angst zurück, und die Kälte. Mein biernasses Haar verwandelte sich in einen eisigen Helm.

Eine wilde Abfolge von Ereignissen schoss mir durch den Kopf, während ich fast schon rennend zurück zum College eilte. Die letzte Nacht, als Elango mit Zohra hinaus in den Regen gegangen war, um nie wieder zurückzukommen. Wie fünf Männer an unsere Tür gehämmert, sich Einlass verschafft und uns beschimpft hatten. Wie fassungslos es mich gemacht hatte, dass er nicht zurückkommen konnte, der Mob seine Arbeit zerstört und sein Haus niedergebrannt hatte. Wie Chinna nach ihm gesucht hatte. Sein Winseln und Fiepen die ganze erste Nacht lang. Wie er immer wieder Kummarapet nach ihm abgesucht hatte – nur um herauszufinden, dass es Elangos Haus, seine Werkstatt und selbst den Meerrettichbaum nicht mehr gab. Wo einmal der Garten gewesen war, lagen Asche und verzogenes Metall, und Taathas Leute schafften bereits Baumaterial heran.

Wie Vasu und Revathi gekommen waren und bei uns auf den Stufen gesessen hatten, in Tränen aufgelöst über den Verlust ihres Hauses. Dass Vasu Elangos wertvolle Box mit koreanischen Werkzeugen gerettet und meiner Mutter gegeben hatte, damit sie sie ihm hinterherschickte – und jetzt besaß ich sie, sie war wie ein Talisman, der von einem an den anderen weitergegeben wird.

Nach einer Dreiviertelstunde kam ich in mein Zimmer im College, schloss die Tür ab, ließ meine Einkäufe auf den Boden fallen, legte den Kopf in meine Hände und ließ zwei trockene Schluchzer der Erleichterung hören. Ich atmete immer noch schwer, als jemand vom Flur an meine Tür klopfte und sagte: »Kommst du auch? Wir sehen uns den Film an. Von Tarkowski. *Nostalghia.*«

Donnerstag, 21. März

Ich kann nicht verstehen, warum ich immer noch so aufgewühlt bin, obwohl mir der rassistische Dreckskerl nicht mal wirklich wehgetan hat. In meinem Kopf pocht es, mein Hals ist trocken, und ich bekomme kein Wort heraus. Ich will nach Hause, in das Zuhause, als mein Vater noch lebte und meine Mutter voller Kraft war, als Elango noch ein Stück die Straße hinunter wohnte und ich klein genug war, um von ihm in seine Autorikscha gehoben zu werden. Plötzlich bin ich wieder bei meinem Vater in seinem Krankenhauszimmer, in seinen Augen konzentriert sich der Schmerz, sein Mund ist mit einer Atemmaske geknebelt. Und dann ist Monsun in Bombay, und wir warten auf Neuigkeiten von den Ärzten, die ihn am Herzen operieren. Ich starre aus den großen Fenstern hinaus auf die regenverschleierte Straße und sage zu Tia: »Ich muss immer an die Flut nach der Nacht denken, als Elango geflohen ist.«

Meine Mutter döst in ihrem Sessel und murmelt: »Ist

der Chirurg noch nicht wieder herausgekommen? Es geht schon so lange.«

»Schlaf weiter, Amma, es gibt noch nichts zu berichten«, sage ich.

Ich stehe auf, trete an eines der Fenster und sehe, wie ein Mann draußen mit einem Schirm kämpft, den der Wind umgeschlagen hat. Wäre ich ein Schirm, dann der da. Der Regen peitscht gegen die Scheibe, an die ich meine Stirn drücke, und es ergibt keinen Sinn, dass der Regen mich nicht erreicht, obwohl da nur diese durchsichtige Schicht zwischen uns ist. Ich frage mich, warum ich gerade jetzt, da mein Vater nur ein paar Schritte entfernt mit zersägten Rippen und offener Brust liegt, an den Tag vor ein paar Jahren denke, als ich dreizehn war und nicht glücklich sein konnte, obwohl meine Mutter gesagt hatte, dass Chinna jetzt unser Hund sei, weil wer wisse schon, wann oder ob Elango je zurückkommen würde.

Auch da war Regen heruntergeprasselt. Zwei Tage lang hatte er nicht aufgehört, unablässig und ohne Pause war er niedergegangen, als wäre er nur zu dem Zweck geschaffen worden, Wasser auf die Erde hinunterzuschicken. Es gab eine Flutwelle, weil ein Damm flussaufwärts gebrochen war, und von einem Moment auf den anderen schoss der Pegel in die Höhe. Leute, die sich am Ufer aufhielten, mussten rennen, um sich in Sicherheit zu bringen, als die dröhnende Wasserwand das Land unter sich begrub. Gebäude wurden überflutet, Hütten und ganze Häuser weggespült. Der Teich hinter Kummarapet forderte die Reste des zerschlagenen Pferdes für sich ein, Elangos Unterstand wurde vom Wind geholt, und der Blitzbaum stürzte um.

Eines der überfluteten Häuser am Fluss war ein Archiv mit einem wertvollen Bestand an Urdu-Manuskripten und Büchern. Erdgeschoss und Keller standen unter Wasser, Regale mit handgeschriebenen Manuskripten, zahllosen Jahrgängen von Zeitungen und Zeitschriften, Lyrikbänden, von denen es kein weiteres Exemplar gab, das Werk jahrzehntelangen Sammelns und Konservierens. Viele der Manuskripte wurden später wiederhergestellt. Man muss nasse Bücher einfrieren, um sie zu retten. Es gab so viele in dem Archiv, dass sie ganze Leichenhallen leeren mussten, um sie darin unterbringen zu können.

Als das Wasser wieder ablief, drangen Leute in das überschwemmte Archiv, um zu retten, was zu retten war. Durch Schlick und Papier watend, fanden sie Usman Alam. Der blinde Kalligraf hatte hier vor langer Zeit einen Schreibtisch gehabt, berichtete die Zeitung meiner Mutter, und ein Angestellter namens Sadiq Mehmood sagte, sein alter Lehrer sei seit einiger Zeit regelmäßig zu Besuch gekommen, um die alten Bücher zu berühren und zu riechen, die er nicht mehr lesen konnte, da ihm das Augenlicht dafür fehlte.

Der Kalligraf wurde am Schreibtisch sitzend gefunden, mit dem Gesicht in einem Buch vor sich, bis zu den Knien im Wasser. Es war klar, dass er dort gestorben war, auch wenn niemand wusste, wann er gekommen und warum er nicht geflüchtet war, als das Wasser zu steigen begann.

Donnerstag, 30. Mai

Bald nach jenem Märzabend wurde ich sehr krank. Das College war immer noch so gut wie leer, bis auf Yutaka und Karin war kaum jemand da. Da ich mir nicht anders zu helfen wusste, beschloss ich, die Verstimmung zwischen uns zu vergessen, und schleppte mich zu Karin. Ich war so dehydriert, dass ich kaum mehr Arme und Beine bewegen konnte. Karin reagierte sofort und schaffte mich umgehend auf die Krankenstation, wo ich über zwei Wochen entweder in Flammen stand oder fror. Ich hustete, bis meine Rippen zu einem fortwährend schmerzenden Käfig um meine Brust wurden. Das Zimmer hatte ein Fenster, aber der Vorhang war zugezogen, und ich verlor jedes Zeitgefühl. Jemand kam herein, da war ich sicher, und ich mühte mich, die Augen zu öffnen, um zu sehen, wer es war, wollte etwas sagen, doch selbst wenn ich das Gefühl hatte, wach zu sein, konnte ich mich nicht bewegen.

Als ich zurück in mein Zimmer kam, im April, waren es nur noch wenige Wochen bis zu den Prüfungen. Ich konnte nicht in die Bibliothek, und meine Augen brannten, sobald ich zu lesen versuchte. Ich konnte nicht einmal länger aufrecht sitzen. Karin hatte ihre letzten Prüfungen im Mai und sehr wenig Zeit, trotzdem kam sie zweimal am Tag, als hätte es nie etwas gegeben, was unsere Freundschaft beschädigt hatte. Sie versicherte sich, dass ich genug aß, und las mir jeden Abend eine Stunde etwas vor. Ich sagte ihr, es habe keinen Sinn und von all den Aufsätzen und Anmerkungen, die sie mir vorlese, bleibe kaum etwas in meinem benommenen, benebelten Hirn hängen, aber sie machte dennoch weiter.

»Ich glaube an Osmose«, sagte sie nur immer. »Lieg einfach da, versuche, nicht mal zuzuhören. Es wird in dich eindringen.«

Eine ganze Woche fuhr sie damit fort und las mir kritische Aufsätze zu viktorianischen Romanen und metaphysischer Dichtung vor. Bei unvertrauten Worten hielt sie inne und sprach sie langsam aus, Silbe für Silbe – kon-tra-punk-tisch, sub-li-mi-nal, An-thro-po-mor-phis-mus. Sie verdrehte die Augen und rief den Himmel an. Was in Gottes Namen nutzte solches Wissen? Sie lernte zumindest, wie man Flugzeuge baute.

Sie überließ sich erst mir selbst, als sie glaubte, ich käme auch ohne sie klar, und schloss sich in ihr Arbeitszimmer ein. Wenn sie die Bestnote erreichte, was sie plante, bekam sie einen Platz in Leiden, um zu promovieren.

Dienstag, 18. Juni

Die Prüfungen sind lange vorbei und die sich anschließenden Feierlichkeiten bereits Geschichte. Die Sommerferien haben gerade begonnen. Wir fahren zum Flughafen, Karin und ich, zu unterschiedlichen Flügen. Meiner geht nach Rom, wo ich eine Freundin treffe, um mit ihr zusammen zu reisen. Ihrer nach Amsterdam. Sie arbeitet den Sommer über bei Boeing und fängt anschließend ihre Promotion an. Dieses Mal ist es kein Sportstipendium. Sie muss keine Rennen mehr laufen.

»Komm und besuch mich, wenn du nächstes Jahr wieder hier bist, ja?«, sagt sie und geht durch die Sicherheitskontrolle. Sie grinst mir frech zu. »Amsterdam ist chillig. Wir rauchen Gras, bestaunen Rembrandt, wohnen auf einem Kahn auf einem der Kanäle und gönnen uns eine kleine Affäre!« Sie zwinkert mir zu, winkt noch mal mit ihrem Pass und ist verschwunden.

Ich habe ihr eine Tasse geschenkt, die ich extra für sie gemacht habe. Mit einer dunkelroten Glasur, in die ich mit Elangos Werkzeugen »Ewige Osmose« geschrieben habe.

Der Große Alte Hund von Kummarapet

Chinna machte seinen täglichen Spaziergang den Weg hinunter. Er bevorzugte jetzt kurze Ausflüge und blieb in der Nähe, weil er nicht mehr allzu gut sah und hörte und eines seiner Beine lahmte, aber nicht so sehr, dass er sich bei den Vögeln hinten im Garten, die zu vorwitzig wurden, keinen Respekt mehr hätte verschaffen können. Und während der Hitzeperioden zwei-, dreimal im Jahr ließ ihn ein primitiver Drang tief in sich nach Witterungen und Jagden dürsten, und er fand die Kraft, die er zu verlieren glaubte.

Er hatte es sich angewöhnt, jeden Tag dieselbe Runde zu drehen und schnüffelte immer an denselben Stellen. Seine dunkle Schnauze war wie weiß gepudert, die Hautfalten an seinem Hals hingen tief herunter, und aus einem bestimmten Blickwinkel sahen seine Augen wie Glaskugeln aus. Ihm genügte es, langsam dahinzuwandern, sich zu vergewissern, dass alles in Ordnung war, und dann zum Haus zurückzukehren, um von seinem Platz auf der Veranda vorn zu beobachten, wer über den Platz kam.

Den ganzen Tag über redete die Frau mit ihm. Sie hatte sonst niemanden, mit dem sie sich unterhalten konnte, und der Hund verstand das. Die Frau erzählte ihm von Kreuzworträtselfragen und der Besessenheit des Chefredakteurs mit einer Maschine, die sie für die Redaktion angeschafft hatten, einem Computer. Das Ding werde die Schreibmaschinen ersetzen, so hieß es. Sie erzählte ihm, Sara habe die Universität beendet und ein weiteres Studium begonnen. In London. An einer Kunstakademie. War das nicht wundervoll? Sie erzählte dem Hund von den Flussdelfinen, die Tia irgendwo im Osten studierte. Sie sang für sie, und sie kamen zu ihr. Chinna lauschte der Stimme der Frau, und eine wohltuende Schläfrigkeit überkam ihn.

Als er die vierte Laterne auf seinem Spaziergang erreichte, blieb er stehen, um zu schnüffeln. Er bemerkte eine Frau, die nicht weit entfernt stand, zum Ende des Weges hin. Eine Fremde mit einem Geruch aus einer Flasche. Chinna mochte Menschen, die nach Schweiß, Wärme und Essen rochen. Er schob die Nase gern zwischen ihre Beine, um sie intensiver zu riechen. Die Frau dort roch wie Plastik und Glas. Aber da war noch etwas. Der Geruch von faulendem Fleisch. Der fesselte ihn, und er reckte die Nase höher in die Luft, um ihn besser aufzufangen.

Sie kam den Weg herunter auf ihn zu. Sie hatte keine Eile. Ihr Kopf war zu einer Seite geneigt. Sie lächelte dem Hund zu, als sie näher kam.

»Tashi, Tashi«, sagte sie. »Komm, wir gehen nach Hause. Es ist lange her.«

Chinna senkte den Kopf und sah sie an. Er wusste nicht,

was die Frau sagte. Er verstand Worte gemäß ihres Tons und vertrauter Laute. Diese Frau dort verstand er nicht, obwohl, irgendwo in ihm rührte sich etwas. Diese Stimme. Ihr Klang. Er war so verwirrend wie anziehend und rief etwas in ihm wach, das vergessen gewesen war.

»Tashi, ich habe dein Lieblingsspielzeug. Und einen Knochen.« Sie zog eine weiche weiße Masse aus ihrer Tasche. Ein langohriges Kaninchen. Ein Ohr war eingerissen. Sie drückte auf den Bauch des Spielzeugs, und Chinna hörte ein Geräusch, das von einem Vogel oder einer Maus stammen mochte. Er achtete nicht weiter darauf. Er wollte dem Fleischgeruch näher kommen.

Die Frau hielt das Spielzeug in seine Richtung und machte einen Schritt auf ihn zu. Sie öffnete ihre Tasche und steckte eine Hand hinein. Sie zog etwas heraus. Ein kleines, hartes Ding, das auf den Boden fiel, und sie bückte sich, um es aufzuheben. Eine uralte Geste, deren Bedeutung sich in die Seele jedes einzelnen Vorfahren gegraben hatte, den Chinna besaß – ein Mensch, der sich Richtung Boden bückt, war unbedingt mit Vorsicht zu genießen, er konnte etwas aufheben, um es nach ihm zu werfen. Chinna bleckte die Zähne und knurrte die Frau an.

Er ging davon – aber langsam. Er wusste, wer er war, er würde nicht rennen. Er war Chinna, der große alte Hund von Kummarapet, der hier lebte, das Viertel liebte und mit jüngeren Versionen seiner selbst bevölkert hatte.

Er schnüffelte an einer nahen Laterne, aufmerksam, hob ein Bein und sah sinnierend zu, als sich eine Pfütze auf der Erde bildete. Als er fertig war, machte er sich auf den

Heimweg. Die tägliche Runde war beendet. Die nächste Stunde über würde er auf der Veranda sitzen. Eine neue Generation Kinder würde an der Tür stehen bleiben und ihn streicheln. Ein paar von ihnen würden süße Kekse dabeihaben, und die Mutter der beiden Mädchen würde ihnen erklären, dass es nicht gut für einen alten Hund sei, Zuckriges zu fressen. Sie würde sich zu ihm setzen, ihm ab und zu das Fell kraulen, und der vertraute Geruch von Kaffee würde Chinna sagen, dass es fast Zeit für seinen Hammel mit Reis war.

Und dann ein tiefer, schöner Schlaf, in dem er von einem wuschelköpfigen Mann träumte, der ihn vor langer Zeit aus einem Wald mitgenommen, ihn in einem Teich gebadet, an sich gedrückt und mit Bissen aus dem eigenen Mund gefüttert hatte.

DANK

Rukun Advani ist die Schuld an diesem Buch und seinen Vorgängern zu geben – keines von ihnen würde ohne ihn existieren. Seine Verbündeten, Piku, Soda, Barauni und Biscoot, waren entschlossene Recherchehelfer, und Chinna gehört zu dieser Truppe.

Ich hätte dieses Buch nicht ohne die Großzügigkeit und Verbundenheit der Töpfer schreiben können: meiner ersten Lehrerin, Bani de Roy, die mir die Vorstellungen von Shoji Hamada nahegebracht hat, bei dem sie in die Lehre gegangen ist, von Jeff Diehl und Donna Diehl von der Lockbridge Pottery in West Virginia und ihrer unglaublichen Generosität einer Fremden gegenüber – sie haben mich unterrichtet, mich aufgenommen und mit der Arbeit des koreanischen Töpfers Kang-hyo Lee vertraut gemacht, von dessen Onggi-Techniken ich nie gehört hatte. Dank auch an Manisha Bhattacharya, meine inspirierende Wegweisende und heftig vermisste Freundin, den Töpfern aus Kumarturli in Kalkutta, besonders Basudeb Paul, sowie den Mitschülern und Lehrern der Delhi Blue Pottery. Und vor allem meiner Mutter, Sheela Roy, die mich vor allen anderen gelehrt hat, Dinge zu erschaffen.

Als ich damit gerungen habe, diesen Roman auszuformen, hat mir mein Neffe Abhishek Roy Material aus den

Veden und Puranas sowie andere Hinweise geschickt. Es grenzt an ein Wunder, wenn das Baby der Familie zu einem Kameraden und Ratgeber heranwächst, und ich bin dankbar für seine Güte der gealterten Verwandten gegenüber.

Es gibt viel, oft widersprüchliche Literatur über den Mythos des untergetauchten Pferdes. Um einen Überblick zu bekommen, habe ich mich weitgehend auf Wendy Doniger O'Flahertys Aufsatz »The Submarine Mare in the Mythology of Śiva« (in: *The Journal of the Royal Asiatic Society of Great Britain and Ireland*, 1971, No. 1, S. 9–27) gestützt. Was das tatsächliche »Erschaffen« betrifft, war Ed Dohertys Online-Bericht über das Ayyanar-Pferdebau-Projekt an der American School in Chennai ein echter Lebensretter, als meine Recherchereise der Pandemie zum Opfer fiel.

Mein Dank geht auch an Arvind Krishna Mehrotra, der mir seine brillanten bilderstürmerischen Übersetzungen des Mystikers Kabir ausgeliehen hat (*The Essential Kabir*, Delhi 2011), an Parvati Akki für die Hilfe mit dem Telugu, an Haider Zaidi für die Kalligrafie auf dem Vorsatz, S. A. A. Zaidi, Jennifer Dubrow und Prof. Muzaffar Alam für die Informationen zu den Techniken der Kalligrafie, und an Begum Anees Khan für Nasr, die bemerkenswerte Schule, die sie in Hyderabad eingerichtet hat. Mein Dank auch an Elahé Hiptoola, meine Schulkollegin an der Nasr, für ihre Beschreibungen des Ramadan mit Zakiya-Apa.

Für ihre präzisen, hilfreichen Kommentare zur ersten Version des Romans bin ich meiner ersten Verlegerin in den Vereinigten Staaten, Martha Lewin, dankbar. Für ihre Weisheit und Aufmerksamkeit während der Etappen bis hin zur Veröffentlichung Poulomi Chatterji, Priya Singh, Rebecca Strong und Robina Pelham Burn. Und Thomas Abraham, mit dem die Trennlinie zwischen Arbeit und Freundschaft immer wunderbar undeutlich blieb.

Das Buch wird einer der ersten Titel in dem neuen Verlag von Christopher MacLehose sein. Das hat etwas angenehm Symmetrisches: Mein erstes Buch gehörte zu seinen ersten, als er 2008 den Verlag MacLehose Press ins Leben rief. Mit ihm dieses neue Programm zu beginnen, unterstreicht, was für eine grundlegende Kraft er in meinem Leben darstellt, und nicht nur im schreibenden Teil.

Dankbar bin ich wie immer auch meiner Familie und meinen Freunden dafür, meine Bedürfnisse auszuhalten, besonders Myriam Bellehigue, die trotz einer gesundheitlichen Krise in ihrer Familie die erste Version dieses Buches gelesen hat. Als wir uns vor dreißig Jahren als Studentinnen kennenlernten, hatten wir keine Ahnung, dass eine lange literarische Partnerschaft vor uns lag. Ohne ihre klarsichtigen Kommentare zu meinen Manuskripten wären meine Bücher ärmer. Ohne ihre Worte gäbe es sie nicht in den bestmöglichen französischen Übersetzungen. Dieses Buch widme ich ihr, in Liebe.

A. R., Ranikhet im März 2021

Die Originalausgabe erschien 2021 unter dem Titel
»The Earthspinner« in der Mountain Leopard Press.

Auf Seite 222 f. wird zitiert aus:
Williams, Tennessee: *Die Glasmenagerie*,
40. Auflage, Frankfurt am Main: S. Fischer, 2002.
Auf Seite 254 ff. wird zitiert aus:
Dickinson, Emily, *Sämtliche Gedichte*,
München: Carl Hanser Verlag, 2015.

MIX
Papier | Fördert gute Waldnutzung
FSC® C014496

Penguin Random House Verlagsgruppe FSC® N001967

1. Auflage

Luchterhand Literaturverlag, München,
in der Penguin Random House Verlagsgruppe GmbH,
Neumarkter Straße 28, 81673 München
Umschlaggestaltung: buxdesign | Ruth Botzenhardt
nach einer Gestaltung von Monica Reyes
© 2022 by Mountain Leopard Press,
an imprint of Welbeck Fiction Limited,
part of Welbeck Publishing Group
Lektorat: Frauke Brodd | write and read
Satz: Uhl + Massopust, Aalen
Druck und Einband: GGP Media GmbH, Pößneck
Printed in Germany
ISBN 978-3-630-87720-4

www.luchterhand-literaturverlag.de